行き遅れ令嬢の事件簿①

公爵さまが、あやしいです

リン・メッシーナ　箸本すみれ 訳

A Brazen Curiosity

by Lynn Messina

コージーブックス

A BRAZEN CURIOSITY
by
Lynn Messina

公爵さまが、あやしいです

ジョイスへ

原稿を丹念にチェックしてくれて本当にありがとう。危なく何度も何度も恥をかくところだったわ（さあ、タンブリッジ・ウェルズが待っているわよ！）

主要登場人物

ベアトリス・ハイドクレア……両親を亡くし、叔母の家に居候中
ダミアン・マトロック……ケスグレイブ公爵
ヴェラ……ベアトリスの叔母。侯爵夫人の学友
ラッセル……ベアトリスの従弟。ヴェラの息子
フローラ……ベアトリスの従妹。ヴェラの娘
スケフィントン侯爵……ハウスパーティーの主催者
ヘレン……スケフィントン侯爵夫人
アンドリュー……スケフィントン侯爵夫妻の息子
トーマス・オトレー……資産家
アメリア・オトレー……オトレーの妻。侯爵夫人の学友
エミリー……オトレー夫妻の娘
アマーシャム伯爵……アンドリューの友人
ヌニートン子爵……侯爵のいとこ

1

　ディナーの間ほぼずっと、ベアトリス・ハイドクレアの心は想像の世界に飛んでいた。ああ、いまこの瞬間、目の前にいるケスグレイブ公爵ダミアン・マトロックに、お皿の上の物を投げつけてやったらどんなにスカッとするかしら。オリーブペーストを添えた魚のパテ、スタッフト・トマト、仔牛肉のカツレツ、ポーチドエッグ、サーモンのソテー、ジャムのかかったメレンゲ。コース料理がしずしずと運ばれてくるたびに、ベアトリスの両手はぴくぴくと震えた。

　うわあ、今度は、この屋敷のご当主スケフィントン侯爵に向かって、なにやらしたり顔で指摘している。なになに？　ナイルの海戦でネルソン提督が指揮を執った戦艦の数がまちがっている？　こんな嫌みな男には、この蒸しウナギのタルタル仕立てを皿ごと投げつけてやるしかないじゃないの。あのやわらかそうなブロンドの髪から、彼があわててパセリをはらい落とす姿を思い浮かべるだけで、なんだかうきうきしてしまう。もちろん、男らしい顎にカリカリのパン粉がいっぱいくっついているのを見るのも、楽しそうだけど。ベアトリスは、こみあげてくる笑いを必死でこらえた。

まあ、それもこれも、公爵が何から何まで完璧だから笑えるっていうことなんだけど。たとえば、あのたくましい肩。美しいシルエットのコートが肩幅の広さをいっそう強調し、息をのむほど魅力的だ。それから、切れ味抜群のご立派な見解。クールな笑みをかすかに、でも見せつけるようにして言われたら、いったい誰が反論できるだろう。おまけに、百八十センチはゆうに超える高さから、うんざりしたようなまなざしで周りの人間を見下ろすのだから。まるで、自分とは関係のないアリの集団をしかたなく観察しているかのように。

とはいえ、公爵のそうした態度はべつに驚くようなものではなかった。なにしろ、いつもは上流階級だと気取っている人たちが、彼の前に出ると、みっともないほどぺこぺこしているのだ。ベアトリスだってじゅうぶんわかっていた。彼のようにすべて――見目麗しいルックス、最高位の爵位、はちきれそうにふくらんだ財布――がそろった人物なら、どんな逸脱行為でも許されることぐらいは。たとえばの話、もし彼が突然スケフィントン侯爵を剣で突き刺したとしても、侯爵はすぐさまひれふし、自分の卑しい血で公爵の剣を汚したことを謝罪するだろう。そう、わかってはいるのだ。

だがそれでも、ここまで不愉快な人物に出会ったのは初めてで、彼と同席してほんの数分後には、自分でも驚くほどの嫌悪感を抱いていた。

それから丸二日経った、今夜のディナーの席。ベアトリスは、スプーンですくったレモンシャーベットを彼にひっかけないよう、あらんかぎりの自制心をかき集めていた。

いったいどうしてしまったんだろう。彼女は本来おっとりしたタイプで、激しい感情に苦しむことはめったにない。幼いころに両親を亡くし、叔父夫婦にひきとられた。ホーレス叔父さんもヴェラ叔母さんも、やさしいとまでは言わないが、それなりに思いやりをもって育ててくれたと思う。年下のいとこたちのラッセルやフローラとも、そこそこうまくつきあっている。ふたりはまだ若いせいか感情的になることも多いが、そこは適当にあしらいながら。ベアトリスは、これまで苦い経験を山ほどしてきたので、感情をおさえるのがとても上手なのだ。だから知り合ってすぐの人間を嫌いになることなど、今までは一度もなかった。たとえば、今回この侯爵家に招待されたゲストの一人ミス・オトレー。典型的なイギリス美人で、色白の肌にバラ色の頬、ぽってりした唇、濃いまつ毛に縁取られた青い瞳の持ち主だ。二日前の朝、まるで臣下の挨拶を受ける女王のような態度で居間に入ってきた。莫大な資産家の一人娘だというが、ベアトリスが二十六にもなっていまだに独身だと知ると、失礼極まりない言葉を浴びせてきた。それでもベアトリスはにっこりほほ笑み、ミス・オトレーの頭上でどうにかバランスをとっている巨大なかぶりものを大げさにほめてやった。実際には、ダチョウの羽根飾りがついたそのシルクの帽子は、塔のようにそびえたち、ボンネットと呼ぶには恥ずかしいほど仰々しかった。実用一点張りのモブキャップしか持っていないベアトリスは、思わず疑問を口にした。島国のイギリスに、ダチョウなんているのかしら。

するとミス・オトレーは、ほめられたことに気をよくしながらも、いるわけないじゃないのと言って顎をあげた。

フローラはミス・オトレーのゴージャスな衣装をうっとりと見つめたあと、彼女のそばにすり寄っていき、あなたのお役に立ちたい、なんでも言いつけてくれと頼んでいる。

ああやっぱり、とベアトリスは思った。従妹のフローラはまだ十九で、金持ちで自信たっぷりの人間を見ると、簡単に熱を上げてしまうところがあった。いっぽう兄のラッセルは、妹よりも二年ほど人生経験が長いせいか、彼女がいきなりミス・オトレーの雑用係に名乗りをあげたことに噴きだし、その卑屈な態度を何度もからかった。

当然フローラは兄をにらみつけ、臨戦態勢にはいった。

ふたりが口げんかを始めたのを見ながら、ベアトリスは小さくつぶやいた。

「あらあら、このお屋敷でのハウスパーティはすてきな一週間になりそうだわ。女王さまにこびへつらうフローラ、それをからかうラッセル、その横で薄ら笑いを浮かべる公爵。そんな楽しい場面が何度も見られそうだもの」

この湖水地方にある侯爵家に招待されたのは、ヴェラ叔母さんが夫人の女学校時代の友人だったからだ。ベアトリスは、同行するようにと言われたときから、のんびりした時間を過ごすのを楽しみにしていた。九月下旬の涼やかな気候のなか、田園の風景を眺めながら散歩をしたり、ゆっくり読書をしたりできるだろうと。いとこたちがつまらない口げんかをするのは予想していたが、ラッセルは毎日、釣りやキツネ狩りに出かけるだろうから、フローラにちょっかいを出すひまはないだろうと思っていた。

そう、本来ならそうなるはずだったのだ。まさか雨が三日も降り続けることまでは、考えていなかった。もし自分の計画が天候次第でおじゃんになるとわかっていたら、先約があるんだよと残念そうに言った叔父さんのように、ヴェラ叔母さんのお誘いを丁重にお断りしていただろう。

とはいえ、このお屋敷での滞在はすばらしく快適だった。壮大な邸宅《カントリーハウス》は豪華なジヤコビアン様式の建物で、洗練された柱廊が実に見事だ。邸内を案内してもらったときには、各部屋にまつわるエピソードを侯爵夫人が面白おかしく披露し、ベアトリスはそれもまたおおいに楽しんだ。そのうえホストである侯爵夫妻は、これ以上ないほどのもてなし上手だった。スケフィントン侯爵は五十五歳。見上げるほどに背が高く、黒々とした太い眉のせいで威圧的にも感じる。だがつねに笑顔を絶やさないところを見ると、心やさしい紳士なのだろう。夫人もすらりと背が高いので、とてもお似合いのカップルだ。夫人は上流階級にありがちなおごったところがなく、自慢の屋敷の手入れをするのを心から楽しんでいるように見えた。

だが残念ながら、こうした魅力の数々も、ゲストたちをあざ笑うかのように降り続くどしゃぶりの雨の前では、少々色あせて見えた。なにしろ、ようやく晴れあがった日の午後、紳士たちが釣り道具を手にいそいそと湖に向かってまもなく、一匹だけ釣り上げたところで、ふたたび激しい雨が降ってきたのだから。

そして、その唯一の収穫をあげたのがケスグレイブ公爵だと知って、ベアトリスは唇をかんだ。母なる自然までもが、公爵の評価を高めようと企んでいるように感じたのだ。ああ、やっぱりこんなところに来なければよかった。

だがもし、彼女がハウスパーティへの同行を断ったところで、ヴェラ叔母さんがそれを受け入れるわけがなかった。叔母さんは、薄いグレーの瞳に曲がった鼻、とがった顎という顔だちのせいか、いつも不機嫌そうに見える。それでも他に身寄りがないベアトリスは、叔母さんに言われるままにどこへでも行き、どんなことでもするしかなかった。現にこれまでは、ずっとそうしてきた。もちろん自由を謳歌《おうか》したければ、叔父夫婦の家を出て、自分で道を切り開いていけばいい。

だが叔父夫婦は、彼らなりに姪っ子を愛し、養う責任も感じてはいるが、独立した住まいを彼女に用意できるほど裕福ではなかった。ベアトリスのように、二十代も半ばを過ぎた未婚の女性は、百害あって一利なしと言われる欠陥品であり、おだやかで、快適な暮らしを楽しむ資格はない。それどころか将来は、叔母さんの話し相手《コンパニオン》になるか、ラッセルやフローラの子どもたちの家庭教師にでもなって、育ててもらった恩返しをすべきなのだ。

ベアトリスは当然、どちらの選択肢も受け入れたくはなかった。だがそれでもなお、とんでもなく内気な性格をあらためることはできず、最初の社交シーズンは惨憺《さんたん》たるものとなった。彼女も他の娘たちと同様に、不安と期待の入り混じった思いで社交界デビューの日を迎えた。もちろん、自分の容姿に幻想を抱いていたわけではない。平凡な顔立ちにくすんだ色の髪、それに女らしさのかけらもない体形なのだから。やせっぽちのくせに肩ばかりがいかついせいで、フェンシングの選手みたいだと叔母さんにしょっちゅう言われている。それでも自分では、鼻の上に散らばったそばかすがチャームポイントだと思いこんでいた。

ほんとに、なんておばかさんだったのかしら！

ベアトリスは半月もしないうちに、この魅力的なはずのそばかすは、それ以外の部分と同様、みっともなく〝くすんで〟いるだけなのだと気づいた。

そのせいで、〝くすみちゃん〟と陰で呼ばれていることにも。

彼女を最初にそう呼んだのは、陰険で、虚栄心の塊みたいなミス・ブロアムだった。そのあだ名はまたたくまに広がり、社交シーズンの間ずっと、くすくすと笑いながらみんなが口にしているのが聞こえた。そのせいでいっそう自信を失い、何か気の利いた言葉を思いついても、口を開けばどもるようになってしまった。といっても、彼女に粋な会話を求める人などそもそもいなかった。天気の話題ですら、どぎまぎして真っ赤になってしまう娘だったのだから。

あれから数年が経った。だがいまだにベアトリスは、自分がいかにつまらない人間かを思い知らされるたび、ショックを受けてしまう。頭のなかの彼女は才気煥発で、決断力があり、機転が利く——ようするにすばらしく魅力的な女性なのに、実際にはその足元にも及ばない人間だなんて。もしほんのわずかでもプライドがあったら、周囲の低い評価を黙って受け入れる自分に腹をたてただろう。けれども、両親を亡くしたときにはまだ残っていたプライドも、とっくの昔になくなっていた。だからこそ、この優雅なダイニングルームで尊大な公爵をにらみつけ、そのハンサムな顔から、コーヒーカスタード・ア・ラ・ルリジューズがぽたぽたと垂れているところを想像するしかなかったのだ。

ただ彼女は、自分と同じく、この場にいるのが苦痛でしかない人間が他にもいることに気づいていた。たとえば、スケフィントン侯爵の跡取り息子アンドリューだ。父親からはもじゃもじゃの眉毛を、母親からはやさしそうな緑の瞳を受け継いでいるが、席についた直後から、ディナーが終わるまでの秒数でも数えているように、四本の指でテーブルをとんとんと叩いている。それから、彼の友人のアマーシャム伯爵。地味な顔だちと、ぼんやりした雰囲気から従順なタイプに見えるが、一刻も早く逃げだしたいと思っているのはまちがいない。アンドリューほどあからさまではないが、ドアにしょっちゅう目をやっている。

いっぽう侯爵夫妻は、悪天候が続いている状況をむしろ歓迎しているようだった。もてなし上手なところをたっぷり見せられるからで、そうした機会を与えてくれた雨雲に、感謝すらしているように見える。この日の午後には、侯爵がバカラからヒントを得て考案したというゲームの講習会が開かれた。また侯爵夫人の書いた脚本をもとに、みんなで芝居をするのはどうかという案も出された。

ベアトリスは、ゲストたちが演じる素人芝居を思い浮かべ、思わず身震いしそうになった。フローラとラッセルは、嘘をつくときには必ず声がこわばり、しかも何度もつっかえるので、演技をしながらセリフを言うなど無理だろう。それくらいなら、ヴェラ叔母さんのほうがまだましかもしれない。なにしろ話をでっちあげるのはお手の物……あっ、やっぱりだめだわ。叔母さんには、殿方の注目を浴びると、緊張して不気味な笑い声をあげるというやっかいな癖があったっけ。でも待って。ミス・オトレーなら女優顔負けの美貌だから、お芝居を演じるにはうってつけかもしれない。ああだけど、彼女は現実の自分が最高だと思っているから、たとえ演技とはいっても、自分以外の人間になるのは嫌がるのではないかしら。それに両親のオトレー夫妻も、そんな余興にはまったく興味がなさそうだ。あの人たちがこのハウスパーティにやってきたのは、娘をアンドリューと結婚させること、つまり侯爵家との縁組こそが狙いのようだから。夫のオトレー氏は貫禄のある紳士だけど、目立ちたがりやなのか、今夜は派手なエメラルド色のヴェストを着ている。スパイスの貿易で成り上がった商人だと叔母さんから聞いているけれど、まさにそのイメージにぴったりだ。押しが強いというわさもあるから、娘のエミリーがアンドリューから求婚されるまでは、この雨続きの田舎に、何ヵ月だって滞在するかもしれない。

そのアンドリューや、アマーシャム伯爵の演技力については判断のしようがなかった。けれども、彼らがよろこんで芝居に参加するとはとても思えない。ふたりはこの日の午後、例のバカラもどきのゲームの講習会を早々に抜けだし、自分たちだけでトランプを始めた。途中からは、侯爵のいとこヌニートン子爵のマイケル・バリントンも加わったが、この気取り屋の紳士は、ゲームの最中も喜怒哀楽をまったく見せない。ベアトリスは、ふと首をかしげた。この子爵閣下は、自分がいまメイフェアにいるとでも思っているのかしら。だって髪型はおしゃれなベッドフォード・クロップだし、サテン地のブリーチや、ピンとたてた真っ白な襟だって最新流行の装いだもの。ここはカンブリアの原野で、恐ろしくつまらない田舎芝居を演じてほしいと言われたら、目の玉が飛び出るほどびっくりするにちがいない。

そうなると、唯一残ったケスグレイブ公爵が一人で何役もこなすことになる。だがそんなことは、彼の威厳にかかわるはずだ。実際、彼がこの余興を軽蔑していることは、ひと目見ただけでもわかった。でもだからこそベアトリスは、この芝居をぜひとも上演にこぎつけてほしいと願っていた。陳腐なセリフを言わされ、もだえ苦しむ公爵を見たい。それに彼は、ぜったい大根役者にきまってる。もしかしたら、うんざりした観客が、彼の頭に腐ったトマトをぶつけたりして……。

ベアトリスは、トマトの酸っぱい汁に公爵が目をしょぼしょぼさせる姿を思い浮かべ、しばらくの間快感にひたった。ふと気づくと、いつのまにか食事が終わっていて、女性たちが居間に移動しようと立ち上がっている。

あわててあとを追っていくと、テーブルにはすでにお茶の用意ができていた。侯爵夫人は肘掛け椅子に座り、優雅な手つきで紅茶をいれながら、センスのいい家具に感嘆の声が上がるのを楽しんでいた。

「まあ、この錦織《ブロケード》の光沢のつややかなこと！」オトレー夫人は青いソファに指をすべらせ、声を上げた。彼女は華やかな美人だが、ヴェラ叔母さんと同じく、侯爵夫人の女学校時代の友人だから、五十は過ぎているはずだ。年齢を裏づける冴えない顔色からなんとか注意をそらそうと、頬紅をたっぷりはたいている。ただ歳は同じでも、雰囲気は侯爵夫人とは正反対だった。身長は百五十センチそこそこ、全体にぽっちゃりしていて、それが女らしい丸顔と空色の瞳によく似合っていた。

「まるでシルクのような手触りじゃないの。ほんと、うっとりしちゃう。それにこのテーブルときたら。最高の職人に作らせたものだと、ひと目でわかるわ。どこから手に入れたかなんて野暮なことはきかないけど、これだけは言わせて。こうした逸品のために、あなたが惜しみなくお金をつぎこんでいるのがよくわかったわ。こんなのを見たら、節約してでも欲しいと思うのがふつうよね」

おそらくオトレー夫人は、誰かにあてつけて言ったわけではないだろう。けれどもベアトリスは、叔母さんの肩がさっとこわばったのに気づいた。あなたには上質な家具を持つ喜びがわかっていないでしょう、そうほのめかされたと感じたらしい。

ヴェラ叔母さんは、なにか重大な誤解が生じたとでもいうように、あわてて口をはさんだ。

「ええ、わたしも本当に上質なお品ばかりだと感激したわ。でもね、毎日の快適さも同じくらい大切じゃないかしら。つまりね、お高い家具を大事にするあまり、日々の暮らしが楽しめないのは本末転倒だと思うの。たしかに、アキスミンスター織のじゅうたんは目の保養にはなるわ。だけど、汚さないようにインド綿のカバーをかけてしまったら意味がないでしょ?」文句があるなら言ってみろとでもいうように、唇を引き結んだ。

するとオトレー夫人はあっさり同意し、以前高価なじゅうたんを、泥やらルバーブ・パイやらで何度も台無しにしてしまったと話した。「だからときには、安物のカバーをかけておくことも必要なのよね」

ヴェラ叔母さんはうなずきながら、使用人たちのしつけを徹底するという新たな解決策を提案した。家に入る前に靴の汚れをきちんと落とし、パイを食べるのはダイニング限定にしたらいいのではないかと。

ふたりともわざとらしい笑みを顔に貼りつけ、お互いの言葉に賛成したり反対したりを繰り返している。その様子を、ベアトリスは目を丸くして見ていた。侯爵夫人の歓心をかうためにこんなに張りあっているのに、それでもなお、自分たちは友人同士だと思っているのかしら。三十年前、クロフォード女学院で一緒に寄宿生活を送っていたときも、やっぱりこんな感じだったのかしら。それとも、最近になってこんなふうに？　ああ、そうか。このままオトレー夫人が、ロンドンで侯爵夫人とたびたび会っていると言ったせいだわ。これまで叔母さんは、質素でのんびりした自分の暮らしに満足していたのに、急にライバル意識を持ったというわけね。まあ、気持ちはわからないでもないけど。

オトレー夫人は、侯爵の息子アンドリューと自分の娘を結婚させ、両家の関係を揺るぎないものにしようと考えているようだった。もちろん、富と地位に恵まれている者が、富と美を享受している者と結ばれるのはごく自然なことだ。オトレー夫人の考えはちっともおかしくない。だが叔母さんも実は、同じ狙いがあったのだろう。今回特に必要もないのに、フローラのドレスを二着も新調してやったのがその証拠だ。叔母さんの母親は伯爵家の出身で、オトレー夫人の実家の男爵家よりも格上だ。もし爵位を持つ夫をつかまえるなら、エミリーよりフローラのほうがふさわしい、そう考えているのだろう。

ベアトリスが見るかぎり、アンドリューはすでに二十四だというのに、自分が将来貴重な爵位を持つとわかっていないらしい。エミリーにもフローラにもいっさい興味を示さず、また結婚の標的とされていることにびくついているようでもなかった。ベアトリスは顔をしかめた。アンドリューはもう少し恐怖心を抱くべきだわ。五十を過ぎたマダムたちの恐ろしさがまったくわかっていない。叔母さんはひとたび標的を定めたら、周到な工作で追いつめていく冷徹な人間だ。オトレー夫人がどのくらい悪辣《あくらつ》な手を使うかわからないが、これまで彼女が見せた競争心からして、おそらく叔母さんと同等か、それ以上だろう。

とはいえ、母親たちのライバル心をよそに、娘たちはどちらもそんなつもりはないようだった。フローラは控えめなタイプだが、はしばみ色の瞳にとび色のストレートヘア、そして真っ白な歯が印象的なかわいらしい娘だ。叔父夫婦は彼女のために、莫大とは言わなくても、それなりの持参金を用意しているだろう。だから侯爵家に嫁ぐ話も、まったくの夢物語とは言えない。ただフローラ自身はエミリーに夢中で、彼女をひたすら見つめ、話しかけられるのを待っているようなありさまだった。今この瞬間も、暖炉の前のソファに座り、エミリーがつぎに何を言うのかと全神経を集中させている。そしていよいよ、エミリーが口を開いた。

「この部屋のブルーの色合いはシックだけど、わたしの顔色をきちんとひきたてているかしら」

「ええ、もちろん！　これ以上あなたに似合う素晴らしいブルーは見たことがありませんわ」フローラは輝くような笑顔で言ったが、すぐに顔をくもらせた。エミリーではなく、ブルーの色合いのほうをほめてしまったと気づいたらしい。「つまりその……あなたほど、このブルーにひきたててもらえる顔色の持ち主は見たことがない……そういうことですの」

ベアトリスはぽかんと口を開けた。こんなにばかばかしいやりとりは見たことがない。できることなら、このふたりが公爵をほめちぎるのを見たいものだわ。意味不明な賛辞をおくられたら、彼なら絶対に不愉快に思うはずだから。

そのときふと、新たな考えがベアトリスの頭にひらめいた。公爵を、ヴェラ叔母さんとオトレー夫人の標的にしてやったらどうだろう。彼はまちがいなく、三十年来の友情と引き換えにしてでも、手に入れる価値のある極上品だ。

うん、悪くないかも。ゼリーを添えた鶏のクネルを、公爵が髪の毛からひきはがすのを見るよりもずっと楽しそうだ。

いやだ、できるわけがないじゃない！　そもそもベアトリスは、いたずらをするようなタイプではなかった。七歳にしてすでに、叔父夫婦の世話になる以上、言うなりになるしかないとわかっていた娘なのだ。叔父夫婦はフローラのことは甘やかし、ラッセルにはがまん強かったが、ベアトリスに対してはちがった。何か指示を出したらすぐに結果を求め、それを彼女は文句も言わずにこなしていった。問題の本質をすばやくとらえ、解決に向けて速やかに行動する――それがベアトリスだった。ようするに叔父一家にとって、なくてはならない〝人材〟だったのだ。人使いが荒い彼らに頭にくることもたびたびあったが、物理的な心地よさを与えてくれることにはいつも感謝していた。三食しっかり食べられて、ベッドは毎日ふかふか、ドレスはまあ、一年か二年流行に後れているだけで、それはそれで合理的だと思っていた。

両親がボートの事故で亡くなったのは五つのとき。それ以来、世の中には不公平なことがいくらでもあるのを目の当たりにしてきた。不満に思うことはあっても、変えようのない状況に文句をつけてもしかたがない。求められたことを淡々とこなし、そのあとは自分だけの世界に引きこもる——それが楽に生きていく方法なのだ。ヴェラ叔母さんが旧友といがみあったり、フローラがエミリーを崇拝したり。どちらも、はたから見ているぶんにはけっこう楽しめる。だからベアトリスはこれまでどおり、我関せずの姿勢を貫くつもりだった。

周りのことに気をまわすより、読書を楽しんだほうがずっといい。居間にはファッション雑誌しか置いていないが、初日に邸内を案内してもらったとき、一階のピアノ室の向かい側に立派な図書室があった。あのときは入口からのぞいただけだったが、チャンスを見つけ、近いうちに行ってみよう。

男性陣はポートワインを楽しんだあと、居間に移ってきて、明日の外出について話しあっていた。雨がこのまま降り続くとは思っていないらしい。

「今晩は風が強いから、雲を吹き飛ばしてくれると思いますよ」アマーシャム伯爵が言った。

ベアトリスはびっくりした。まあ、気象のしくみを全然わかっていないのね。だがスケフィントン侯爵とアンドリューも、そうだそうだとアマーシャムの言葉にうなずいている。続いてヌニートン子爵が、雲を散らすために必要な風速についての見解を述べ、そのあとでオトレー氏が、ガンジス川を下る際に強風で苦労した話を披露した。

ケスグレイブ公爵は、ひと言も口をはさまなかった。そういえば、朝食やお茶の席でも、ディナーの間もほとんど話さなかった。なんだかおかしい。公爵の博学ぶりはうんざりするほどだから、どんなささいなまちがいでも見過ごすはずはないのに。ああ、そうか。あのどこか上の空という顔つきからすると、沈黙を続けているのは、気象の知識がないからじゃない。何か他のことに気を取られているからだ。青い瞳は、魂でも抜けたように陰っている。いつもなら、意志の強さがはっきり見えるほど澄みきっているのに。

もしかしたら、この場にいる全員にうんざりしているのかも。ベアトリスは、急に愉快な気分になった。たしかにその気持ちもよくわかる。せっかくの知識を、こんな人たちを相手にひけらかしたところで、楽しいわけがない。

公爵ほど地位の高い人間が、くだらないまちがいをいちいち訂正しなければと思うこと自体、驚くべきことだ。ベアトリスが公爵夫人だったら、高貴な立場の特権を楽しむのに忙しく、他人のことなどかまっていられないだろう。ピアノや読書、散歩だって思う存分できるだろうし、使用人にケーキ作りを教えてもらうのも楽しそうだ。

あるいはなにか新しいこと、たとえば四頭立て馬車の操縦を習ってもいい。日ごろからベアトリスは、御者が鞭《むち》をふるい、馬を巧みに操る姿に憧れていた。あんなふうに、自分の思うままに操れたら、どんなにぞくぞくするだろう。叔父の家では、老いぼれの馬が草をはむのを眺めるぐらいしかできないけれど。

公爵の歳は三十二だと聞いている。おそらくもう、与えられた特権に慣れきってしまい、そのありがたみに気づいていないのだろう。ベアトリスはそこまで思い至って、彼のことをいっそう苦々しく思った。

だいたい彼はなぜ、このハウスパーティに参加したのだろう。

他のゲストたちには、それぞれ理由がある。ヌニートン子爵は侯爵のいとこだし、オトレー夫妻は、侯爵家の親族に加わりたいという思惑がある。アマーシャム伯爵の場合は、友人のアンドリューに無理やりつきあわされた形だろう。すでに成年に達しているのに、遊び仲間もいないこんな田舎で過ごしたいと思う若者はいない。最後はヴェラ叔母さん。息子に娘、姪っ子まで連れてカンブリアまでやってきたのは、旧友の豪華なカントリーハウスへの好奇心、そして、あわよくばフローラを侯爵家に嫁入りさせられたら、という期待からだろう。

だが公爵が滞在する理由はまったく思いつかない。だからこそベアトリスは、もしやこの自分を苦しめるために参加したのでは、とまで考えてしまうのだ。

そしてそんな愚かな考えを抱いた自分が、またいっそう情けないように感じられた。これではきりがない。スカッとするには、やっぱり公爵に何かぶつけてやりたいけれど。

紳士たちが来てしばらくすると、そろそろ失礼するわと言って、侯爵夫人が立ち上がった。ベアトリスも一緒に立ち上がり、二階の自分の部屋にひきあげる。その日一日、特に何かあったわけではないが、延々と続くおしゃべりと、何杯ものお茶のせいで、すっかり疲れ果てていた。このぶんでは、枕に頭をつけたとたん、こてんと眠ってしまいそうだ。

ところが予想ははずれ、何時間経ってもちっとも眠くならない。

頭のなかで羊を数え、複雑な計算問題をいくつか解いてみる。シェークスピアの喜劇、悲劇、歴史劇のあらすじも、すべて思い返してみた。そして最後に、無駄な努力をやめることにした。ベッドから起きあがってろうそくを灯し、読書でもしようかと思ったが、読みたい本が手元に一冊もない。タウンゼント子爵の伝記は、ゆうべ読み終わってしまった。夢中になって読み、自分でも驚いたが、一度でいいからカブを栽培してみたいと思わされた。他には、『ウェイクフィールドの牧師』という小説を家から持ってきていた。だがどういうわけか、手に取ってみる気すらしない。

もしかしたら、子爵の伝記があまりにもおもしろかったせいかも。きっとそうだ。もう一冊、誰かの伝記を読んでみたい。できれば、イギリスの農業の進歩に貢献した人物がいい。

条件を絞りすぎているとは思うが、床から天井まで本がぎっしり詰まったあの立派な図書室なら、一冊ぐらい見つかるのではないか。しばらく考えてから、ベッドをおりて燭台を持ち、時間を確認した。もうすぐ二時だ。ふとんにくるまって、三時間もうだうだしていたなんて。これ以上、時間を無駄にはしたくない。

よし、こうなったら行動あるのみ。

ベアトリスはガウンをはおりながら、図書室に向かう途中、出くわす可能性がありそうな人物を考えてみた。アンドリューとアマーシャム伯爵はどうだろう。ふたりはいつも、遅くまでブランデーを飲みながらトランプをしている。ラッセルもそばで見ているかもしれない。ギャンブルはだめだと、ホーレス叔父さんにきつく言われてはいるが、アンドリューたちに憧れているようだから。もしまだピケ（二人用トランプゲーム）で遊んでいるなら、三人とも客間にいるはずだ。図書室とはフロアがちがうから、ばったり会うことはないだろう。

オトレー一家はおそらく、全員ぐっすり眠っているはずだ。三人とも、美と健康を保つため、じゅうぶんな睡眠や食事が大切だと考え、つねに努力をしているそうだ。「わたしたちが朝食にゆっくり出てくるのは、そのせいなんですの」夫人はティーカップに三つ目の角砂糖を落としながら、そう言っていたっけ。

ベアトリスは部屋のドアを開け、燭台を手に、薄暗い廊下をのぞきながらつぶやいた。

「そうなると残るは、ヌニートン子爵とケスグレイブ公爵だけね」

とはいえ、独身の紳士たちの部屋はすべて別棟にある。また廊下のじゅうたんはかなりの厚みがあるから、どんな音もしっかり吸収してくれそうだ。自分の部屋で起きている人がいても、彼女の足音は聞こえないだろう。

廊下をすばやく進み、階段を下りたところで立ち止まると、方角を確認した。邸内の部屋の位置はだいたい覚えている。ここは玄関ホールの北の端で、ピアノ室や図書室はすぐ近くにあるはずだ。同じ一階にはゲスト用の部屋もあるが、それはホールの南側に並んでいる。

燭台を前に掲げ、ほの暗いなかをゆっくり歩いていった。足元しか見えないため、昼間に見た廊下の様子を思い浮かべてみる。あのときはたしか、淡い緑の廻り縁と、壁にかかった風景画のおかげで、とても明るい印象を受けたっけ。

とそのとき、床板のきしむ音がして、ベアトリスは一瞬心臓が止まりそうになった。だがすぐに、自分が歩いたせいだと気づいた。

「ばかね、わたしったら。廊下には誰もいないじゃないの。真っ暗な場所を歩いたことぐらいあるでしょうに」

といっても、それは勝手知ったる自分の家の話だ。床板のたわみ具合も、壁のひび割れも、すべてよくわかっていた。状況が全然ちがう。

それでも、想像をたくましくしてむやみに怖がってもしかたがない。廊下のすみに化け物が潜んでいるはずもないし。せいぜい、怠け者のメイドが手を抜いたせいで、ほこりが溜まっているくらいのものだ。

ベアトリスは立ち止まって燭台を掲げ、すぐ横のドアをそっと開けてみた。ぼんやりとではあるが、侯爵家自慢の立派なピアノが見える。

やった！　ピアノ室だわ。

ということは、図書室は向かい側にあるはずだ。

向きを変えてろうそくを掲げると、目の前のドアはすでに開いている。そっと中に入ってみると、思ったとおり図書室だった。アーチ型の高窓から、やわらかな月の光が射しこんでいる。どうやらアマーシャム伯爵の理論どおり、雨は強風に吹き飛ばされたようだ。月の光に照らされ、壁際にずらりと並んだ書棚が見えた。中央には、磨き上げられたウォールナット材のテーブルがあり、肘掛け椅子が二脚向かい合っている。入ってすぐ左の階段をのぼって中二階まで上がると、やや低めの本棚と、一人掛けのソファが置かれ、居心地のよさそうな読書コーナーがしつらえてある。それを見たとたん、ベアトリスはソファに体を沈めたくなった。

なんて贅沢な空間だろう。叔父さんの家の図書室とは比べようもない。あの部屋は、叔母さんがゲストにお茶をふるまうために作られたようなものだ。書棚には、ここ百年ほどの文芸作品からおざなりに集めた本が並ぶだけで、貴重な初版本もほとんどない。だがこの図書室の本は、質も量も段違い、圧巻と言っていい。叔父さんの家の蔵書がコップ一杯の水だとしたら、ここの蔵書は大海原のようなものだ。

ここだったら、どんな本でも見つかるだろう。

ベアトリスはあたりを見回した。伝記はどこにあるのかしら。

最初に見た書棚は、十八世紀の小説ばかりだった。ベアトリスは、サミュエル・リチャードソンやジョナサン・スウィフトの大ファンだが、今回は通り過ぎて、隣の棚に移動した。一冊ずつ、背表紙を眺めていく。『失楽園』、『クレーヴの奥方』、『ドン・キホーテ』。ジョン・ダン、ジョージ・ハーバート、ロバート・ヘリック、ベン・ジョンソン、ヘンリー・キング。

中二階には、詩と小説しかないとわかった。さらに階段をのぼり、二階の書棚を歩きながら見ていく。地理、宗教、歴史など、ジャンルごとに棚が分かれていた。奥に行くほど、月の光が書棚にさえぎられ、闇が深くなっていく。エジプト学の書棚を過ぎ、角を曲がったところで、何かを踏んでしまった。室内履きをはいていても、土踏まずに激しい痛みが走る。

あまりの痛さに息をのんだせいで、ろうそくの灯が消え、あたりは真っ暗になった。んもう、なんでこうなっちゃうわけ？　身をかがめ、自分を窮地に陥れた物体を拾いあげた。冷たくて、硬い。金属の長い棒のようだ。

もしかして、燭台？

だけど、そんなことってある？

床の真ん中に燭台を置きっぱなしにするなんて。そんなずぼらなメイドを、侯爵夫人が雇っているとは思えないけど。

柄の部分は、なんだかねばねばしていた。ジャムでもくっついているのだろうか。

その正体を見きわめようと、暗がりのなかで目をこらした。だがろうそくの灯は消えており、奥まった場所のせいで、月明かりもほとんど届かない。

でもこのねっとりした感触は、初めてではないような。ニワトコのジャムかしら。あれこれ考えながら、大きな窓から月の光が射しこむ方へと歩いていく。しばらく進むと書棚が途切れ、その角を曲がると、月明かりのなかに誰かが立っていた。その人物の額には、ブロンドの巻き毛がはらりと落ちている。まさか……ケスグレイブ公爵？

じっとうつむく彼の視線をたどっていくと、そこには死体がひとつ、転がっていた。

だめ、だめ、悲鳴をあげてはだめ。絶対、絶対、だめ。

自分に言い聞かせるように、ベアトリスは小さくつぶやきながら、死体の男を見つめた。疾走する十二頭の馬のように、心臓がばくばくいっている。あのエメラルド色のヴェストは知っている。オトレー氏のだ。うつぶせになっているから顔は見えないけれど。そのかわり、血まみれの後頭部がよく見える。うわあ、頭蓋骨がぐしゃぐしゃにつぶれている――

2

しまった。

恐ろしさのあまり全身の力が抜け、握っていた燭台が手からするりと落ちてしまった。ドスンと大きな音がする。放した手のひらに血がついているのを見て、ベアトリスは気づいた。そうか、この燭台こそが、オトレー氏の命を奪った凶器なんだわ。物音に驚き、公爵が顔を上げ、目を見開いた。

「きみか！」

そう、わたしよ。あなたの悪行の目撃者。ベアトリスは、自分が今とんでもなくまずい状況にあると気づいた。

公爵はわたしをどうするつもりだろう。このインドの商人と同じように、わたしの頭もたたき割るのかしら。それとも、絞め殺す？　いいえ、分厚い本を顔におしつけ、窒息させる気かも。

公爵なら、どんな殺し方だって選びたい放題だ。わたしより頭ひとつ分背が高いし、筋骨隆々だもの。おそらく日ごろから、ジョン・ジャクソン（ボクシングのチャンピオン）とスパーリングをして体をきたえ、わたしを殺すチャンスを虎視眈々《こしたんたん》と狙っていたにちがいない。

そのあと、死体はどう始末するのだろう。この場に放置して、メイドや従僕に発見させるつもり？　それとも、庭園のはずれにでも埋める？　でなければ、敷地内の大きな湖に沈めるという手もある。そうすれば、わたしが煙のように消えた理由は、叔母さんたちにもわからない。頭の切れる公爵のことだから、わたしの筆跡をまねて、置き手紙を残すかも。たとえば、ハイドクレア家のみなさん、永遠にさようなら。わたしは新天地を求めて旅立ちます……とか。行き先はやっぱりアメリカかしら。フランスも捨てがたいけど。

どうだろう。そんな荒唐無稽な話を、ヴェラ叔母さんが信じるだろうか。ふうっとため息をつき、遠い目をしながら、こんな日がいつか来ると思っていたわと、つぶやくだろうか。いや、絶対にない。わたしはこの二十年、一度だって大胆な行動に出たことはないのだ。これまでに一人で出かけた最も遠い場所といったら、州のはずれの――。

いやだもう！　何をのんびり考えているの。今すぐ逃げるのよ！　助けてって叫びながら！

ところが情けないことに、気持ちばかりが先走り、足は一歩も動かない。ベアトリスはその場でかたまってしまった。最期の瞬間を待つ、あわれな子羊のように。

さようなら、さようなら、この美しくも残酷な世界よ……。

「動くんじゃない」公爵の声が低くひびいた。

まあ、なんたる皮肉。動きたくても動けないというのに。ベアトリスは、思わず苦笑いをしそうになった。

ところが、口角を上げることすらできない。恐怖のあまり、体じゅうの細胞がかたまっているのだ。自分の不甲斐なさにがっくりする。口うるさい叔母さんのもとで過ごして二十年、文句も言わずにおとなしく仕えてきたが、生きるか死ぬかの勝負になれば、堂々と受けて立つぐらいの気概はあると思っていたのに。

ほら！　ひと言でいいから言い返してやりなさい、

つぎの瞬間、ベアトリスは自分でも驚くような行動に出た。落とした燭台をすばやく拾い、公爵に向け、威嚇するように突き出したのだ。「動かないで」

情けないことに、消え入りそうなほど弱々しい声だった。もし彼女が公爵の立場だったら、勝ち誇ったように大声で笑い、愚かな女を一瞬でひねりつぶしたことだろう。

ベアトリスは気持ちをふるいたたせ、燭台を高く掲げた。

「まさか、このわたしまで殺さないですよね？」

ありがたいことに、声は震えていなかった。そしてどういうわけか、自分は殺されないと確信した。こんな真夜中に、こんなカンブリアの片田舎で、こんな人けのない図書室で、死んでゆく定めであるはずがない。

だが公爵は、何も答えなかった。彼女が言葉を発したまさにその瞬間、彼もまた疑問を口にしていたからだ。

「まさか、このぼくまで殺すつもりなのか？」

ベアトリスは、彼が何を言っているのかさっぱりわからなかったが、それよりも、彼の口ぶりにショックを受けた。どこかおもしろがっているように感じたからだ。彼女が凶器を操って公爵を殺せるとは、夢にも思っていないらしい。どうしてそんなに自信たっぷりなの？　わたしがチビでやせっぽちだから？　地位も後ろ盾もない、取るに足らない人間だから？　それに比べ、自分は完全無欠の存在だから？　そういうのって、おごりというか、うぬぼれというか、ひとりよがり――

とそのとき突然、彼が発した疑問に違和感をおぼえた。

この人今たしか、〝ぼくまで〟と言ったわよね。

〝まで〟って、いったいどういう意味よ。

まるでわたしが、誰かをすでに殺したとでも――

ベアトリスはハッとして、オトレー氏の死体に目をやった。真っ赤な血が、耳にべったりと付着している。つぎに公爵を見上げると、これまでとは違う恐怖がこみあげてきた。

まさか公爵は、このわたしが……。このわたしがオトレー氏を……。

「わたしじゃない」「ぼくじゃない」ふたりの声が重なった。

公爵も彼女と同じく、自分はオトレー氏を殺していないと言っているのだ。

だがベアトリスはすぐに、公爵の思惑を見て取った。おそらく、彼女が油断をして凶器を手放したところで反撃するつもりなのだろう。そんな策略に、このわたしがひっかかるとでも？　みくびるんじゃないわよ。

燭台を握る手に、ぐっと力をこめる。

それを見て公爵は苦笑いを浮かべ、首を横に振った。

「いいかい、ミス・ハイドクレア。きみは今、ひどくまずい立場にあるんだよ。でもそれはぼくも同じなんだ。ぼくは死体を発見し、きみは凶器を発見した。きみがぼくを犯人だと思うのもよくわかる。だが、逆もまたしかり。ぼくがきみを犯人だと思ってても、少しもおかしくない。だがぼくは、実に理性的な人間でね。すべての状況に鑑《かんが》みて、このオトレーの不幸な姿ときみは関係がない、そういう結論に達したよ」落ちついた声で、よどみなく話しつづける。「きみもどうやら、理性的な女性のようだから、冷静に考えてみてほしい。すぐに結論は出るはずだ。このぼくも同様に、オトレーの死に関与していないとね」

「何を冷静に考えるんですか？」

彼は間髪を入れずに答えた。「ぼくは公爵なんだよ」

ベアトリスは思わず噴きだしそうになった。無実を証明する理由が、〝公爵だから〟ですって？　ここまで突飛な論理は聞いたことがない。地位が高いというだけで、良識ある人間だと証明できるとでも？　本当にそう信じているの？　彼女はそれでも、ぎりぎりのところで笑いをかみ殺した。死体を前にして笑うなど不謹慎だし、公爵がどう思うかわかっていたからだ。この女は緊迫した状況に耐えられなかった、そんなふうに勘違いするはずだ。そもそも、理性的な女などいるはずがないと思っているのでは。

「あの、わたしは本を借りにきただけなんです」ベアトリスは、真夜中に図書室に来た理由を説明した。「どうしても眠れなくて。それで決心して、本を探しにきたんです。家から持ってきた本もあるんですけど。『ウェイクフィールドの牧師』という小説です。ただ、落ちぶれた一家がすごく苦労する話で、全然読む気になれなくて。だったらせっかく立派な図書室があるのだから、好きな伝記を探してみようと思ったんです」

公爵は内心では腹をたてていたかもしれない。〝公爵だから犯人ではない〟という論理を、彼女が完全に無視したからだ。だがそんなそぶりは、まったく見せなかった。

「実はぼくも同じなんだ。そう、本をだね、探しに」

本をだね、ですって？　なんていいかげんな答えなんだろう。わたしのほうは、伝記を探しにきたと具体的に言ったのに。

「誰の本ですか？　タイトルでもいいですが」

「フィリップ・シドニー卿だ」公爵は即座に答えた。

その瞬間、ベアトリスの心臓は跳ねあがった。即答したのはいい。だけど……。

「詩集でしたら、下の階にあるはずですけど。小説と一緒に」

「いや、詩論なんだ。タイトルは『詩の弁護』。そうした文芸批評はこの階の、法律書や園芸書の隣にあるんだ」

そこまで具体的に言うなら、嘘ではないのかもしれない。ベアトリスは、心の底では彼を信じたかった。けれども、ここの書架の配置には詳しくないから、彼の言葉が本当なのかはわからない。抜け目がない殺人犯なら、嘘だろうがなんだろうが、自信たっぷりに話すものだ。

疑われていると気づいたのか、公爵は言った。

「ねえ、ミス・ハイドクレア。きみがショックを受けて、疑心暗鬼になっているのはよくわかる。でもそろそろ、勘弁してもらえないかな。このぼくに、オトレーを殺す動機などあるわけがないだろう。このインド帰りの成金男とは、ビジネスの関係もないし、個人的なつきあいもない。少々うさんくさいとは思っていたが、命まで奪ったと言われるのは心外だし、あまりにもばかげている」

これまでの余裕は消え、激しいいらだちが感じられる。もしオトレー氏の死体を見つける前だったら、ベアトリスはどれほど恐ろしく感じただろう。なんといっても相手は、最高位の爵位を持つ紳士なのだ。だが今、死体を前にして、命さえ奪われなければ、恐れるものなど何もないと彼女は気づいていた。

ベアトリスは顎を上げた。

「まあ公爵さま、それは申し訳ございませんでした。どんなに不安でたまらなくても、公爵さまのお気持ちが楽になるほうがずっと大切ですのに、わたしときたら」

真夜中の図書室で、凶器を握りしめた彼女を目にしたときは、公爵もさすがにぎょっとしただろう。それでも、このときほどではなかったはずだ。面と向かって、これほどきつい皮肉を言われたのだから。それも上流階級とは無縁の、親類の施しを受けてどうにか生きてきた臆病者から。

いや、そんなはずはない。自分の大胆さに驚きながらも、ベアトリスは冷静に否定した。彼女が両親を亡くし、叔父夫婦の援助で暮らしていることを、彼は知りもしないのだ。公爵がわかっているのはただ一つ。こんな女のことなど何も知る必要はない、それだけだ。

「よし、ミス・ハイドクレア。よくわかった」公爵の口元には、冷たい笑みが浮かんでいる。「ではどうしたらきみの不安をとりのぞけるのか、言ってくれたまえ。そうすれば、もうそんな顔でぼくを見るのはやめてくれるだろう？　今にもぼくに絞め殺されるんじゃないか、という顔をしている。さあほら、言うとおりにするから」

まあ、嘘ばっかり。信じられるものですか。

それでも彼女は首をかしげ、彼が無実だと納得するには、何が必要かと考えた。冷静に考えれば、公爵がなりゆきで殺人に走ったとはとても思えなかった。なにしろ彼は、男性が満ち足りた人生をおくるのに必要なもの――高い地位、豊かな資産、完璧なルックス、周囲からの尊敬――をすべて手にしているからだ。とはいえ、まったく動機がないとも言えない。たとえば、オトレー氏に何かまずいスキャンダルでもつかまれていて、その脅威を葬り去ろうとしたのかも。いや、人を小馬鹿にするような笑いがあれほど見事にできる人間が、他人にどう思われるかなんて気にするわけがない。それどころかずうずうしくシラを切り、〝口は災いの元〟という言葉を知らないのか、とでも言って冷たく笑うような気がする。ああ、そのときの様子が目に浮かぶようだわ。うん、やっぱり彼は犯人じゃない。

一つ大きく息を吐くと、公爵への恐怖が薄れてゆくのを感じた。

燭台をかたく握りしめたまま、オトレー氏のぐしゃぐしゃにつぶれた頭蓋骨を見下ろす。もはや、自分の命もこれまでかという不安はなくなっていた。それよりも、こんなにも残酷な方法で黄泉《よみ》の国へと送られた彼が、気の毒でたまらなかった。彼とはきのう、お茶の時間にほんの少し話をしただけで、個人的に親しかったわけではない。だが家族にとっては最愛の夫であり、父親だったのだ。また植民地のインドで、成功をおさめた立派な紳士でもあった。

なんという悲劇だろう。ベアトリスは、一家の主が死ぬことで家族がどれほどつらい思いをするかを、身をもって知っていた。真夜中に彼らをたたき起こし、この悲劇を急いで知らせる必要はない。彼らにとって、これからの人生はずっと、愛する人を悼む時間となるのだから。今夜ぐらいは、何の苦しみもなく心安らかに眠ってほしい。

とはいえ、殺人事件としてきちんと対応するのは、また別の話だ。今すぐ誰かを起こして、動いてもらわなければいけない。

「わたしはとにかく、スケフィントン侯爵にこのことをお伝えしてきます。公爵さまはここで待っていてください」ベアトリスはきっぱりと言った。真夜中に誰もいない図書室で、死体と一緒に待つなんて冗談じゃない。書棚の一つか二つ向こうに、殺人犯がいるかもしれないし。もちろん、こんな大きなお屋敷の、誰もいない廊下をうろうろするのもうれしくはない。でもどちらかを選ぶしかないのなら、侯爵に伝えにいくほうが断然いい。「侯爵さまはきっと、すぐにでも巡査さんを呼んでくださるでしょう」

「だめだ」公爵が強い口調で言った。

「だめ？」

ベアトリスは、オウム返しに聞き返した。公爵もやはり、死体とふたりきりで残されるのが怖いのだろうか。それとも、何かもっとまずい理由が？　薄らいでいた疑惑が、ふたたび彼女の胸にふくらんだ。

「ああ、ミス・ハイドクレア。きみの頼みだったら、どんなことでもきいてあげたいのだが」よくもまあ、心にもないことを。「今の提案だけは受け入れられないな。真夜中にぼくたちが、付き添い人もなしにふたりきりで過ごしたと知られたら、きみの人生は破滅してしまうだろう。そんなひどいことは、ぼくには絶対にできない」

ベアトリスはぽかんと口をあけ、公爵を見つめた。この人ったら、気はたしかなの？　どう見ても正気のようだが、この緊急事態にそんな話を持ち出すのは、動揺している証拠だろう。

「わたしたちは、死体のそばでたまたま会っただけです。まともな人なら、逢いびきだと思うはずがありません」

公爵は肩をこわばらせた。自分がまともではないと言われたように感じたのか。

「ああ、なるほど。ロマンスがめばえるには、たしかにほど遠い状況ではある。ただそうはいっても、ひとたびロンドンのゴシップ記者にでも知られたら、あっというまに正式な結婚話にされてしまうだろう。ぼくとしては、そんな騒動にきみをまきこみたくはない」

ベアトリスは信じられなかった。目の前でオトレー氏がどんどん冷たくなっていくというときに、ゴシップがどうのこうのと言いだすなんて。ついさっき、自分は理性的な人間だと胸をはっていたくせに。

「わたしはそんなこと気にしません」

「いや、つまり、ぼくのほうは気にするんだ」

その場にふさわしくないとはわかっていたが、ベアトリスは思わず噴きだしてしまった。

強情っぱりな公爵が、しぶしぶ本心を明かす姿に、こみ上げる笑いをおさえられなかったのだ。なによ、ゴシップの相手が若い美人だったら、べつに問題はなかったんじゃない？　だがそこで、ふと気づいた。どうやら公爵は、冴えない容姿の行き遅れ女だから困っているわけではないようだ。嘘みたいだが、彼は本気でおそれているのだ。社交界全体が、そして未婚女性のすべてが、結婚という罠に自分をかけようとしているとし。

ベアトリスは笑ったことを反省し、公爵に声をかけた。

「大丈夫です、公爵さま。わたしを絞め殺すのだけ、やめていただければ。わたしだって、未来永劫あなたに足かせをはめられるなんて、何よりも耐えがたいことですもの。だいたいそんなことになったら、みんながつらい思いをします。とくに料理長は大変でしょう。わたしの猛烈な食欲を満たすことなど、絶対に無理ですから」

公爵は目を丸くした。プロポーズをしたわけでもなく、その気はないとほのめかしたばかりなのに、目の前の女は、彼との結婚話を願い下げだと言いきったのだ。

「なんだって？」

侮辱されたと言わんばかりの彼の口調に、ベアトリスは感心した。わたしはただ、ふたりの思惑は一致していますよと、安心させたかっただけなのに。

「いやだわ、公爵さまったら。冗談です。ご心配には及ばないということです。それより、もっと大事な問題についてお話ししましょう。つまり公爵さまは、わたしはこのままおとなしく部屋に戻り、あとのことはご自分にまかせて欲しいとおっしゃるのですね。でもそうなると、助けを呼びに行く間、遺体だけがこの場に残ることになります。それともご自分も部屋にひきあげ、明日の朝、掃除に入ったメイドに遺体を発見させるとか？」

「心配はいらない。きみは黙って部屋に戻ればいい」公爵はにこりともせずに言った。さっさと話を終わらせようと決めたのだろう。「オトレーのことを心配したり、義理を感じたりする必要はない。ぼくが全部引き受ける。どう処理するかはきみが考えることじゃない」

ベアトリスは、すぐには返事ができなかった。自分は本当に、オトレー氏に何の義理もないのだろうか。公爵に言われたとおり、この場からいっさい手をひいてもいいのだろうか。被害者が救済されるような正義がなされるのは、案外むずかしいものだ。巡査に通報したとしても、彼がベックスヒル・ダウンズのスミッソン巡査みたいだったら？　あの男みたいに、職務をきちんとこなすより、自分の鍛冶屋の作業場で精を出すような、事なかれ主義の老人かもしれない。スミッソン巡査を責める気は毛頭ない。教区の巡査は、要求や批判ばかりされて報われない仕事だが、鍛冶屋の仕事のほうは、一人になれる時間に加え、安定した収入を与えてくれる。それにたとえ犯罪を捜査しようとしたところで、事件現場や犯人の情報に報奨金を出すぐらいしか、手段がないのが実情だろう。

だがベアトリスは今回、有益な情報をこの手に握っている。それを巡査に伝えないのは、オトレー氏に対する義理というよりも、義務を放棄しているように感じた。

とはいえ、公爵の決心がゆらぐことは、どう見てもなさそうだ。それにこっちの主張がどんなに筋が通っていても、公爵は自分の体面を何が何でも守ろうとするだろう。きみに変な噂がたたないためだと言い張って。ベアトリスにはよくわかっていた。彼は男性であり、公爵であり、戦艦の数でさえ訂正せずにはいられないような、傲慢な人間だ。そういうタイプは、絶対に自分から折れたりしない。特に、相手が女の場合は。

いや、そもそも彼にとって、女なんてものは、ピクニック・シートの上を這いまわるアリみたいなものだ。うっとうしくなったら、シッシと言って追い払えばいい。

ようするに、事実を理性的に述べて反論しても意味はない。ここは、ごもっともでございますと言って去っていくのが賢明だろう。この事件については、彼のほうがいろいろ知っているようだし。

「ええ、ええ。まったく公爵さまのおっしゃるとおりです。重い責任を一身に背負ってくださって、感謝のしようもございません」さすがに嫌みっぽく聞こえただろうか。

けれども、彼の表情はおだやかで、そんなふうにはこれっぽっちも思っていないようだ。こびへつらうような口調には、日ごろから慣れているのだろう。「わたしときたら、何を考えていたんでしょう。少しでも事件のお役に立ちたいと思うなんて。それでは、部屋に戻ります。オトレーさんのことは、どうぞよろしいようになさってください。公爵さまがいらして本当によかった。ひとりだったら、こわくて頭がおかしくなっていたでしょう」

公爵は軽く会釈をして、彼女の謝罪をいさぎよく受けいれた。

「動揺するのはあたりまえだ。血まみれの死体を見て、冷静でいられるほうがおかしい」

「公爵さまは、本当に落ちついていらっしゃること」ばかにしているのが表情に出ていたらまずいので、ベアトリスは頭を下げた。こんな年増の女が、若い娘のようにしおらしくしていても不思議に思わないのは、自信過剰な公爵だけだろう。彼女は、全女性を代表して怒っていた。「でもやっぱり、少しはこわかったのではありませんか？真っ暗だったのですよね。ろうそくは持っていらっしゃいませんもの」

ベアトリスは、彼のろうそくが見当たらないことをずっと不思議に思っていた。だが公爵は、べつにおかしいとは思っていなかったらしい。

「夜中だから当然暗かった。自分のろうそく一本ではね。だがオトレーは月明かりを浴びていたから、よく見えたんだ。そうだ、彼に駆け寄る前、近くの書棚にろうそくを置いたんだ」その場所を示そうとあたりを見回したが、見つからないのか、眉をひそめている。

彼はそのまま口をつぐんだが、ベアトリスはそれ以上問いつめなかった。でもこれは、すごく大事なことのような気がする。彼が嘘をついているのか、それとも誰かが持ち去ったのか。

その瞬間、ベアトリスはぞっとして身震いした。持ち去ったのは、〝誰か〟ではない。殺人犯だ。

いっきに鼓動が激しくなった。まるで、長距離を全速力で走っているような。パニックになってはだめだ。公爵のろうそくが見つからない理由が、これでわかった。犯人は自分の燭台でオトレー氏を殺したあと、それを投げ捨てて、書棚の陰に逃げこんだ。そこへ公爵がやってきて、死体に驚いているすきに、彼がひょいと置いた燭台を奪って逃げ去ったのだ。

だから犯人は、もうここにはいない。とっくに逃げたのだから。

公爵が言った。「とにかくよかった。きみが戻る気になってくれて。ずいぶん遅い時間だしね」

ベアトリスは、一連の流れを考えて呆然としていた。もしかしたら、公爵も自分も殺されていたかもしれない。ほんの数秒ちがっていたら……。公爵はまだ話し続けている。

「部屋に戻ったら、よく眠れるように寝酒でも頼んだらいい」

心配そうな口調だが、ベアトリスにはわかっていた。本気で気にかけているわけではない。彼女にさっさといなくなってほしいから、そんな言い方をしているだけだ。それがわかっているだけに、いっそう嫌悪感を覚えた。それにいくら眠れないからといって、夜中の二時に、他人の屋敷でメイド長を起こし、誰かに寝酒を用意させるよう頼めると思うのは、傲慢な公爵だけだ。それでも公爵の提案に快く同意したのは、もう少しこの場に長くいるためだった。

「はい、そういたします。あっ」突然胸に手を当て、本棚にもたれた。「なんだか頭がくらくらします」一度大きく、深呼吸をした。「落ちつくまで待っていただけますか。今ごろになって震えがきて、吐き気までしてきました。少し休めばなおると思いますから」

公爵は不満だっただろうが、態度には出さなかった。弱々しく倒れこむのは、女性なら当然だと思っているからだろう。

「ああ、もちろんだよ。ええと、椅子はどこかな」

「大丈夫です。すぐに良くなると思いますから」

そう言いながら、ベアトリスは二つの燭台について考えていた。公爵の燭台はないが、オトレー氏のは、彼の手から三メートルほど離れたところに落ちている。殴られた勢いで、あんな遠くまで放りだされたのか。それとも、手元に落ちてから転がったのか。

「そういえば、倒れているのがオトレーさんだとすぐにわかったのですか？　うつぶせで顔は見えませんでしたけど。それとも、近くまで行って、亡くなったことを確認されたのでしょうか。なんて勇敢なのでしょう。ご遺体は動かしたのですか？」

「いや、この派手なヴェストを見て、彼だとすぐにわかった。だから手首をとって、脈を診ただけだ。見た瞬間手遅れだとは思ったが、何ごとも徹底しないと気が済まないたちでね」

ベアトリスはうなずき、いま聞いた情報を忘れないようにしようと思った。だけど、何のために？　オトレー氏の命を奪った犯人を見つけようとでも？　たしかに立派なことだが、現実的ではないし、そもそも不可能だ。捜査をして犯人を捕まえる……あのロンドンにできた新しい組織、ボウ・ストリートの警察官だっけ、そういうのでもないのだから。それどころか、村の巡査ですらない。親戚に世話になっている行き遅れの女で、たまたま寝つけなかったから、本を探しに図書室にやって来ただけなのだ。それなのに犯人を探そうだなんて、いったい何様のつもりだろう。

でもやっぱり、公爵が紛失したという燭台は、なんだか大事な証拠になるような気がする。どこにあるのか、きちんと調べるべきだと思うけど。

「大丈夫か、ミス・ハイドクレア。すごくつらそうだが」公爵は本気で心配しているようだった。「とくに顔色がひどいな。とてもじゃないが見ていられない。ぼくが思っていたより、ずっとショックを受けているようだ」

ベアトリスには、公爵の今の言葉のほうがショックだった。つらそうなふりをしているだけなのに、そこまでひどいのか。そこで、はたと気づいた。わたしのような容姿の女は、どんなときでも、彼の目には体調が悪そうに映るのだろう。普段から顔色が悪いのは自分でもわかっていた。こわいくらいに青白く、ヴェラ叔母さんからは、病人みたいだとよく言われている。「ほっぺたをつねってみたら」とか、「子どものころからひ弱だったわね」とか、よけいなひと言まで。

〝ひ弱〟と言われるのは、納得がいかなかった。気弱な性格だと指摘されたように思うからだ。そこまで言われるほどじゃない。両親に先立たれ、誰かに頼るしかなかったから、つねに自分の気持ちを押し殺してきただけだ。叔父夫婦の言いなりになっているのは、気が弱いのではなくて賢明なのだ。自分の意見を主張しすぎると、どこか遠くの知らない家に、メイドとして送りこまれてしまうから。

「すぐに部屋に戻ったほうがいい」公爵が言った。「ぼくに全部まかせてくれればいいから。きみみたいな繊細な女性は、ここにいてはいけない」

ベアトリスはおとなしくうなずいた。だがオトレー氏をちらりと見て、その血まみれの後頭部に目がくぎづけになった。いったいどうやったら、こんなにひどくつぶれるまで殴れるのだろう。一撃でやったのか、何度も続けて殴ったのか。

そして、この大量の血！　じゅうたんにまで飛び散って、壁にも点々と血痕が残っている。

となると、犯人は返り血を浴びているはずだ。だったら血痕のついた衣服を、洗濯物を見つければ、犯人を突きとめられるかもしれない。

だがそう簡単にはいかないこともわかっていた。洗濯用の袋は、各部屋の着替え室にある。はたして巡査が、屋敷じゅうの着替え室を調べる権限を持っているだろうか。無理だ。ゲストのプライバシーを侵害するようなことを、スケフィントン侯爵が許すわけがない。万に一つ許したとしても、ケスグレイブ公爵やヌニートン子爵がおとなしく従うはずがない。

オトレー氏も気の毒に。捜査への協力を拒む傲慢な男たちのせいで、自分を殺した犯人がまんまと逃げおおせるなんて。

そういえば、衣服についた血痕を落とすのはどれくらい難しいのだろう。ベアトリスには見当もつかなかった。彼女は不器用で、しょっちゅう染みをつけたりかぎ裂きを作ったりしているが、メイドのおかげでいつのまにかきれいになって戻ってくる。血痕も、たとえば泥汚れと同じくらい簡単に落とせるのだろうか。

他にも気になることはあった。オトレー氏が背後から襲われたことだ。つまり彼は、犯人を警戒していなかった、あるいは、その存在に気づいていなかったということだ。もしかしたら、犯人とは図書室で会う約束をしていたのかもしれない。まさか襲われるとは、夢にも思わずに。

ディナーのときと同じ格好だから、食事のあと、図書室に直行したのだろう。公爵も部屋着には着替えていないが、クラバットははずし、首筋が大きく見えている。ある程度くつろいでいたのはたしかで、読む本を探しに来たというのも嘘ではなさそうだ。

ベアトリスは、大げさにあくびをしながら言った。

「では、戻らせていただきます。もうくたくたですから」公爵をじっと見つめた。「公爵さまもお疲れでしょう。男の方たちは、夜遅くまでトランプをなさっていましたから。終わったのはついさきほどですか？」

「さあ。ぼくは参加していないのでわからない。あのメンバーとは合わないから、部屋で本を読んでいたんだ。さあ、もういいから戻ってくれ。いったい何度言わせるんだ。さっきも言ったように、誰かに見つかったら、ふたりともひどくまずいことになる」

ああ、またそれか。こんな女とうっかり結婚するはめになったらと、よほど心配なのだろう。一瞬、このまま居座ってやろうかとも考えたが、オトレー氏の無残な姿を見て思い直した。自分のせいで、いつまでもこのままにしておくわけにはいかない。

「そうでしたね。なんだか頭のなかがぐるぐる回って、今にも気絶しそうなんですが、おっしゃるとおり、公爵さまのお立場のほうが大事ですもの。わたしがここにいても、足手まといになるばかりです。今度こそ、本当に失礼いたします」そこであっと声をあげた。「変だわ。ろうそくをどこに置いたのかしら。廊下は暗いから、灯りがなくては歩けないのに」

公爵の〝お立場〟を大げさに気遣ってみせたのは、さすがの彼でも恥ずかしく思うだろうと考えたからだ。だが彼はよっぽどのエゴイストなのか、自分の失言にまったく気づいていないらしい。ティーケーキかレーズン・スコーンを手にしていたら、おもいっきり投げつけてやれたのに。

それでもベアトリスはにっこりと笑みを浮かべ、彼がろうそくを渡してくれるのを待っていた。はっきり口に出して頼んだわけではないが、紳士たるもの、女性が困っているのだから、喜んで探してきてくれるはずだ。それなのに、時間はただ無意味に過ぎていく。ようやく何分かして、公爵はハッと気づき、彼女の燭台を探しにいった。

書棚の奥のほうまで歩いていく。それを確認すると、ベアトリスは死体に近づき、犯人の手がかりを見つけようと目をこらした。ブーツの底に泥がついている。図書室に来る前、外に出たということか。もちろん外でポートワインを飲んだり、葉巻を吸うのはよくあることだ。でもそれは、テラスやバルコニー、パティオでのこと。ちょっと息抜きに、バラの茂みの間を歩き回るようなことはしない。

おかしいわね。

さらに死体に近づいた。ブーツの底の黒っぽいものは泥ではなかった。

すり減った部分に縫いつけた、黒い革のパッチだわ。見かけによらず、節約家なのね。

「おいきみ、何をしているんだ？」公爵の声がした。驚くというより、怒っている。残念、燭台を見つけるのにもっと時間がかかると思ったのに。実はベアトリス自身、どこに置いてきたのか覚えていなかった。

何か言い訳を考えなくては。ほら、早く。思わず手に持っていた燭台を握りしめた。この燭台が使えるわ。

ベアトリスは、その燭台を遺体のそばに置いて立ち上がった。

「これをここに、月明かりのあたる場所に置いたほうがいいと思ったんです。この部屋は暗いから、どこかにいってしまったら困りますもの。ほら、公爵さまのみたいに」

なくしたことを指摘されても、彼は気にするふうでもなく、素直にうなずいた。

「なるほど、そのとおりだ。うっかりきみが部屋に持ち帰ったらまずいことになるからね」

この血だらけの燭台を、自分の部屋に？　そんな部屋で寝ると考えただけで、背筋が寒くなってくる。だけどこのまま自分のろうそくが見つからなかったら、それですらありがたいかもしれない。誰もいない廊下を歩いて戻るのだから。殺人鬼がうろついていたら、格好の餌食になるだろう。

いいえ、大丈夫。ベアトリスは自分に言い聞かせた。その男はもう逃げてしまったはず。戻ってくる理由はない。

だが公爵は、彼女の燭台をすでに見つけてあり、火を灯して渡してくれた。

「ありがとうございます」

ベアトリスは、それを両手でしっかり握りしめた。凶器となった燭台ほど、大きくも重くもないが、暗闇という敵から、少しでも守ってくれるような気がする。公爵はきっと、彼女が戻ってこないのを確かめてから使用人を起こし、スケフィントン侯爵を呼びにいかせるだろう。ゲストの一人が殺されたと知って、侯爵がどれほどショックを受けるか、想像するだけでもおそろしい。なんといっても侯爵夫妻は、自分たちはホストとして、非の打ち所がないと考えているようだから。ただ結果として、惨殺死体が転がっているようなハウスパーティは、大成功とは言いがたい。というより、大失敗だ。

殺されたオトレー氏ほど気の毒ではないが、計画どおりいかなかったときの気持ちをよく知っているだけに、夫妻の悔しさは察するに余りあった。

ベアトリスは小さくため息をつき、公爵になんと挨拶して立ち去ろうか迷ったあと、結局はおやすみなさいと言うだけにとどめた。本当は、公爵と明日の午後にでも会う約束をしたかった。このあとどうなったのかを教えてもらいたかったのだ。だがこの高慢ちきな男が、女性との話し合いに応じるとはとても思えない。

後ろ髪をひかれる思いで、自分の部屋に向かった。帰り道はさすがに迷うことはなく、たいした時間もかからなかった。だが部屋に入るとすぐ、息がつまりそうな苦しさを感じ、ベッドに腰を下ろした。そうか。これは恐怖心のせいじゃない。この一時間に、自分がとった大胆な行動に気づいたからだ。死体をよく見ようと近づいて、しげしげとブーツの底をのぞきこみ、壁に飛び散った血痕を眺め……。なんて恥知らずだったのだろう。それだけじゃない。ご立派な公爵閣下に向かって、無作法にも自分の考えをずけずけと言ったのだ。でも不思議だわ。あのときは、ふだん人前に出たときのようにおどおどすることはまったくなかった。

社交の場とはちがうから？　いや、どう考えても、びくびくするのは殺人現場のほうだろう。

だが今、怖いもの知らずのベアトリスは、跡形もなく消えてしまった。少し前に薄暗い図書室にいたミス・ハイドクレアは、自分とはまったく別の女性のように思える。姿かたちは変わっていないはずなのに、他人のようで、ふたたびあのときの自分に戻れるとは思えない。それどころか、戻りたいかどうかすらわからない。だって注目を浴びたりしたら、災難に巻きこまれるのがオチだもの。

こんなことばかり考えていると、ゆううつになってくる。一人の人間が殺されたというのに、自分のことばかり考えていて、オトレー氏に申し訳ない。今回の『成金殺人事件』の主役は彼のほうなのに、脇役に追いやったりして。

ベアトリスはふと、カラフルな鳥の羽根を身に着けたエミリーのことを思いだした。あの美しい令嬢が今回の事件を知ったら、母親と一緒に泣きくずれるだろう。今夜はしっかり眠っておかなければ。朝になったら、彼女を支えてあげられるように。

室内ばきを脱いで、ベッドに入った。だが意志の力だけでは、とても眠れそうにない。羊をふたたび数えるわけにもいかず、ろうそくを灯し、『ウェイクフィールドの牧師』を手に取った。

一時間後、牧師の娘のソフィアが馬から小川に落ちるところで、ようやくまぶたが重くなり、そのまま深い眠りについた。

3

翌朝、ベアトリスが朝食に現れないので、ヴェラ叔母さんとフローラはいらだっていた。昨夜彼女がどんな目にあったのかを、まるっきり知らないからだ。八時半になると、ふたりはとうとうしびれを切らし、彼女の部屋まで押しかけてきた。いつまでも寝ているんじゃないわよ、と。

ゆうべ図書室で起きた一大事を、ベアトリスに教えたくてたまらなかったのだ。朝食の席にいた全員が、オトレー氏が亡くなったことをすでに知っていた。

「まさに悲劇だわ」

ヴェラ叔母さんは、姪のベッドの足元にどっかりと腰をおろし、目を輝かせた。彼女は筋金入りのゴシップ好きではないから、普段なら社交界をにぎわすセレブたちの話題を追っかけたりはしない。自分なんかが、身分の高い人たちのうわさをするのはおこがましいと思っているのだ。だが今回は、あまりにも身近に起きた事件のため、さすがにわくわくしているらしい。

「ほんと、おおいなる悲劇よね」フローラもそう言って、やはりベッドに腰を下ろした。

ベアトリスはしかたなく脇に寄ったが、これまでにないほどふたりが興奮しているのを知ってびっくりした。でも無理もない。彼女自身もほんの数時間前、いつもの自分とはかけ離れた行動をとったのだから。ハウスパーティで予想外のことが起きるのはめずらしくないが、〝人の死〟というものはやはり別格だ。誰もが興奮状態に陥り、普段どおりでいることはむずかしい。だが、興味津々といった表情の叔母さんが、実はオトレー氏の殺害や、未亡人となった夫人の悲しみにひどく心を痛めているのを、ベアトリスはわかっていた。

「わたしときたらこんな悲劇にまったく気づかないで、夢も見ないほど眠りこけていたなんて」叔母さんの口調には、悲しみととまどいが入り混じっている。

母親をなぐさめようと、フローラが手を差しのべた。

「お母さま、自分を責めてはいけないわ。わたしたちにできることは、どうせなかったんですもの。みんながこの件を知るずっと前に、オトレーさんの運命は決まっていたんだわ」

ベアトリスは事実を知っているだけに、ふたりの会話が恐ろしくもあり、また滑稽にも感じた。叔母さんはたしかに、家族たちを厳格に支配するタイプの人間だ。だがそんな彼女でも、殺人犯を思いとどまらせることはできなかっただろう。いや、もしかしたら、説教ぐらいはできたかもしれない。屋敷の主人である侯爵夫妻に対し、礼儀をつくしたふるまいをするべきだと。たとえば、立派な図書室を、オトレー氏の血で汚したいという衝動にかられても、何が何でもあらがうべきだとか。

叔母さんは目を閉じて深いため息をつくと、娘の手を握りしめた。

「やさしいのね、フローラ。そうよね、わたしにもわかってはいるの。それでもこれから一生、今回のことを後悔しながら生きていくと思うわ。女学校時代からの大切な友人がこんな悲しい目にあうなんて。どうにかして慰めてあげられるといいんだけど」

フローラは、そんなことはできっこないという顔をしながらも、同意を示すようにうなずいた。

「ええ、みんながそう思っているわ」

ふたりは慰めあい、何が起きたのか話すのを先延ばしにしていたが、ベアトリスは辛抱づよく黙っていた。ほぼ一睡もできないまま殺人事件に遭遇し、そのときの自分の反応にいまだにとまどっていたのだ。もう少し眠れていたら、ある程度気持ちを整理できたとは思うが。

お茶でも飲んだら落ちつくかもしれない。ドアにちらりと目をやった。だがゲストである以上、朝食の席にはきちんと身だしなみを整え、それなりのドレスに着替えなければいけない。そのためにはメイドの手伝いが必要となるから、今こっそり抜け出し、紅茶を持って戻ってくるのは無理だろう。

「こんな恐ろしいことになると、オトレーさんがそれとなく示しておいてくれれば、みんなも覚悟ができたでしょうに」叔母さんの口調は、いつのまにか批判的になっていた。おかしな言い方だ。殺されることを、誰が前もって予告できるだろう。

いくらヴェラ叔母さんとはいえ、あまりにも身勝手すぎる。

フローラが指摘した。「それは無理よ。ぎりぎりまで考えていなかったはずだわ。自殺ってふつう、衝動的なものなんじゃない?」

ベアトリスは心のなかで苦笑いした。まさかカレンダーに、〝殺される予定〟と書いて、その日が近づくのを静かに待つ人なんているわけがない。もしいたら、それは単なる――

ちょっと待って。フローラはたった今、〝自殺〟と言わなかった?

「なんですって？」ベアトリスは大声をあげ、従妹を見つめた。

ヴェラ叔母さんは、口をすべらせた娘を軽くにらみつけた。何が起きたか、自分がじわじわと明らかにしていくつもりだったのに、と口惜しかったらしい。大げさにうなずくと、事件について話し始めた。

「ええ、そうなの。ゆうべ図書室でオトレーさんが自殺したのよ。これまでの人生で、こんなにショックだったことはないわ」

「オトレーさんが自殺した？」驚きのあまり、ベアトリスは叔母さんの言葉を繰り返し、現場の様子を思い起こした。凶器となった燭台、つぶれた頭蓋骨、おびただしい量の真っ赤な血、ラグに押しつけられたオトレー氏の鼻。「だけど、そんなことありえないわ」

「そうなの、そうなのよ！」ベアトリスの呆然とした様子に、ヴェラ叔母さんは大満足のようだ。「わたしたちみんな、訳がわからなくて。だってオトレーさんとはゆうべ、来年の春になったら、両家でヴォクスホール・ガーデン（ロンドンの有名な庭園＆遊園地）に行きたいですねって話したばかりなのよ。それなのに、自分の手で命を絶つなんて」

自殺といっても、いったいオトレー氏はどうやって、致命傷になるほど激しく自分の後頭部を殴れたのだろう。それに彼の燭台は、書棚を曲がった先、死体から三メートルも離れた場所にあったのだ。自殺と考えるには無理がある。ダーツやローンボウルズ（芝生の上でボールを転がすゲーム）がどんなに上手だとしても、燭台をそんなところまで投げられるわけがない。それも、今にも死にそうなときに。どうして巡査は、そこまでばかげた話をでっちあげたのだろう。あ、だけど実際の凶器は、わたしが死体のそばに置いたんだったわ。

「死体を発見したのは、ケスグレイブ公爵だったんですって」フローラが言った。「ぞっとするような光景だったらしいわ。お気の毒に」

「公爵が？」ベアトリスは大声で聞き返した。なるほど、そうか。言うまでもなく、オトレー氏が自殺をしたと見せかけたのは彼だったのだ。それなら、図書室からわたしを急いで追いだしたかったのも納得がいく。そばにいたら、自分に都合のいいように現場を変えることはできないからだ。

　となると、犯人は公爵ということ？　紳士的な雰囲気と、自信たっぷりな態度にだまされてしまったのだろうか。

「そう、公爵よ」ヴェラ叔母さんは楽しそうだった。友人の夫の死はもちろん悲しいが、衝撃的なニュースを伝えるねじくれた喜びのほうがまさったのだろう。「図書室に本を探しにいって、オトレーさんを発見したんですって。それはもう、想像を絶する恐ろしさだったそうよ」

「体のいたるところに血がついていたらしいわ」フローラが横から言った。「だから公爵は、血を全部ふきとるまで、オトレー夫人やエミリーに見せてはいけないと命じたそうよ。わたし、それを聞いてびっくりしたわ。だって妻子を残して勝手に死んでいくのなら、血で汚れないような、もっときれいな死に方を選ぶくらいの気遣いはすべきじゃない？　たとえば、毒薬を飲むとか。たしか、哲学者のソクラテスがそうだったわ。彼は毒杯を飲み干し、尊厳を失うことなく死んだのよ。死の間際まで、弟子たちに自分の教えを語り続けて」

「その毒薬って、ドクニンジンね」叔母さんが言った。

フローラがうなずく。「ええ。自殺願望のある人には、断然ドクニンジンを勧めるわ」

「まあ、わが娘ながら、なんてすばらしい提案をするのかしら」叔母さんがにっこりした。「アヘンチンキを大量に飲むのも悪くないわ。そうすれば、使用人にわざわざ血をふきとらせなくても、遺族がすぐに最後のお別れができるでしょ。自殺をするなら、こんなふうに方法を選ばないとね」

ベアトリスは口を開けたまま、ふたりを見つめていた。この人たち、頭がおかしくなったの？　亡くなったオトレー氏に向かって、自殺をするにもやり方を考えろですって？

そもそも、彼は自殺したんじゃない。

ぼこぼこに殴り殺された、被害者なのだ。

あの燭台を彼の頭に振り下ろしたのは、やっぱり公爵なのだろうか。

わからない。ゆうべ図書室にいたときは、絶対にちがうと思ったのに。でも彼がそんな見え透いた嘘をついたのは、自分を守るためとしか説明がつかない。オトレー氏が自殺をしたと決まれば、巡査が捜査をすることはない。それで得をするのは犯人だけだ。

それでもベアトリスは疑問に思った。あのふてぶてしい公爵が、罪をのがれるために嘘をつくだろうか。彼だったら、逃げも隠れもしないはずだ。むしろ、この自分が犯人だ、捕まえてみろと、胸をはってもおかしくない。まあそうなったところで、はいわかりましたと、村の巡査が従うとも思えないが。公爵閣下を捕まえるなんて、面倒なことはなるべく避けたいだろう。

「アメリアはおかしくなりそうなのよ。死体が血まみれだったとか、そんな話ばかりを聞いたせいで。ああ、オトレー夫人のことよ」ヴェラ叔母さんが言った。「かわいそうに、ひいひい泣きながら、居間を端から端まで行ったり来たりしているの。わたしもヘレンも、部屋で休むようにと勧めたのだけど。おかげで他のみんなも気がめいってしまったわ。なんというか、ロッキングチェアに尻尾をはさまれた猫みたいな泣き声なんだもの。でもどんなに言っても、ひきあげようとしないのよ。わたしたちといると気が休まると言うのだけど、こっちの気が休まらないってことがわからないのかしら。さすがにもう限界だわ」

そうは言いながらも、目はきらきらと輝いている。インドの成金が自らの命を絶つというのは、叔母さんの人生で最もドラマチックな出来事にちがいない。これまでの一番は、口の悪さで有名な貴族とぶつかりそうになったときの話だ。彼にののしられ、ショックで何日も立ち直れなかった人が山ほどいたという。だが叔母さんは運よく、彼がたまたま飛んできた可憐な小鳥に気を取られ、その隙に叔父さんが急いで抱き寄せてくれたので、事なきを得たという。まるで、暴れ馬の通り道から救い出してくれたようだったとか。

「そうはいっても、やっぱり親友ですもの。アメリアとエミリーを支えるためにも、わたしたちがしっかりしなくてはね」

「そうね、わたしはエミリーを全面的に支えるつもり」大好きなエミリーの役に立てると思うと、フローラはうれしくてたまらないようだ。「きっとがっかりしていると思うの。彼女、せっかくアンドリューからプロポーズされる寸前だったのに、もう無理でしょうね。家長が自殺したとなると、一族の大スキャンダルだわ。エミリーはこのまま田舎でひっそり暮らすか、もしかしたら、修道院に入ることになるのかも」唇をかみしめ、また続けた。「どっちにせよ、愚かな父親のせいで、あれほど完璧な女性が表舞台から姿を消すなんてつらすぎるわ」

ベアトリスは首をかしげた。侯爵家の跡取り息子は、エミリーに求婚する気などさらさらなかったはずだ。だが叔母さんは大きくうなずき、そのあとで力をこめて言った。「どんな場所にあっても、神さまはちゃんと見ていてくださるわ」

それでもフローラは、自分の信念を変えなかった。

「エミリーはやっぱり、大輪のバラとして輝くべきだと思う。野に咲く花なんかではなくて」

やけに大げさな話になっていると、ベアトリスはあきれていた。だがオトレー氏の自殺については、ふたりの言うことは当たっている。教会や国にとって、自殺というのはとても重い意味をもち、遺族たちは、他殺の場合よりもはるかにまずい立場に置かれる。公爵の嘘を知ったときには、ショックのあまりそこまでは思い至らなかった。

だが気づいてしまった今、このまま黙っているわけにはいかない。オトレー氏は葬儀どころか、墓地に埋葬もしてもらえず、男性の跡取りがいないため、財産は王室に没収されてしまうのだ。残された妻子は、主を亡くして今後の生活さえ不安定なのに、自殺という烙印を押され、さらに不当な扱いを受けることになる。

そんなことは、許されない。ケスグレイブ公爵は事実を認めるべきだ。

このわたしが、何が何でも認めさせてやる。

そう思った瞬間、ベアトリスは噴きだしてしまった。あいかわらずばかね、わたしったら。公爵が認めたくなければ、何をどうやっても、彼をその気にさせることはできないのに。公爵は、他人の意志で向きを変えられるような、やわらかな若木ではない。びくともしない樫《かし》の大木だ。どんな決断を迫られても、つねに自分本位で結論を出してきたにちがいない。良心に訴えるような直球勝負でいっても、あっさり却下されるはずだ。もう少し回りくどい、そう、ずるがしこい作戦でいくしかない。

ベアトリスは考えに没頭していたので、叔母さんとフローラの存在をすっかり忘れていた。ふと我に返り、ふたりの非難のまなざしに気づいた。

「どうしたの、ぼうっとしちゃって」ヴェラ叔母さんが舌打ちした。「こんな大きな悲劇の渦中にいるっていうのに、ほんとにデリカシーのない子ね。オトレーさんがなくしたのは、身分や財産だけじゃないのよ。命まで亡くしたのよ。そんな能天気な顔をして、不謹慎にもほどがありますよ」

まずい。お説教が始まっちゃう。

「すみません、叔母さま。あまりに恐ろしい事件に動揺し、まともな反応ができなくなっていました。恥ずかしいわ」

「しょうがないわね」ヴェラ叔母さんは肩をそびやかした。「小さいころも、何を考えているかわからない子だったわ。本当に、めったに笑わない子だった」

たしかにその通りだ。やけに長いように感じたあの日の午後、ベアトリスは両親を亡くして孤児となり、それ以来、むっつりした顔で黙りこくっていることが多くなった。といっても、今の気持ちはあのころよりずっと複雑だ。遠い昔に身に付けた、悲しい性癖とはちがう。ただそれを、叔母さんに説明したところで意味はない。ベアトリスはベッドカバーをぼんやりと見ながら、朝食にはまだ間に合うかしらと訊いてみた。

すると叔母さんとフローラは、朝食という言葉に反応し、その後十分近くも、朝食の席での侯爵夫妻のふるまいについて議論をはじめた。なんでも、夫妻は朝食に現れたゲストに合わせて食器を選ぶそうだが、その際に時間をかけすぎるというのだ。親子の考えは完全に一致しているのに、対立でもしているように、激しく意見を戦わせている。

ベアトリスはますます疲れてしまった。朝食はあきらめて、いっそのこともう一度寝てしまおうか。人をたたき起こしたくせに、一時間近くも話しつづけ、相手が朝食に行くのを邪魔するなんて、とんでもないマナー違反だ。なるほど。〝礼儀知らず〟とはどんなふるまいか、叔母さんは身をもって教えてくれているわけね。

親子はようやく、意見が初めから一致していたと気づき、ベアトリスに目を向けた。そして今度は、もう九時半だというのに、まだベッドにいるのかと非難し始めた。そこでベアトリスは自分の怠慢をわび、ベルを鳴らしてメイドを呼ぶと、親子が出ていくのをありがたく見送った。

さて、あとは薫り高い紅茶をゆっくり味わいながら、作戦をたてるだけだ。必ずや公爵に、事件の真相を認めさせてやる。大丈夫、きっとうまくいくはずだ。

4

二杯目の紅茶を飲み終えたベアトリスは、屋敷内の様子が思ったほど重苦しくないことに驚いていた。もちろん誰もが低い声で話し、それなりにおごそかな雰囲気ではある。だが若い紳士たちは、オトレー氏が命を絶った方法について語りあい、ときには感嘆の声すら上げている。

「燭台を使ったそうだ」アマーシャム伯爵が言った。肘掛け椅子から身を乗りだし、感服するしかないとでもいうように首を振っている。朝食を終えた人たちは全員、エレガントな家具が置かれた居間に集まっていた。表向きは、一日の始まりにゆったりとくつろぐためだが、実際のところは、うわさ話で盛り上がるのが目的だった。広々とした部屋には、タフトソファやベルジェール・ラウンジチェアが配置され、凝りに凝ったモールディングや、重々しい顔をした代々の当主たちの肖像画が壁を飾っている。「純金製だから、かなり重いだろうけどね。でも結局は、ろうそくを立てる道具に過ぎないじゃないか。ふつうはやっぱりナイフだろう」

「いや、それより驚いたのは、殴ったのが後頭部ということだよ。ぼくなら絶対に額を殴るけどな」アンドリューが問題としたのは、凶器そのものではなく、どこを殴ったかだった。「そもそも、わざわざ背中に手を回す必要がどこにあるんだ」

「ああ、ちがうちがう。彼みたいな中年の男が、そんなに体が軟らかいわけがないだろう。頭の上に燭台を持ち上げてから、後頭部を殴ったんだ」

アマーシャムはそう言うと、手に持ったスプーンを掲げ、自分の頭のうしろを叩いて見せた。

フローラの兄ラッセルも、議論に参戦した。

「出血量が一番多いのは、頭の傷だそうですよ。スペインの独立戦争に行った知り合いから聞いたんです」

それを聞いた叔母さんが、顔をしかめている。ベアトリスはうれしくなった。わたしと同じように、彼らの話が不謹慎だと思っているのね。あっ、だけどもしかしたら、叔母さんは自分も話に加わりたいのかも。きっともどかしいんだわ。自殺をするならアヘンチンキの大量摂取が一番よ、とお勧めの自殺方法を披露できなくて。だけどさすがに、レディがそんな発言をするわけにはいかないとがまんしているのかしら。どちらなのか、ベアトリスが結論を出せないでいると、ラッセルが続けた。

「だからぼくは、自殺をするなら燭台は使いませんね。もともと散らかし屋なんで、血をまき散らしてさらに部屋を汚したら、マナー違反もいいところですから」

アンドリューとアマーシャムは、この発言に腹を抱えて笑った。ラッセルは、予想以上に笑いを誘ったことが照れくさいのか、顔を赤らめている。その横では、ヌニートン子爵がうんざりした顔で新聞をばさばさと動かし、「ばかなガキどもが」とつぶやいている。

彼が〈タイムズ〉を膝におろしたのを見て、ベアトリスはわくわくした。未熟な若者たちを一喝するのだろう。分別のある子爵は、哀れなオトレー氏をネタにして笑っている彼らを、厳しく叱責するはずだ。

ヌニートン子爵が声を張り上げた。

「男らしく命を絶つのであれば、ピストル以外にはありえない。歴史的に見てもそれが最も正しく、他はすべて恥ずべき手段だ」

年長者らしく、重々しい口調だったが、アンドリューはためらうことなく反論した。

「剣を我が身に突き刺すのも、古くからある方法です。かのブルータスは、そうやって命を絶ったんですよ。プルタークによれば、ブルータスは、友人のヴォルムニウスに介添えを拒まれたあと、剣の柄を両手でつかみ、切っ先に向かって倒れこんだそうです」

「まあ、アンドリュー!」ちょうどそのとき部屋に入ってきた侯爵夫人は、息子が残酷なエピソードを語るのを聞き、大きな声をあげた。「驚いたわ。学校の成績とチューターの報告から、もうあなたの教育にはお金をかけても無駄だと思っていたの。だけど今、何か一つでもきちんと覚えていたとわかって——」

「母上!」アンドリューは顔を真っ赤にして怒った。「そのように驚くとは、なんたる侮辱。数学の試験では、いつも合格点を取っていますよ。そりゃまあ、文学は得意ではないですが」

アマーシャムが援護した。彼はアンドリューのオックスフォード大学の友人で、この屋敷にも何度か来たことがある。

「そうですよ、侯爵夫人。ぼくもね、彼が何か一つか二つは身に付ける日が、いつかはくると思っていました。止まった時計でさえ、一日に二度は正しい時刻を告げますからね(信用できない人や物でも、時には正しい事をすると言う意味)」

この発言に、何人かがくすくすと笑い声をあげた。侯爵夫人もアンドリューも笑っている。

けれども、それが絞首台でのネタであると知っていたベアトリスは、みんなの笑いがおさまるのをじっと待っていた。彼らも表には出さないが、今回の件で動揺しているのだろう。だがそれでも、ほんの数時間前に殺されたオトレー氏について、ああだこうだと軽々しく言うのを聞いていると、ひどく胸が痛み、突然、みんなが縮みあがるほどの大声で叫び出したくなった。

もちろん、そんなことができるわけはないが。これまでの人生で、人前で声を荒らげたことは一度もない。いや、子どものときに一度だけあった。あれは叔父さん夫婦にひきとられて間もないころ、どこへ行くにも持ち歩いていた手袋を、叔母さんに勝手に捨てられたときのことだ。たしかに叔母さんが言ったように、あの手袋は汚れていたし、すりきれてもいた。けれども、こんな物は何の役にも立たないと言い放った叔母さんは、絶対にまちがっていた。あれは、大好きなママの手袋だったのだから。

たった一つ残った、思い出の手袋だったのだから。突然孤児となった幼子を慰める、そういう立派な役割を果たしていたのだから。

だからこそ大声で、力のかぎり泣き叫んだのだ。泣いて泣いて、声がすっかり嗄《か》れるまで。それなのに、単なるぼろきれを捨てたとしか思っていなかったヴェラ叔母さんは、泣きわめく姪っ子を見ながら、どんどん冷めた表情になっていった。そして、そんなわがままは許さないと言って、幼い姪をさらに傷つけたのだ。

その日から、ベアトリスが人前で大声を出すことはなくなった。

だから今も、内面の怒りは表に出すことなく、ソファに座ったまま、身じろぎ一つしなかった。心地のよい、春の朝のように穏やかな表情で。

いっぽうケスグレイブ公爵は、静かに紅茶を飲みながら、〈ロンドン・ガゼット〉を読んでいた。周囲には目もくれず、のんびりとくつろいでいる。紳士クラブのラウンジにでもいるようで、事件の話にはまったく関心を示さない。自分には関係のない、天気の話でもしているのかという顔をしている。

ほんとうに、腹立たしいこと。

ベアトリスは、心からの憎しみを覚えた。オトレー氏の不幸にも、自分の嘘がひきおこした騒ぎにも、見て見ぬふりをするなんて。ここまで性根のくさった人間がいるだろうか。母の手袋を勝手に捨てた叔母さんのほうが、まだましではないか。あのときの叔母さんは、幼い姪の心に、自分がどれほど深くナイフをねじこんだのかわかっていなかった。だが公爵は、自分の行動がどんな意味を持つのか、すべて承知している。自分の身勝手な嘘が、オトレー一家をどんな目にあわせるのかじゅうぶんにわかっていて、それでもなんとも思っていないのだ。

激しい怒りが、ベアトリスのお腹の底からこみあげてきた。だとしても、そんなことは少しも感じさせない穏やかな声で、公爵に声をかけた。

「あの、公爵さまは今回の件について、どう思われますか？」

すぐそばで、息をのむ気配がした。ヴェラ叔母さんが真っ青になっているのだろう。ひっこみじあんの姪が人前で話すだけでもびっくりなのに、雲の上の公爵さまに話しかけるなんて。そもそも、爵位をもたないハイドクレア家の人間は、上流階級の人々に自分から話しかけることは、けっしてしない。物問いたげに視線を向け、声をかけてもらうのをじっと待つのだ。

ベアトリスも二十年間、叔父夫婦の定めたこのルールを忠実に守ってきた。ところが突然その掟をやぶり、しかもいきなり最高位の公爵閣下に話しかけるという、大それたことをやってのけたのだ。まずはナイトや男爵から、というように段階を踏むこともせず。

とはいえ、公爵がベアトリスを無礼に思ったとしても、態度にはいっさい出さなかった。手にした新聞をほんの少し傾け、その上から彼女をじっと見つめている。そのごくわずかに、右手だけをおろしたしぐさが、ベアトリスをいっそういらだたせた。公爵閣下はどんな場合でも、礼儀など関係なく、好きなようにふるまうことが許されているのだ。

「今回の件というと?」公爵に尋ねられ、ベアトリスはすぐさま答えた。

「オトレーさんが自殺をした理由です」

「理由? 憶測でものを言うのは失礼だと思うが」

ていねいだが、きっぱりした口調だったので、これ以上はつっこめないとベアトリスは思った。胸の鼓動が早くなり、自分の覚悟がいかにもろいものだったかを、痛切に感じていた。真夜中の図書室では、平気で言い返していたのに。あのときは異常事態のせいで、いつもの臆病さがどこかにふきとんでいたのだろう。だがここには、叔母さんはもちろん、上流階級の人間が何人もいる。こうした場所で堂々とふるまえたことは、これまで一度もない。

だが不思議なことに、公爵の顔を見ているうち、ゆうべの大胆さが戻ってきた。保身のために他人の名誉を傷つけ、それなのに、礼節を重んじるふりをして追及をかわす――そうした彼のやり口に、怒りがかきたてられたのだ。

「ええ、たしかにおっしゃるとおりです。当事者の苦しみを考えず、楽しいからといってあれこれ議論をするのは、大変失礼なことだと思います。でも公爵さまの場合は、事情が違うのでは? 遺体を発見したのは、他ならぬ、公爵さまご自身なのですから」

この発言が、うわさ話に興じている紳士たちを侮辱していると、気づかない者はいなかった。特にヴェラ叔母さんは、ものすごい顔で彼女をにらみつけている。

だがベアトリスが相手にしていたのはただ一人、公爵だけだった。

「オトレーさんの痛ましい姿を目にされて、公爵さまも大変なショックを受けられたことでしょう。それでも彼に対し、第一発見者としての特別な想いがあるはずです。であれば、オトレーさんが亡くなった理由に思いをはせても、失礼には当たらないのではないでしょうか。むしろ彼も、喜ぶのではないでしょうか」

ベアトリスが長広舌をふるう間、フローラは顔を真っ赤にしてうつむき、ラッセルは気まずそうな顔で、「あのねえ、ベア……」とだけつぶやいた。だが当の公爵は、ベアトリスをひたと見据え、口元に冷たい笑みを浮かべている。

そのとき、ヴェラ叔母さんが口を出した。

「公爵さま、どうかご無礼をお許しください。この子はめったに外に出る機会がないものですから、驚くほど世間知らずなんです。おそらく今回の事件に気が動転し、少しふつうではなくなっているのでしょう」不安そうな顔で、部屋を見回した。「ここにいる誰ひとり、この件について公爵さまのお考えをうかがいたいとは思っておりません。特にこのわたくしは、どんな問題にしても、公爵さまのお考えほど知りたくないものはございません」叔母さんは満足そうだった。なかなか上手に敬意を伝えられたと思ったのだろう。だがすぐに、そうではないと気づいたらしい。「つまり、その……公爵さまがお話しなさりたいのであれば、喜んでうかがいたいと思っております。ですが、お話しなさりたいと思わない場合は、ぜひとも内緒になさってください」それから、少し命令口調だったかもしれないと不安になり、さらに続けた。「ああもちろん、内密にしたい場合だけですよ。そのあたりはお任せいたしますわ。何を言いたくて何を言いたくないかは、ご自身が一番よくご存じでしょうから」

公爵は楽しそうな顔で、恥じ入っている女性に頭を下げ、彼女の心遣いに礼を述べた。

「ありがとうございます、マダム。自由な意思を尊重すべきだと力説いただき、感謝いたします。ぼくもまったく同じ考えですよ。誰であろうと、自分が望んでもいないのに話をしろと強要されるべきではありません」

ヴェラ叔母さんは感激し、天にものぼる気持ちだった。まあ！　公爵という爵位に、これほどふさわしい方がいらっしゃるかしら。だが興奮と緊張があいまって、忍び笑いとしゃっくりが混じったような、謎めいた笑い声を返すのが精いっぱいだった。

「ちなみに今回の件については」公爵は話し始めたが、新聞は膝の上に広げたままだった。すぐに読みかけの記事に戻るつもりだ、とでも言わんばかりだ。「ぼくがあえて意見を述べるとしたら、動機は金銭的なものだと思いますね。結局のところ、〝金は諸悪の根源〟ですから」

公爵がいきなり聖書の一節を引用したところで、ベアトリスは驚かなかった。それは、悪魔が自分の立場を守ろうとするときの常套《じょうとう》手段だからだ。

「ご存じと思いますが、テモテへの手紙第六章の十節に、金銭を愛することは諸悪の根源だと書いてあります」

ヴェラ叔母さんがうれしそうに言った。

「ねえベアトリス、さすが公爵さまよね。陰惨な事件について考えるときですら、聖書の言葉をひいてこられるなんて。無学な者が下手なことを言うのは、とても恥ずかしいことですよ」

公爵はまたしても、叔母さんからポイントを稼いだらしい。

「ありがとうございます、マダム。同じような考えを持つ仲間に出会えたことは、実にうれしいことです。些末な知識にこだわる人間もいますからね」

ベアトリスは唇を震わせた。イギリス戦艦の名前をずらずらと挙げ、ディナーの雰囲気をぶちこわしにしたくせに、してやったりという顔をしたのはどなただったかしら。だが公爵の反感をこれ以上買っても、いいことは何一つない。どうやら彼はこの場で真実を明かす気はないようだし、下手に追及したら、わたしのほうが笑われるだけのことだ。それどころか、最悪の事態になってもおかしくない。この女は頭がおかしいと公爵が騒ぎだし、すっかり彼のファンになった叔母さんを言いくるめ、わたしを精神科の病院に送りこませるかもしれない。

冗談じゃないわ。こうなったら、公爵が一人のときをねらって問い詰めるしかない。だがそれも、こんな田舎の屋敷ではなかなか難しそうだ。人があふれるロンドンのダンスパーティなら、大勢の中にまぎれ、ふたりだけで話をすることもできるだろうが。

この日の午後はようやく雨がやんだので、紳士たちは釣りに出かけ、女性たちは刺繍《ししゅう》をしたりお茶を飲みながら、うわさ話に花を咲かせていた。ベアトリスは刺繍は得意なほうだが、強制的にやらされるのはおもしろくなかった。それにこれでは、こっそり抜け出し、公爵を問いただす機会は望めそうもない。ディナーの時間はもっと難しい。身分の高い公爵と隣になれるはずはないし、万一そうなっても、言葉を交わしたとたんに注目を浴び、ふたりだけで話をするのは不可能だろう。

それ以前に、公爵がベアトリスとの会話を拒否するはずだ。彼女と話して得になることは何一つないからだ。となると、無理にでもふたりきりの状況を作るしかないだろう。

具体的にどうすればいいのか、ベアトリスは午後の間ずっと考えていた。ブラウントラウトを釣りに、紳士たちが湖に向かってすぐ、オトレー夫人とエミリーが部屋から出てきた。侯爵夫人とヴェラ叔母さんがなぐさめの言葉をかけたあと、今後どうすべきかを話し合っている。目のふちを真っ赤にし、土気色の顔をしたオトレー夫人は、これからすぐにでもケント州の自宅に戻るつもりだと言う。

侯爵夫人は、友人の手をぎゅっと握りしめた。

「そんなに急ぐことはないじゃないの。もちろん、早く戻って不愉快なことを片づけてしまいたいのならしかたがないけど。だけど侯爵もわたしも、あなたにさっさと帰ってほしいなんてこれっぽっちも思っていないの。それどころか、あなたのつらいときに力になれるなら、そんなうれしいことはないわ。今後のことを決めるのは、一日か二日して、もう少し落ちついてからにしたら？　わたしたちも相談にのるわ」

ベアトリスは、侯爵夫人の言葉に胸を震わせた。うわべだけではない、心から心配しているのがよくわかる。オトレー夫人も同じように感じたのか、弱々しいながらも笑みを浮かべている。エミリーもさすがに顔色は悪かったが、侯爵夫人の申し出に感謝して、少し考えてみたいと言った。

「なにしろわたしたち、父の意見をきかずに、自分たちだけで物事を決めるのに慣れていないものですから」その横で、オトレー夫人が涙をぬぐいながらうなずいている。「父はいつだって、わたしたちにとって何が最善かをわかっていました。だからこそ、こんなことになって途方にくれているんです。父が最近、大きな問題に悩んでいるのは知っていました。でもまさか、あんな形で死んでしまうなんて。あれではわたしたち親子にとって、最善どころか最悪です。しかもなぜあんな方法を選んだのか、訳がわからなくて。わたしたちのことなんか、どうでもよくなってしまったのでしょうか」

エミリーはたしかに、取り乱すというよりは困惑しているようだった。ベアトリスは、彼女が気の毒でしかたがなかった。彼女が苦しんでいるのは、父親が〝亡くなった〟からだけではない。〝自殺をした〟からで、つまり公爵が嘘をついたせいなのだ。

彼女には、真実を知る権利がある。

そこで、エミリーに尋ねた。「大きな問題って何ですか？」

彼女はぽかんとした顔で、ベアトリスを見つめた。フローラにいたっては、あからさまに眉を寄せている。何の取り柄もない従姉が、大胆にも自分の憧れの女性に話しかけたことで、腹立たしく思っているのだろう。だがオトレー夫人もエミリーも特に抗議はしなかったので、ベアトリスは続けた。

「大きな問題でお父さまが悩んでいたとおっしゃいましたよね。具体的にはどんな問題だったのですか?」

「ちょっと、ベアトリス」ヴェラ叔母さんはあたふたしていた。公爵との一触即発の場面を思い出したのだろう。とはいえ、苦い思い出とも言いきれないようだ。姪っ子の無礼なふるまいのおかげで、公爵との間に深い絆が生まれたのだから。「ごめんなさいね、エミリー。ベアトリスの精神状態は、今すごく不安定なのよ。だからオトレーさんの……その、なんていうか、オトレーさんの……」〝自殺〟とはっきり言うわけにもいかず、遠回しな表現も思いつかず、何度も口ごもっている。「なんでしょう……痛ましい状況というか。そうそう、それだわ。その痛ましい状況のせいでおかしくなっているのよ」適切な言葉を見つけたことがうれしくて、勝ち誇ったような笑みを浮かべている。「だから普段とはまるで別人みたいなの。疲れているようだし、少し休ませるわ。実は今朝、ぐっすり眠っていたベアトリスを、わたしとフローラで無理やり起こしたの。ほら、教えてやろうと思って――」そこで突然、言葉を切った。またもまずいことを言いそうになったと気づいたのだろう。だがその直後、驚くほど巧みに軌道を修正した。

「さあさあ、夜が明けて、新しい一日が始まるわよってね。でも今になって後悔しているわ。こんな恐ろしい状況を乗りこえるには、たっぷりの睡眠が必要だもの。だからね、ベアトリス。今すぐ部屋に戻って、少し眠っていらっしゃいな。あなたがここにいなくても何の問題もないから」

フローラも母親に加勢をしようと、従姉が睡眠不足である証拠として、目の下のクマを指摘した。

「あなたはいつも青白いから、よけいに目立つのかもしれないわ」

心から心配しているようにも見えたので、ベアトリスは一応ふたりに礼を言った。といっても、これまでずっと控えめにしていたふたりが急にしゃべり出したのは、なんとかこの場から彼女を追いはらいたい一心だったのだろう。だがベアトリスは、ふたりの忠告をきくつもりなど初めからなかった。それどころか、悲しみに沈む未亡人に、直接疑問を投げかけた。

「ご主人さまには、悩みがいろいろとおありだったんですか？　最近の〝大きな問題〟のせいで？」

ヴェラ叔母さんはもだえるようなうめき声をあげ、ソファの背に頭をあずけた。だがオトレー夫人のほうは文句を言うこともなく、あっさりと話し始めた。むしろ、ずっと抱えていた悩みを打ち明けるチャンスをもらえたと、感謝すらしているようだ。

「ええ、一番の問題はハイビスカスの件だった。東インド会社が勢いを増してきたせいで、主人は事業の多角化に舵を切ったの。そしてまずは、多額の資金を投じ、ハイビスカスの栽培を始めたのよ。あの地域は気候が合っているし、ハイビスカス・ティーの取引は、中国の市場でも好調だから。今でも賢明な判断だったと思っているわ。現地でも人気だし、イギリスでも人気が出ると自信があったみたい。実際あのお茶はとてもきれいな色をしていて、おもてなしにはぴったりなの。そうだわ、ヘレン、今度こちらにも一缶送るわね」

侯爵夫人はにっこり笑った。「まあ、うれしい。楽しみだわ」

オトレー夫人は大きくため息をついた。

「主人の判断は間違いなかった、それはたしかよ。だけどね、自然というのはとても気まぐれで、しかも残酷だってことまでは考えていなかったの。畑が火事にあって全滅したという知らせを受けたのは、一カ月ちょっと前のことよ。何もかも焼き尽くされ、すべてを無くしてしまったわ。ハイビスカスも資産も、全部。口ではとても言い表せないほどつらい出来事だった」

話が進むにつれて夫人はどんどん落ちつきを失っていき、しまいには顔にハンカチをあて、大声で泣きだした。するとエミリーは、母親の肩を抱き寄せてしばらくなぐさめていたが、結局は一緒に泣きだしてしまった。フローラはベアトリスを、こわい顔でにらみつけている。大切な友人を苦しめたのはベアトリスだ、そう言いたいのだろう。しかしそれは、とんだ筋違いだ。にらみつける相手は火事の原因、たとえば畑にたまたま落ちた雷だとか、ろうそくの火をきちんと始末しなかった農夫だろう。

「まあアメリア、そんな大変なことがあったのに、これまでずっと黙っていたの？」

侯爵夫人は驚いた顔で身を乗りだし、オトレー夫人の手を握りしめた。「どんなにつらかったでしょう。大金を失うというのは、本当に心細いことですもの。うちの主人はさいわい、新しい事業には投資をしないと決めているの。だけどハザード（さいころを使ったばくち）なんかで大損してくると、もう許せなくて。でも経済的に、そこまで悲惨な状況ではないんでしょう？　トーマスはあれだけの資産家なんだから。それにしても、ひと言相談してくれたら良かったのに」

　オトレー夫人は、悲しげな笑みを浮かべた。

「そんな話で楽しい雰囲気をこわしたくなかったの。とてもすてきなハウスパーティだから」

叔母さんはふたたび、早く昼寝に行くようにとベアトリスをうながした。楽しい雰囲気をこわしたのは、自分の姪だと考えたらしい。

「ねえベアトリス。さっきより、またさらにぐったりしているみたい。さあ、すぐに戻って休みなさい。でないと、ディナーの最中に眠りこけてしまうわよ」

ベアトリスは、抗議の言葉がのどまで出かかったが、ぐっとこらえた。ここはおとなしく従ったほうがいい。オトレー親子からもっと情報を引きだそうとしても、どうせ叔母さんに邪魔をされるだろう。これ以上つまらないおしゃべりに付きあっていてもしかたがない。

「ええ、思った以上に疲れているみたいです。それでは、ディナーまで少し失礼させていただきます」

ヴェラ叔母さんはすぐに機嫌を直し、やさしく言った。

「そうそう、昼寝をすればきっと元気になるわ」

ベアトリスは礼を言って、その場をあとにした。部屋でゆっくり、今後のことを考えよう。まずは、公爵とふたりきりになる方法を見つけなければ。とにかく、彼がどういうつもりでいるのかを知る必要がある。たしかに彼は、独裁者と言ってもいいほどの権力を持っているが、気まぐれやわがままで、他人の名誉を傷つける人間とは思えない。今回の嘘には、何か理由があるはずだ。

部屋に向かう階段を上りながら、ざわめきが遠ざかっていくことに気づいた。下の階では、使用人たちがお茶を運んだり、花を活け替えたり、テーブルクロスを替えたりと、ずいぶんにぎやかだ。だが上の階まで来ると、彼女以外には誰もいない。ベアトリスは廊下を歩きながら、これはチャンスではないかとひらめいた。ゲストたちは、ディナーの前にドレスを着替えるまで自分の部屋には戻らない。侯爵夫人は、お茶を入れ替えるようにメイドに指示を出したばかりだし、みんな楽しそうに刺繍をしていた。もし今、亡くなったオトレー氏の部屋に忍びこんだところで、誰が気づくだろう。

でもやっぱり、それはいけないことだわ。

そうよ、もちろんそんなことはできない。

すでにオトレー氏は、じゅうぶん屈辱的な目にあっているのだ。プライバシーを侵害して、これ以上辱めるわけにはいかない。だけど、待って。彼がそんな目にあっているのは、すべて公爵の嘘のせいだ。そしてわたしはその嘘を暴き、オトレー氏の妻子を苦しみから救おうとしている。であれば、彼の部屋を調べるのは思いやりにあふれた行為であり、その心意気は、賞賛に値すると言ってもいいのではないか。

もし見つかったらと思うと、さすがに膝が震えてきた。だが結局は、オトレー氏の部屋のドアノブを回し、中に入ってすばやくドアを閉めた。気持ちを落ちつかせるため、何度か深呼吸をする。

部屋の中は、すみずみまで日の光がいっぱいに射しこみ、ひと目で全体が見渡せた。どこもかしこもすっきりと片づいている。ベッドは整えられ、私物はすべてタンスにしまわれているようだ。ベアトリスは、自分の散らかり放題の部屋を思い浮かべた。サイドテーブルには本が積み上げられ、洗面台の上にはピンやリボンが出しっぱなしだ。だがこの部屋には本は一冊あるだけで、ベッド脇のテーブルに置かれている。ベアトリスはその分厚い本におそるおそる手を伸ばし、表紙を開きかけたが、すぐに閉じた。なんだかすごく、いけないことをしているみたいだ。だがその直後に、思い直した。この部屋に忍びこんだというだけで、すでにじゅうぶんいけないことをしているのだ。

そこで今度は、その本を堂々と手に取り、ていねいに目を通していった。帳簿にしては小さいが、商取引の内容や、日々の雑多な売買に関する詳細が記されている。内容はさまざまだが、ほとんどは簡単なメモのようだ。たとえば昨日は、鉱業株を買い増すよう、ロンドンの代理人に連絡すべしとの覚え書きを残している。その前の日は、侯爵家の執事クローリーの仕事ぶりに感心したので、ここを発つ前に、それなりの心付けをしてやりたいと書かれていた。ようするに日記帳なのだろう。

　ページをさらにめくっていき、半年ほど前の日付にさかのぼると、簡単な計算式が目に入った。安価な灯心草ろうそくに替えた場合、家計がどれだけ浮くかを試算したようだ。だがその数週間後の余白のメモを見ると、結果的に割に合わないと判断したらしい。『へどが出そうなほどひどい臭いだ！　チャルート（両切りの葉巻）よりひどい！　いや、どっちもどっちか』

　ベアトリスは秘密調査員としては新米だが、この日記帳が重要な情報源であることはわかった。このまま最後まで目を通すか、それとも持って帰ろうか。どちらも危険であることに変わりはない。あまり長くいると見つかるかもしれないし、持ち出したらオトレー夫人が気づくはずだ。

　とにかく大急ぎで、読めるだけ読むしかない。投資に関する情報、購入すべき物のリスト、面会の日時、安物のタバコへの不満……。ここ二年間の、さまざまなことが書き連ねてある。

　ざっとではあるものの、ようやく最後まで目を通すと、その日記をナイトテーブルに戻し、着替え室へ移動した。衣装ダンスの引き出しには、きちんとたたまれたシャツやクラバット、ズボンが並んでいる。一枚一枚調べる間も、誰かに見られていないかと、何度も振り返って確認した。紳士の衣服を女性が調べるというのは、単なるプライバシーの侵害ではすまないように感じたからだ。

それからふと手を止め、小さくつぶやいた。いやね、ベアトリス。相手が男だろうが女だろうが、同じくらいまずいわよ。そして最後に、一番上の浅い引き出しを開けてみた。こまごました物がぎっしり詰まっている。古い手紙を見たときには興奮したものの、昔の友人からのふざけた手紙だとわかり、いっきに力が抜けそうになった。そもそも何を探しているのかすら、自分でもわかっていないのだ。

ヴェストの下にたくしこまれていたのも、半分ほどになった葉巻だった。ため息をつきながら、ソファの置かれた居間に移動する。だがやはり、興味を引くものはほとんどなかった。新聞やシルクの室内履き、鉱山会社の株式報告書、〈ラ・ベル・アサンブリー〉が一冊。このファッション雑誌はおそらく夫人の物だ。共有の居間をはさんで、彼女の部屋とつながっているのだろう。

ベアトリスはしばらく、夫人の寝室に続くドアを見つめていた。さすがに、彼女の部屋までかぎまわるわけにはいかない。プライバシーの侵害はもちろん、彼女はすぐ下の階にいて、いつ戻ってくるかわからないからだ。壁の時計を見ると、この部屋に来てからすでに五十分近く経っている。誰にも見つからなくて、ラッキーだったとしか言いようがない。今のうちに自分の部屋に戻り、これまでに得た情報を検討し、公爵と対決するための作戦を考えよう。

まずはここから、安全に脱出しなければ。ドアに耳を押し当て、少しだけ開けると、もう一度耳をすませた。さらに集中するため、両目を閉じる。大丈夫、何も聞こえない。

そっと抜け出すと、不自然にならない程度の急ぎ足で歩いていく。自分の部屋に入ってドアを閉めたときには、緊張のせいもあり、ひどく息を切らしていた。

ようやく普段の心拍数に戻ったところで、ドアをノックする音が聞こえ、ヴェラ叔母さんが入ってきた。ディナーに行く前に、愚かな真似をしないようにと、くぎを刺しにきたらしい。

「調子はどう？　昼寝をしたら元気になったかしら」ベッドはしわ一つなく整えられていたが、叔母さんは意に介さなかった。「わかっているとは思うけど、さっきのあなたのふるまいは、わたしたち夫婦にとって耐えがたいものだったわ。もちろんホーレスはここにはいないけど、夫婦の気持ちは通じ合っているものだから、姪のしでかしたことに屈辱を感じているはずよ。いったいどうしたのかしら。わたしたちはあなたを、立場をわきまえず、目上の人に意見をするような娘に育てたつもりはないのに。

もちろん、いつもとは違う状況だからしかたのない部分もあるわ。よそのお宅で自殺をするなんて、無神経もいいところだもの。ええ、今はっきりわかったわ。この世で最も許されないことは、自宅以外で自殺をすることとよ。ただね、どんなにショックが大きくても、あなたのふるまいはさすがにね」

ベアトリスは机の前に座って考えを整理していたが、下を向いていたので、彼女が笑いをこらえていることに叔母さんはまったく気づかなかった。オトレーさんもお気の毒に。叔母さんにここまで悪しざまに言われるなんて。だけどそれも、公爵が嘘をついたせいだわ。

「アメリアとエミリーもディナーには出てくるそうよ。だからゆうべほど形式ばったものにはならないと思うけど、ひと言も話してはだめよ。いつもみたいにおとなしくして……。ああ、でもあんまり暗いのもどうかしら。こんなときに笑顔をふりまくのも変だけど、不機嫌そうなのもまずいから、自分で考えて、うまくやってちょうだいね。それと念のためだけど、万が一話しかけられた場合、応えるのはかまわないわ。ただし、よけいなことは言わないこと。〝はい〞か〝いいえ〞と言うだけにして、それが難しいときは、〝まあ〞と言ってごまかせばいいわ」そこで急に口をつぐんだ。普段はベアトリスに、もっと中身のある返事をしなさいと、口うるさく言っていたのを思い出したのだろう。「とにかくね、あなたが強情なせいでわたしがどれほど苦労しているか、わかってほしいのよ。フローラやラッセルは、まだ若いから気づかなくてもしかたがないわ。でもあなたはちがうでしょう？　なんでもよくわかっていると信頼しているのよ」

　孤児となったベアトリスにとって、ヴェラ叔母さんは理想的な後見人とはほど遠かった。自分の子どもの他にまた一人世話をするなんてと、いらいらすることも多かった。またお世辞にも有能な女性とは言えなかったが、それでも彼女なりにできるだけのことはしてくれた。この二十年、叔母さんがもう少しよくできた人間だったらと恨んだことはないし、今も恨んではいない。

「ええ、いろいろと申し訳ありませんでした。ご迷惑をかけるようなことはもうしません」

　叔母さんはホッとしたようにほほ笑んだ。

「そう聞いて安心したわ。わたしもね、こんなにうるさくは言いたくなかったんだけど。実はさっき廊下でね、釣りから戻ってきた公爵に声をかけられたのよ。おたくの姪御さんの率直な物言いはどうにかならないのかと。それで、いつもは無口な娘なんですとお答えしたの。だからどうか、よろしく頼むわね。さあそれじゃあ、ドレスを着替える前に、ディナーの席にふさわしい表情をやってみせて」

ははあ、なるほど。彼はわたしが何を言い出すのかとおびえているわけね。ベアトリスは、叔母さんを使ってまで公爵が自分を黙らせたいのだと知り、あざ笑うように片頬を上げた。

すると叔母さんが言った。

「いやだ、その顔はだめよ。どこかのならず者みたいじゃないの。ここは湖水地方のお屋敷なのよ。ほら、もう一度やってみて。さりげない笑顔よ」

ベアトリスは何度も挑戦した結果、十二回目にようやく合格点をもらえた。

「それよ、それ。いいわ、完璧。それでこそ、ホーレスとわたしがよく知っているベアトリスだわ。感じの悪いところがまったくない、つまり、毒にも薬にもならない娘ね。ディナーが終わるまでずっとその表情でいてくれれば、なんの心配もいらないわ」ベアトリスはうなずいたが、そのせいで表情が変わってしまい、すぐに叔母さんに注意された。「ちょっとほら。ずっとその顔でと言ったばかりでしょ。着替えを手伝いにアニーが来るまで、鏡を見て練習を続けたほうがいいわ。今あの子はフローラを手伝っているから、一時間ほどで来るはずよ」

あまりにも理不尽な命令だったが、ベアトリスはおとなしくうなずいた。

「はい、叔母さま」

ヴェラ叔母さんは姪のすなおな態度に喜び、彼女の頬をやさしく叩いた。

「乙女の慎み深さとはどういうものか、あの公爵に見せてさしあげましょう」

ベアトリスはにっこり笑ったが、叔母さんが出ていったとたん、表情をくもらせた。姪に余計なことは言わせないと叔母さんが請けあったとき、公爵はきっと、満足そうにうなずいたはずだ。あの男は、目下の人間が自分の前でひざまずくのを見るのが、何よりの楽しみなのだろう。ベアトリスは怒りに震えた。あの事件のあと、この屋敷の人たちも状況も、すべて彼に支配されている。オトレー氏が殺された事実を隠蔽《いんぺい》し、亡くなったのは自業自得だとみんなに思いこませた。そして今度は叔母さんを操り、ベアトリスの抗議を封じこめようとしている。

そんな許しがたいことに、おとなしく引きさがるわけにはいかない。

公爵はこれまでも、周囲の人たちをすべて支配してきたのだろう。だが今回もそうなると思ったら、大まちがいだ。わたしは、彼に認められたいわけでも、彼の地位に憧れているわけでもない。もちろん、彼の財産に目がくらんでいるわけでも、えらそうな態度におびえているわけでもない。むしろ、ゆうべ図書室にいたとき、恐怖で身をすくませていたのは彼のほうだ。あの場でわたしと一緒だったと知れわたったら、美人でもないつまらない女と結婚するはめになる、そうおびえていたのだ。どう考えても、そんなことはあり得ないのに。公爵とわたし以上に、ちぐはぐなカップルがいるはずはないのだから。

ただ公爵は、本気でスキャンダルになることを恐れていた。おそらくはこれまでの十数年、公爵夫人になりたいと夢見る娘たちや、その母親たちの企みをかわすため、つねに厳戒態勢で生きてきたのだろう。どこを向いても結婚という罠が大口をあけて待っていて、今にもがぶりとやられそうだと、びくびくしていたにちがいない。ベアトリスはそのときふと、彼のそうした女性恐怖症を利用できるかもしれないと気づいた。

そこでふたたび、ドアの外で足音がしないことを確認し、廊下に足を踏みだした。公爵の部屋は屋敷の反対側、東棟の一番奥にある。オトレー一家をふくめ、誰がどの部屋に滞在しているかを彼女が知っているのは、ひとえに叔母さんのおかげだった。叔母さんは、それぞれの部屋の居心地のよさやインテリア、アクセスの良さなどを比較できるよう、そうした情報をもらさず集めることが、自分に課せられた任務だと考えていたからだ。彼女本人が割り当てられた〝イエロールーム〟は、オトレー夫人の〝ブルールーム〟よりも広かったが、階段からの距離は二倍近くあったという。公爵の〝ハンティング・ルーム〟は旧館にあり、細部にいたるまですばらしく優雅だが、隙間風が少し入るらしい。

廊下の突き当たりを右に曲がり、階段をおりると、周囲の温度が二、三度下がるのを感じた。たしかにこの旧館部分はひんやりとしている。

誰かに見つかった場合の口実は、ちゃんと考えてあった。初日の邸内見学ツアーのときに、ボタンを落としたと言えばいい。廊下に誰もいないのを見てホッとしたが、いつ誰が現れてもおかしくはない。すばやく公爵の部屋の前まで行き、そっとドアを開けてみた。彼の従者が中にいたら、万事休すだ。

ひと目見て、誰もいないとわかった。

良かった、ついているわ。するりと、室内にすべりこむ。

とても広々として、居心地の良さそうな部屋だ。夕陽がいっぱいに満ちあふれ、大きな窓からは美しい湖を一望できる。叔母さんが一緒にいなくて本当に良かったと、ベアトリスは思った。彼女の部屋もそうだが、叔母さんの部屋も、枝をあちこちに広げる樫の大木のせいで、窓から美しい眺めを楽しむことができないのだ。一瞬ベアトリスは、公爵の私物を調べたい衝動に駆られた。オトレー氏の部屋での成功体験のせいだが、あわててその気持ちをおさえこんだ。新たに〝スパイ容疑〟を加えなくても、彼女の罪状リストは、すでに余白がないほどじゅうぶん埋まっているのだ。今ここにいる理由は、ただ一つ。なぜオトレー氏が自殺をしたと嘘をついたのか。公爵にその説明を求め、それができないのであれば、破滅させるとおどすためだ。

だが固い決意をしたにもかかわらず、ベアトリスはベッド脇に積まれた本をのぞきこまずにはいられなかった。公爵はたしか、図書室に来たのは、詩に関する本を探すためだと言っていた。この中にあるだろうか。

あった！　これだわ。『ポエジーの防衛』

その本を見たとたん、安堵の思いが胸に広がった。公爵が図書室に行った理由は本当だった。つまり彼の話は、それだけは嘘ではなかったのだ。だがその安堵は、すぐに恐怖に変わった。死体を発見したあとに本を探すなんて、心ある人間のすることだろうか。この本を探したのはいつだろう。スケフィントン侯爵に、図書室の惨事を伝える前だろうか。それとも、巡査が死体を調べている最中？　死体を運び出しているとき？　いずれにしても、そんなときに読みたい本を探したりするだろうか。

別の考えが思い浮かんだ。ここにある本は公爵の私物で、あのときとっさにタイトルを口にできたのは、すでに手元にあったからかもしれない。もしそうだったら、公爵が図書室にいた理由は、やっぱり嘘だったことになる。

なぜ嘘をついたのか。

答えは一つしかなかった。ケスグレイブ公爵が、あの燭台を振りおろしたのだ。オトレー氏を殴って頭蓋骨を砕き、命を奪ったのは、公爵その人だったのだ……。

ベアトリスがそこまで思い至ったとき、すぐうしろで低い声がした。

「おやおや、ミス・ハイドクレア。なにやらまた首をつっこんでいるようだね。ほっといてくれと言ったはずだが」公爵だった。「さてさて、きみをいったい、どう料理したらいいものか」

5

全身の筋肉が凍りついたといえば、それはとんでもなく控えめな表現だろう。ベアトリスの皮膚も筋肉もかちかちにこわばり、大理石に負けないほど冷たくなって、まるで庭園の彫像にでもなったような気分だった。無防備とはまさしくこのこと、襲いかかる相手から身を守る術が一つもない。

もし公爵がいま燭台を手にしていたら、頭を殴打され、ひと言も発せぬまま息絶えることになるだろう。

オトレー氏もまた恐怖でかたまり、ほとんど抵抗することもなく人生を終えたのだろうか。

いや、そうじゃない。ベアトリスは、図書室での光景を思い出した。彼の場合は、何が起きたのかわかったときには、もはや手遅れだったのだろう。その前に気づいていたら、死刑執行人の最後の一撃を、ローマ時代の大理石の彫像のように、ただじっと待っていたはずがない。

この部屋に来た目的を思い出そうとしても、恐怖で意識がもうろうとしているのか、彫像のことばかり考えてしまう。

それと、叔母さんのことだ。

いつもおとなしくて素直な姪っ子が、公爵の部屋をこっそり探っていたと知ったら、どんなに嘆くだろう。プライバシーの侵害はさることながら、〝公爵とは距離を置くように〟との叔母さんの願いをふみにじる、重大な裏切り行為ではないか。

おそらく、今後一生ぶんの舌打ちを聞かされるはめになるだろう。

いえ、待って。そんなことにはならないはず。なぜなら、姪が裏切ったことを叔母さんが知る日はけっして来ないのだから。もし公爵がオトレー氏を殺した犯人なら、わたしをこの場で殺し、誰にも知られることなくその死体を始末するだろう。

つまりわたしは、文句の一つを言うこともなく、ハイドクレア家の一族の前から姿を消すのだ。二十年あまり、遠慮がちに生きてきたのと同様に、この世からひっそりと消えていくのだ。

その瞬間、ベアトリスは思わず身震いし、その拍子に、公爵を追及する手だてを思い出した。

「大声を出しますよ」ささやくように言ったあと、我ながら情けなくなった。なんて弱々しい声だろう。これではまるで、声を出す許可を求めているようではないか。こぶしをかたく握りしめると、くるりと振りかえり、公爵の目を見つめながらはっきりと繰り返した。「大声を出しますよ」

公爵が返した。「まあ、この状況ではそれしかないだろうな」口調も表情も愉快そうだ。

「ごく平凡なお嬢さんが、いかにも言いそうな言葉だからね。ちなみにそれは、自分で書いた小説のセリフなのかな。それとも、ラドクリフ夫人（十八世紀末のゴシック小説の大家）の作品から失敬してきたのかな？」

これ以上ないほど辛辣な言葉だった。どこにでもいるようなぱっとしない娘——彼女が何者であるかを、見事に言いあてていた。と同時に、彼女が公爵にとって脅威になるとは思ってもいない、そう明言したようなものだった。

「わたしは本気です」すばらしい。声がまったく震えていない。危険に直面したとき、若い娘が冷静になるには、自分が取るに足らない人間であると気づくのが一番だ。「わたしが大声を出せば、すぐに誰かがかけつけてくるでしょう。この時間は、みなさんそれぞれの部屋でディナーのために着替えていますから。そうなれば、あなたは心ならずもこのわたしと結婚することになります。考えてもみてください。これから一生、ごく平凡なベアトリス・ハイドクレアに足かせをはめられ、生きていくことになるのですよ。十人並みの容姿の妻と退屈な会話をして、出来の悪い子どもたちにさんざん苦労しながら。本当ならもっとすばらしいお相手、言うなれば、最高級のダイヤモンドみたいなお嬢さんと結婚するおつもりでいらしたんでしょう。気品にあふれ、聡明で、従順で、おしとやかで貞淑で。たとえば、相手が国王陛下でも煙突の掃除夫でも、同じように優雅な物腰で会話ができるような」

そんな完璧な人間がいるはずはない。もしいたとしたら、がまんのならないほど嫌な女にちがいない。だが公爵は、子ども部屋を作ろうと決心さえすれば、すぐにでもそうした理想の女性が現れると信じているのだろう。ブーツやコートのように、オーダーメイドで作ってもらえると思っているのだ。

「一歩でも近づいたら、悲鳴を上げますよ」公爵の表情をうかがったが、どういうわけか妙に楽しそうだ。「よろしいのですか。あなたがいつも思い描いている絵画のような光景が、美しい妻と、暖炉に置いた天使の飾り物のように愛らしい子どもたち、それが一瞬にして煙のように消えてしまうのですよ」

すると思いもよらないことに、公爵はにっこりとほほ笑んだ。

「これは失礼。〝ごく平凡な〟という表現は適切ではなかったようだな。きみはたいしたものだ。ここまでわたしをおびやかした人物にお目にかかったのは初めてだよ。それでは、きみの言うとおりにするとしようか。あの偉大なウォルポール伯爵（十八世紀の政治家＆ゴシック小説家）でさえおじけづくような、身も凍るような人生はごめんだからね」

言葉とは裏腹に、彼の口調にはからかうような響きがあった。だがベアトリスはホッとしていた。少なくとも彼女のおどしは、彼が不安なふりをする程度には機能したのだ。「とりあえず座ろう」

公爵は、出窓近くにある一人掛けのソファを勧めた。そこから一望できる湖は、夕陽を受けて金色に輝いている。

「この椅子が気に入らなければ、クローゼットにエジプト様式のクリスモス・チェアがある。少し仰々しいからぼくの好みではないが、〝ごく平凡な〟女性の好みには合うかもしれない」

「いいえ、わざわざお出しいただかなくて結構です」

公爵はかしこまったようにお辞儀をしてから、向かい合うソファの一方を指し、座ってもいいかと首をかしげた。二脚の椅子に、とくに違いはなさそうだ。ベアトリスはあっさりうなずいた直後、もしかしたら、彼は何か企んでいるのではと不安になった。

いや、そんなはずはない。二つの椅子はまったく同じように見える。公爵は、ベアトリスが来るとは思ってもいなかったのだ。彼女が座るクッションの下に、ナイフをしこんでおくことなどできるわけがない。

それでもやはり、なにか罠があるのではと心配だった。だがそもそも、罠をしかけて白状させようと乗り込んできたのは自分のほうなのだ。それなのに不安になるなんて、ばかげている。

ゴシック小説の愛読者ではないが、妄想癖のあるヒロインは、必ず危険な目にあうことぐらいは知っていた。ベアトリスは深呼吸をして、公爵を問いただすことに集中した。まずは直球でいこう。

「オトレーさんを殺したのは、あなたなんですか？」

公爵はわざとらしくため息をつき、がっかりだとでも言うように、大きく首を横に振った。まるで、ドルリー・レーン劇場の舞台に立ち、最後列の客にもよく見えるようにと、わざと大げさな芝居をしているようだ。

「きみはさっき、ぼくにふさわしい妻の条件をいろいろ挙げてくれたが、何よりも大事なことを忘れていたようだ。それは、ぼくを信用してくれる女性であることだよ。

ぼくの言葉をつねに疑うような女性と暮らしたら、悔しくて死にたくなるだろう。だからその点では、残念だがきみは条件には合わないようだ」それから急にまじめな顔になった。「さて、オトレーの件だが、はっきり言おう。ぼくは彼を殺していない。それについては、ゆうべじゅうぶんに納得してもらったと思ったが。ぼくはきみを無罪とし、きみもぼくを無罪とした。そうだろう？」

ベアトリスは、前半のよけいな言葉は聞かなかったことにして、さらに問い詰めた。

「あの本について説明してください」

いきなり本の話になったので、公爵は目を丸くしている。

「どの本のことだ？」

「『ポエジーの防衛』です。枕元に置いてある。忘れたとは言わせません。あなたはゆうべ、図書室にきたのはあの本を借りるためだとおっしゃいました。そしてそれが、今ここにある。いくら公爵さまでも、血まみれの死体が運び出されたあと、本をゆっくり探すほど、血も涙もない方だとは思えません」

公爵は軽く頭を下げた。「それはどうも。きみにほめてもらったのは初めてだ」

「つまり、その本はもともとあなたの手元にあった。となると、図書室にあなたが来た理由は嘘だったことになります」

「ふむ、またしても認めなければいけないな。きみを〝ごく平凡〟と言ったのはまちがいだったと。きみは実に聡明な女性だ」

「聡明かどうかはわかりませんが、誰かさんが口先だけのお世辞を言って、わたしの目を真実からそらそうとしてもだまされませんよ」

「誰かさんというのは、ぼくのことかな？」公爵は考えこむように言った。「そんなつもりはなかったが」

「とにかくですね、わたしは世間知らずの女学生ではありません。ハンサムな紳士にちょっと甘い言葉をかけられたからって、舞い上がるはずがないでしょう。しかもたった一度くらいで」残念ながら、自信満々という口調ではなかった。

「いや、二度目だ」

公爵の言葉を不審に思い、ベアトリスは目をすがめた。

「二度目って、何がです？」

「ぼくがきみをほめたのが」

ベアトリスは、まじめな話を妨害しようとする彼が許せなかった。できれば今ここで、思いっきり大声を出してやりたかった。だがそれはできない。スキャンダルの件で公爵をおどしてはいたものの、実は彼以上に、ふたりきりでいるところを見られたくなかった。

「お願いです、公爵さま。わたしを誘惑するのをやめていただければ、話はずっと簡単に済みますから。これではまったく時間の無駄です。わたしには、心にもないお世辞は通用しません」

「ちがう。心からの賛辞をおくっているんだ」

「でしたらどうぞ、わたしの質問に心からお答えください」へりくつはもう、勘弁してほしい。

「ああ、喜んで答えよう。だがきみはそもそも、質問などしていないじゃないか。ぼくは記憶力が抜群で、どんなことでも正確に思い出せる。だが、質問された覚えはない」

「記憶力がすばらしいのはよくわかっています」ベアトリスは舌打ちしたいのをこらえ、小さくつぶやいた。「HMSマジェスティック、HMSゴライアス、HMSオーディシャス、ですよね」

公爵が即座に訂正した。「いや、HMSゴライアス、HMSオーディシャス、HMSマジェスティックだ。ただ名前を並べればいいわけではない。参戦した順に言うべきなんだ。それが海軍の伝統であり、敬意を表することになる」

ベアトリスは、またしても怒りに震えそうになった。いいかげん、からかうのはやめてほしい。それに面白くもなんともない。ここまでユーモアのセンスに欠ける人に会ったのは初めて——。とそのとき、ふと気づいた。彼が博識ぶりを披露するのは何度も見ているが、こんなふうにふざけた感じはしなかった。つまりこれは、わざと無意味な会話を続け、彼女の質問に答えるのを先延ばしにしているのではないか。だがこの深刻な状況で、そんなゲームは許されない。

「なるほど、よくわかりました。それでは質問に移ります。あなたは、『ポエジーの防衛』を借りるために図書室に行ったのではない。ではなぜ、あの場にいらしたのでしょう。さあ、どうぞお答えください。納得のいくお答えをいただくまで、出ていくつもりはありません。二度と脱線はしないようにお願いします」

「ああ、ぼくも同じ思いだ。きみに納得してもらうことが一番大事だと思っている」

公爵の青い瞳は愉快そうに輝いている。ベアトリスは思わず、その瞳に吸いこまれそうになった。明るく澄みきっているのに、底なし沼のように深く、謎めいている。ああ、もしこの人が殺人犯だったら、とても太刀打ちできない。同じ人間とは思えないほど、何から何まで完璧だ。ここまで度を超すと、完璧な自分に疲れたとき、癒やしを求め、犯罪に手を染めることもあるかもしれない。醜い行為に走るのは醜い人間に決まっている、そう思いこむのはあまりにも短絡的ではないだろうか。

「そうですか。ではどうぞ、お答えを」

公爵が答えた。「きみの言ったとおり、ぼくは本を借りに行ったのではない」

「では、何のために？」

公爵は考えこむように間をおいたが、つぎの瞬間、彼のなかで何かが変化したように見えた。目の表情でも、全体の雰囲気でもない。楽しそうなのはあいかわらずだ。ただ何か、予想外に重いものを背負わされてしまった、そんな苦悩がかすかに感じられた。そしてようやく口を開いたときには、彼女を軽んじるようなところは少しもなかった。

「オトレーを追っていったんだ」

ベアトリスは驚くと同時に、ひどくショックを受けた。公爵はずっと以前から、この事件に関わっていたのか……。それでも表情は崩さず、声を上げることもせず、その理由を尋ねることもしなかった。彼が沈黙の重さに耐えかね、説明を続けるようにしむけたのだ。

公爵は数分の間、無言のまま彼女を見つめていた。悪くない兆候だ、とベアトリスは思った。もし彼が軽口をたたいたり、適当な話をしてごまかしたりするつもりであれば、ためらうことなくそうするだろう。しかし、ベアトリスを真の味方として扱うつもりなら、じっくり考える必要がある。だから彼が口を開くまで、いつまでも待つつもりだった。着替えのために彼の従者が現れ、この話し合いが打ち切られないかぎりは。

考えが甘いだろうか。

たしかに、時間稼ぎをしている可能性はある。でも彼は、くだらないおしゃべりで追及をかわすのは難しいと、すでに身をもって知っているはずだ。それにだんまり作戦には、限界がある。

やがて彼が口を開き、彼女の問いを真剣に考えていたことがわかった。

「今回のハウスパーティに参加したのは、オトレーにだまされた友人に頼まれたからなんだ」

ベアトリスはうなずき、オトレー夫人が嘆いていたのを思い出した。

「ハイビスカスの件ですね」

公爵は内心では驚いたかもしれないが、そんな様子は見せなかった。

「そうだ。友人は、そのハイビスカス事業に多額の投資をしていた。中国の市場に売りこむ計画は悪くないし、ハイビスカス・ティーの市場がイギリスに広がるというのも、魅力的だと考えたらしい。オトレーはすでに、スパイスの貿易商としてすばらしい実績がある。だから今回の事業も失敗するわけがないと思ったのだろう。もちろん友人も、リスクがあるのは承知の上だった。投資というのは、基本的にそういうものだからね」

「では、何が問題なのでしょう」

「火事が起きたんだ」

「ええ、知っています」ベアトリスはまた大きくうなずいた。「オトレー夫人がおっしゃってました。ハイビスカス畑が全焼し、破産しそうなのだと」

「友人が聞いた話と同じだな」吐き捨てるように言って、公爵は唇をゆがめた。

「そんな話は、信じがたいということですか？　たしかに、もしわたしが何かの事業に投資したら、戦争や災害ですべてを失うかもと、毎日びくびくして過ごすでしょう。だから絶対に投資の話にはのりません」

公爵は神妙に聞いていたが、青い瞳は輝いていた。

「まさにそのとおりだよ。ところできみは、インドの気候について何か知っているかな？」

「いいえ、ほとんど知りません」ベアトリスは答えながら、愕然とした。インドは遠い国で、訪れることは絶対にないだろう。だとしても、どんな気候なのかすら知らないとは。たしかに外出することは人より少ない生活だが、手あたり次第に本を読みあさっているため、それなりに幅広い知識を持っているとうぬぼれていた。たとえば、古代ギリシャ人が北極を探検したのは紀元前三二五年だとか。アメリカ・インディアンによる犬の繁殖方法だとか。そして今ようやく、これまでたくわえた膨大な知識で、誰かをあっと言わせるチャンスが訪れたというのに、何一つ答えられないなんて。選《え》り好みせずに、多種多様な本を読むのが自分のいいところだと思っていたが、それほど〝多種多様〟ではなかったということか。「インド帰りの方たちから、とても暑いと聞いたぐらいでしょうか」

「ああ、そうだね」公爵が言った。「友人が得た情報では、ハイビスカスの畑を全滅させた火事は、六月に起きたそうだ。だが六月といえば、南部ではモンスーンの季節で、雨が降り続く季節なんだ。どうかな、何が問題かわかったかな?」

もちろんベアトリスは、すぐに理解した。ようするに、水浸しの畑が全焼するわけがない、そういうことだ。

「ご友人は畑の全滅を信じていないなら、他に何が起きたと考えていらっしゃるんですか?」

公爵がうなずいた。

「そう。それがはっきりしないから、探ってほしいとぼくに頼んだんだ。そこで調べてみると、この事業に投資していたのは、二十人以上にのぼるとわかった。オトレーは成功者として知られているから、みんな彼の新しい事業に期待したのだろう。だがそれだけ出資者が多いと、もうけより配当の方が多くなるおそれもある。だから今回の火事は、オトレーにとって運が良かったのではないかな」

公爵が簡単な計算式を説明している間、ベアトリスはオトレー氏の日記に書かれたメモを思い出していた。コーンウォールにある、銅の採掘会社の株を買い増す内容で、たしか日付はおとといだったはず。ということは、夫人が嘆いているほど破産寸前というわけではなかったのだ。手堅い企業に投資する資金はじゅうぶんあったわけだから。もしや夫人は、一家の資産状況を知らないのか。あるいは、配当の支払いができないふりをしているのか。もしそうなら、彼女は見かけよりもはるかに大物なのだろう。夫の死という悲劇に見舞われても、平然と嘘をつけるのだから。

平然と？　もしかして……。

いや、まさかそんなはずはない。オトレー夫人が夫を殺した犯人だなんて。そもそも、あれほど小柄な夫人が、オトレー氏の後頭部を殴れるわけがない。ふたりの身長差は三十センチ近くある。たとえ都合よく踏み台があったとしても、頭蓋骨をめった打ちにするほどの力があるとは思えない。せいぜい大きなたんこぶを作る程度だろう。それに、夫の死を世間の見世物にする理由もわからない。自分の屋敷で、彼の飲み物に、アヘンチンキを少し多めに垂らすだけでもよかったのでは。

「いま考えていることを話してくれないか」公爵が言った。

ベアトリスは眉根を寄せ、彼を見つめた。「え？」

「オトレーの死について、何か考えがあるように見えるが」青い瞳が、またも愉快そうにきらめいた。「ぜひそれを話してくれたまえ。何をばかなと、一笑に付すようなことはしないから。ぼくは経験上、どんな突飛な考えにも検討の余地はあると思っている」

ベアトリスは唇を引き結んだ。そんな言葉が信じられるものか。友人に頼まれたという話だって、真相をごまかすための作り話かもしれないのだ。それに突飛な考えを歓迎するといっても、ほとんど知らない女の話に耳を傾けるわけがない。

むしろ何か、深い企みがあるのだろう。

「いやだわ、べつに何も考えていません」ベアトリスは屈託なく笑った。「ただもうびっくりして、信じられない思いなのです。オトレーさんみたいに評判のいい方が、不正なことをしていたなんて。本当に、誰を信じたらいいのか。それにしても、公爵さまのご友人は運がいいですね。こうやって潜入調査までしていただけるなんて。それに、さすが公爵さまですわ。どこのハウスパーティでも参加できるのですもの。今回は、いったいどういうご縁で？」

公爵という身分さえあれば、どこにでも入りこめるのですね、と彼女は皮肉のつもりで言ったのだ。だが公爵はまじめな顔で答えた。

「釣りが好きだと、ヌニートン子爵にひとこと言っただけなんだ。あとは全部彼が手配してくれた。ご存じのように、〝公爵閣下〟が参加すれば、どんな集まりにも箔が付く。お互いさまということかな。今回はぼくのほうも、利用させてもらったわけだから」

ひと言何かを好きだと言ったとたん、それがあっという間に用意され、断るわけにはいかなくなっている。そうした窮屈さをほのめかしているのだろう。公爵もつらいよ、というところか。逆に今回はそれを利用し、侯爵家のパーティにもぐりこんだ。

ベアトリスとしては、公爵がその事実を正直に話したことはおおいに評価したかった。だが同時に、それを得意そうに話し、自分の特権を当然だと考えている様子を見て、手ぶらできたことを後悔した。ああ残念、あの高い鼻にぶつけてやるリンゴでも持ってくればよかった！

いけない。そんなことよりもっと大事な目的があったわ。ベアトリスは、事件当夜の話に戻った。

「オトレーさんを追って図書室に行ったのなら、犯人の男を見たはずですよね」

公爵は首を横に振った。

「それが見ていないんだ。ゆうべは否定したが、実を言うとディナーのあと、アンドリューたちのトランプにつきあったんだ。それで解散したあと、オトレーを追いかけようとしたら、書斎に来てほしいと侯爵に呼び止められてね。まさか断るわけにもいかず、しかたなくつきあったんだ。あの日唯一の獲物をぼくが釣り上げたことに、あらためて賛辞を贈りたかったと言われて」

ベアトリスはおかしくなった。公爵が殺人現場に遅れていったのは、まちがいなくスケフィントン侯爵が邪魔にはいったせいだ。でもそれは、公爵の釣りの腕前が飛びぬけていたせいだともいえる。

「自分が魴鮄《ホウボウ》になって、釣られてしまったんですね（ハムレットで使われた表現で、自分がしかけた爆弾で吹き飛ばされたという意味）」

公爵は、彼女の当意即妙の返しに笑顔を見せた。だが結局はがまんできず、ホウボウには灰魴、桶魴、赤魴などさまざまな種類があって、生息地はカンブリアの湖ではなく、大西洋だと解説した。

「このあたりで釣れるのは、イワナやマスなんだ」

ベアトリスは、彼の豊富な知識や、それを言わずにはいられない性癖には驚かなかった。というのも、ホウボウは爆弾とはちがい、爆発する仕組みがない、そうした講義までされるのではと予想していたからだ。公爵がうれしそうに、水中生物の身体組成には火薬が含まれていないのだ、そう説明する様子が目に浮かんだ。

「公爵さまの細部へのこだわりには、本当に頭が下がる思いです。それほどの知識をお持ちだというのに、披露する機会が少ないのは残念なことですね」

もちろん、冗談のつもりで言ったのだ。公爵が、隙あらば自分の知識を披露して悦に入っているのは、ここ数日間でさんざん見せられてきたのだから。しかし彼は、からかわれたと気づかなかったのか、うれしそうにうなずいたあと、事件の話に戻った。

「書斎での話はけっこう長引いたんだ。侯爵は酒が入ると饒舌《じょうぜつ》になるからね。ようやく解放されて廊下に出ると、当然オトレーの姿はなかった。そこで使用人たちに訊いてまわり、図書室にいるらしいとわかって行ってみたら、ときすでに遅し、というわけだ。ただ、誰かと一緒だった形跡はなかった。そういえばハイビスカスの件も、誰かとの共同事業ではなかったようだ。つまりもうけがでたら、独り占めするつもりだったのだろう」

「ではオトレーさんは、わたしと同じように、本を借りるために図書室に行ったのでしょうか。読んでいるうちに、眠くなるような」

公爵は何も言わなかったが、ベアトリスはちがうように感じた。オトレー氏とはほとんど話をしたことがないので、教養がどれくらいあるのかはわからないが、彼はビジネス関連の本にしか興味がないのでは。彼の居間には、小説や評論集は一冊もなかった。夫人のファッション雑誌の下に、株式報告書があったぐらいだ。

「そうかもしれないね」いかにも誠意のない答えを聞き、ベアトリスはおもしろくなかった。どんな情報を隠しているのだろう。もちろん、何もかも話してほしいとは思っていない。立場が逆なら、自分だってすべてを明らかにするのはためらうだろう。

「そのあとのことは、きみも知っているはずだ。一応繰り返すが、ぼくが図書室に着いたとき、オトレーはうつ伏せになっていて、頭にひどい傷を負っていた。息をしていないとわかったので、犯人を探そうとしたところ、きみのハッと息をのむ音が聞こえたんだ」

ハッと息をのんだ？　そうだったかしら。

「ぼくが知っているのはこれで全部だ。もちろん、きみがぼくを疑ったのを責めるつもりはない」そうは言いながらも、おもしろくないと思っているのは明らかだった。

「たしかに通常の範囲をかなり逸脱した状況だし、ぼくに疑惑を抱いてもおかしくない条件がそろっている。だがきみはとても聡明だから、荒っぽい推測にとびつくことはないだろう」またまた、見え透いたお世辞を。わたしの自尊心をくすぐれば、うまく丸めこめるとでも？「よく考えれば、ぼくがオトレーの死に関係していると考えるのは、あまりにもばかげているとわかるだろう。さあ、そろそろ自分の部屋に戻ってくれないか。ぼくも着替えなければいけないし、きみがどこにいるのか、ご家族も心配しているかもしれない。見つかって変に勘ぐられたら、面倒なことになるからね」

ベアトリスは、こみあげてくる笑いをかみ殺した。叔母さんたちは、どんな証拠を突きつけたところで、ベアトリスがどこかの紳士と逢引きをしていたとは絶対に信じないだろう。ましてや、公爵とだなんて。彼女みたいにないないづくしの娘が、上流階級の紳士と何かあったなんて思うわけがないのだ。

ベアトリスはすました顔で、彼の部屋に忍びこんだそもそもの理由を説明した。

「従者の方を、いつ呼んでいただいても結構です。オトレーさんがなぜ自殺をしたことになっているのか、教えてくだされば。あまりにも事実とかけ離れているので、このままでは納得がいきません。もしかして、巡査さんは駆けつけた際に、眼鏡を忘れてきたとか？　それともお年を召していて、正しい判断ができなかったとか？」

公爵が大げさにため息をついた。また何か、理不尽な言い訳でもするつもりだろうか。ベアトリスが身構えていると、驚いたことに、公爵はふたたび彼女をおだてはじめた。

「ああ、ミス・ハイドクレア。何度も言うが、きみはとても聡明な女性だ。ぼくが巡査に嘘の報告をした理由ぐらい、すぐにわかってくれると思ったよ。その程度の知性の持ち主だとは、思いたくないのだが」

ベアトリスは抗議しようと口を開きかけたが、すぐにまた口を閉じた。自分の聡明さを必死で否定するというのもおかしな話だ。公爵は何を言いたいのだろう。椅子の背にもたれ、イワナやマスの住む美しい湖を眺めた。今オトレー氏の遺体は、ワインセラーでシーツにくるまれ、殺害現場はきれいに片づけられている。公爵が自殺だったと言いはれば、彼女は降参するしかなかっただろう。スキャンダルというおどしもむなしく、すごすごと退散するしかなかったはずだ。

それなのに、公爵があっさり嘘の報告をしたと認めたのはどういうことだろう。

殺人犯を野放しにするのを、彼が望んでいるとはとても思えない。戦艦の名前を挙げるにせよ、地元の魚を分類するにせよ、物事は正しくあらねばと考える、それが公爵だ。道徳的な逸脱行為を犯した殺人犯を、だまって見逃すわけがない。悪党が法の網を逃れるなど、彼が許すはずはない……。

あ、そうか！　そういうことか。ベアトリスはようやく、彼が嘘をついた理由に気づいた。しかもそれは実に合理的で、なんら非難すべきところはない。むしろあっぱれと言いたいくらいだ。

「なるほど。公爵さまは、犯人を油断させるおつもりなのですね。殺人の罪からうまく逃れたと思わせて」彼女は淡々と言った。公爵の作戦に感心しているとは、知られたくなかった。「それに、屋敷のなかに殺人犯がいるとなったら、みんなあわてて自宅に戻るでしょう。でも自殺となれば、それもありません。容疑者全員をここにとどめておけます。つまり、わたしたちが犯人を見つける時間がたっぷりあるわけですね」

「わたしたち？」公爵が眉をひそめた。

ベアトリスは無邪気にまばたきをした。

「あら、いやだわ。〝あなた〟と言ったつもりでしたけど。とにかくこれで、公爵さまは調査をする時間ができましたし、わたしは居心地のいいソファに座って刺繍に精を出すことにいたします。ああ、とっても楽しみだわ。心から感謝申し上げます」

ベアトリスは言葉を尽くして礼を述べたが、公爵は疑わしげに目を細めた。

「いいかい、ミス・ハイドクレア。この事件を調査するのはとても危険なんだ。お遊びじゃない。はしゃいでいる場合じゃないんだ」

「ええ、公爵さま。よくわかっております」

だが公爵は、彼女がすぐさま同意したことに不信感を抱き、厳しい口調で言った。

「ぼくは本気で言っているんだ。いいかい、この件に首をつっこむのはもうやめてくれ」

ベアトリスは笑いながら立ち上がった。ディナーのドレスに着替える前に、やるべきことがまだいくつも残っている。たとえば、殺人犯を探すために本格的な調査にのりだすとか。

「いやですわ。疑り深いのは公爵さまのほうです。自分の言葉を信じてもらえないのは、本当につらいものですね。やっとお気持ちがわかりました。あらためておわびいたします。それと、危険な調査を公爵さまがみごと完遂されますよう、心よりお祈りしております」

「ミス・ハイドクレア！」公爵は肩をそびやかし、ベアトリスの前に立ちはだかった。

「ああどうぞ、ご心配には及びません」彼女は公爵の横をすりぬけ、ドアへ向かった。

「わたしの刺繍のできばえが不安なのでしょうか。こんなにはりきっているのにへたくそだったら、笑われるのではないかと。大丈夫です。わたしがやる気満々なのを知っているのは、公爵さまだけですから。それに、今日がだめでも明日があります。毎日が上達のチャンスと言うではありませんか」

「きみが何を企んでいるかは、わかっている」

ドアノブをつかんだままベアトリスが振り返ると、公爵のハンサムな顔は苦々しげにゆがんでいる。彼女は唇に人差し指をあてた。

「わかっていますよね。もしわたしがここにいたと知られたら、あなたは破滅するんですよ。どうぞ、光り輝く未来を思い浮かべてください。完璧な奥さまと、完璧な子どもたちとの未来を」

公爵が呆然とたたずむなか、彼女はドアの隙間から廊下をのぞき、誰もいないことを確認すると、部屋からするりと出ていった。

殺人犯は、このわたしが必ず見つけてみせる。

6

　だが無事に抜け出してホッとしたのもつかの間、遠くから低い話し声が聞こえてきた。

　侯爵の息子アンドリューと、友人のアマーシャム伯爵のようだ。どうしよう！　ベアトリスは、公爵の部屋の前で固まってしまった。鼓動が激しくなり、旧館に来た言い訳も頭からすっかり消えている。隠れる場所はないかとあたりを見回し、最初に目に入った大きな鉢植えに狙いを定めた。たっぷり葉の茂ったシダの木で、階段脇の片隅に置かれている。高さも相当あるから、うしろに隠れればいいだろう。

　あわてていたのでまずは壁に、つぎにプランターに頭をぶつけたが、どうにか急場しのぎの隠れ家に落ちついた。口の中に入りこんだ葉を引っ張り出しながら、悪態をつく。ばかじゃないの。鉢植えのうしろに隠れるなんて。たしかゴシック小説に、こんな場面があったような。

それでも、葉が大きく広がっているおかげで、しゃがんでいれば、廊下からはほとんど見えないはずだ。それにアンドリューたちは何やら真剣に話しあっていて、周りには見向きもしない。

ふたりが近づいてきた。「例の件からは、絶対に目を離してはいけないぞ」アマーシャムが言った。

「もちろん、どんな安全な投資でも失敗することはある。だけどあの件だけは、どうしてもつきとめないとな。でも他の人間に知られるわけにはいかない。とくにきみの両親にはね。調子はどうだと聞かれたら、適当にごまかすんだ。釣りに夢中だとか言って」

「ぼくは一匹しか釣ってないよ」アンドリューはむっつりした声で言った。「それで夢中だって言うのは、さすがにきついだろう」

「いやいや、それでもすごいよ。ぼくだって結構がんばったのに、一匹も釣れなかったんだから」アマーシャムが言う。

「それは疑似餌の正しい付け方を知らないからだよ。きみは都会育ちだから……」

ふたりがアンドリューの部屋に入ってドアを閉めたので、声は聞こえなくなった。

ベアトリスはさりげなくシダから離れ、足早に歩きながら、ふたりの会話について考えてみた。もちろん、オトレー氏とは関係のない投資の話かもしれない。石炭の採掘や運河の建設など、人気のある投資先はいくらでもある。だが、「あの件だけはつきとめないと」というアマーシャムの言い方はどうもひっかかる。「どうしても」と強調していたから、かなりせっぱつまっているような感じだ。

あの若いふたりも、オトレー氏にだまされたクチだろうか。

ハイビスカスへの投資話が、実は詐欺だったと気づいたのだろうか。

ベアトリスは、自分で言うのもなんだが、博学なほうだと思っている。そんな彼女でさえ、インドの気候について何も知らなかったのだ。となると、オックスフォードから何度も謹慎処分を受けたあのふたりが、インドの事情について詳しいとは思えない。

とはいえ、これは『イーリアス』に関する試験ではない。かなりの大金が動く投資案件なのだ。遠い異国のハイビスカス畑に資金を投じる前に、当然その事業について徹底的に調べるだろう。

だが侯爵夫人は、息子の教育には失敗したと嘆いていた。だったらあのふたりはやはり、ろくろく調査もしないで投資をした可能性が高い。そうなると、いいようにだまされた彼らには、オトレー氏を殺す立派な動機がある。どちらも、自分のプライドを傷つけた相手を黙って許すタイプには見えない。ベアトリスは、そのときの図書室での光景を思い浮かべてみた。真夜中の図書室に、ふたりに呼び出されたオトレー氏が現れる。よくもだましてくれたな、とアンドリューが真っ赤な顔でどなり、アマーシャムが詰め寄る。もしオトレー氏が認めなければ激怒しただろうし、いかにもその通りだと言われれば、やっぱり激怒しただろう。そして結局は、深く考えもせずに殴りかかったのだ。

つまり燭台で殴り殺したのは、許されない行為ではあるが、衝動的なものだった。うん、この推理はなかなかいい線をいっているような気がする。たとえ人生経験の豊かな人間でも、長年信頼している相手にだまされたと知ったら、怒りにかられるものだ。血気盛んな若者であれば、なおさらだろう。そう考えれば、凶器が一般的なナイフや銃ではなく、燭台という奇妙な点にもうなずける。

ふたりはたぶん、殺したあとで青くなったはずだ。計画的な犯行ではないから、自分たちに不利な証拠を処分する方法など考えていなかっただろう。ベアトリスは、壁に飛び散った血痕を思い浮かべた。上流階級の若い男なら、返り血で汚れた服をどうするだろう。誰かに見つからないようにと、あわてて捨てただろうか。それとも、いつもどおり部屋に脱ぎ捨て、使用人に処分させるだろうか。

その瞬間、ベアトリスは興奮のあまり、胸が高鳴るのを感じた。証拠を手に入れたいなら、被害者の血で汚れた彼らの服を見つければいい。必要なのは、ふたりの部屋に忍びこむチャンスだけだ。

ただどう考えても、今夜は無理だろう。今ごろ、アンドリューたちはディナー用の服に着替えているだろうし、夜は何時に部屋に戻るかわからない。捕まる危険性が高すぎる。でも天気がよければ、明日はいくらでもチャンスがある。ふたりとも釣りや狩猟、鳥撃ちなど、侯爵が声をかければ、どんなレジャーにでも参加するはずだ。

今後の方針がはっきりしたので、ベアトリスはうれしくなった。晴れやかな笑顔で歩いていると、思いがけずエミリーに出くわした。

被害者の一人娘……ということは。

彼女ならきっと、父親の汚名をすすぐのに役立つ情報を持っているにちがいない。個人的な情報になるから、慎重にアプローチすることが重要だ。ベアトリスは神妙な顔で、彼女に声をかけた。

「こんにちは、ミス・オトレー。あなたにぜひ差し上げたいものがあるの。今みたいにおつらいときに、きっとお役に立てると思うわ」

エミリーは大きな青い瞳を見開き、ベアトリスをじっと見つめた。

「まあ、たしか、ミス・ハイドクレアでしたよね？」

ベアトリスのほうも、彼女に負けないほど驚いた。言葉を交わしたことすらないのに、彼女が自分の名前を知っていたからだ。名前を知ろうとするそぶりすら見せなかったのに。だからたぶん、彼女はベアトリスのことを、〝十人並みの女B〟として認識しているのだろう、そう思いこんでいた（今回のハウスパーティの出席者の中に、そのカテゴリーに該当する女性は他にはいないが、だとしてもベアトリスの序列がAに上がることはないはずだ）。

「ええ。いま部屋から取ってきますから。どうぞここで待っていてください」ベアトリスは自分の部屋へ走っていき、タンスの一番上の引き出しをひっかきまわした。手前のものを床に放り投げ、残った服は脇に押しやった。ええっと、たしかこのあたりに……。

あった！

目当ての物をひっつかみ、急いで廊下に飛び出したが、エミリーはすでに立ち去っていた。

残念、待っていてねと言ったのに。

いやいや、大丈夫。

エミリーの部屋のドアをノックし、彼女が顔を出したとたん、手にしたボンネット帽を高く掲げた。色は地味なグレーで、細いリボンがそっけなく付いているだけだ。

「はいこれ、モブキャップよ」満面の笑顔で言う。

エミリーはきょとんとした顔で見つめた。

「モブキャップ?」

「そう、モブキャップ」ベアトリスは大きくうなずき、部屋にずかずかと入っていった。

「初めて会ったときから、あなたのボンネットはどれもすごくゴージャスだと思っていたの。ほら、エキゾチックな羽根がいっぱいついたのとか。とっても華やかで、あなたの美貌がいっそう際立っていたわ。だけどね、もしかしたらあなた、今みたいな悲しいときにかぶる帽子は持っていないんじゃない?」

「モブキャップ……」エミリーが情けない顔でつぶやく。それを見てベアトリスは、鯨《くじら》の骨のコルセットでも勧めているような気分になった。ちがうのに。これは頭にふんわり載せる、癒やしの帽子なのに。

「これ、差し上げるわ。どうぞ使ってちょうだい」ベアトリスはエミリーの手に帽子をおしつけた。プレゼントと言うにはあまりにも陳腐で、誰も欲しいとは思わないような代物だ。それでも育ちのいいエミリーは、無下に断るようなまねはしなかった。

「まあ、ご親切にありがとう」

「いいのよ。わたしにはこんなことぐらいしかできないから」ベアトリスはそう言いながら、すばやく部屋を見回した。自分の部屋と同様、こっくりした深みのある色で統一され、エレガントな家具が並んでいる。「わたしね、モブキャップをかぶると、いつもホッとした気分になるの」

エミリーはぼんやりとうなずいた。疲れきっていて、愛想よくふるまう余裕がないのだ。けれどもふいに、ベアトリスの言葉の意味に気づき、皿のように目を丸くした。

「えっ、本当に？　どうして？」

「暖かくて肌触りがいいから、守られているように感じるの。だからこんなつらいときには、少しでも安らぎを感じてほしくて。今あなたが、どんなに悲しくて苦しいか、わたしにはわかるから。といっても、父を亡くしたのは五つのときだから、ほとんど記憶はないの。そんなわたしですら、父に会いたくてたまらないんだもの。あなたはどれほど寂しいことか。わたしとは比べものにならないでしょうね」

「ええ、そうなの。悲しくて悲しくて。まるで誰かが、わたしの人生の真ん中に大きな穴を開けてしまったみたいで」それが父親本人だと気づいたのか、エミリーはさらに青ざめた。「見慣れていたものが全部、もう同じには見えない。それは耐えがたいことだわ」

ベアトリスはびっくりして、のけぞりそうになった。エミリーのことを、美人なだけの娘だと思っていたが、ここまで的確に自分の気持ちを表現できるとは。

「でもあなたにはお母さまがいるじゃないの。とても頼りになりそうな方よね」ハイビスカスの件も、聞き出せるといいのだが。「最近はいろいろ大変だったんでしょう。そうそう、インドで火事があったとか。全財産を失くすなんて、想像もできないわ。それだけでも大変なのに、またこんな悲劇に見舞われるなんて。何かできることがあれば、遠慮しないで言ってね。わたしにでも、叔母にでも」

「なんて親切なんでしょう。だけど、母の言うことをあまりまじめに受け取ってはいけないわ。同情をひくために、大げさに言うところがあるから。ハイビスカスの件は、それほど大きな損害を受けたとは思えないの。母はめそめそしていたけど」エミリーはきっぱり言ったあと、美しい顔をくもらせた。両手でモブキャップをもてあそんでいるのは、手触りがいいからだろう。「そう、みじめだなんてとんでもない。普段の暮らしは、火事の影響をほとんど受けていないもの」

ベアトリスは不思議に思った。オトレー夫人の落胆した様子とはずいぶん違う。

「それなら安心したけど、お父さまはどうやりくりされていたのかしら」

エミリーの目がきらりと光った。

「わたしもまったく同じことを思っていたの。特に、ハイビスカスが全滅したって聞いたときよ。その数カ月前に、他の作物がだめになったときに比べたら、母は全然平気そうだったのよ」

ベアトリスはハッとした。居間でこの話題が出たとき、〝最近の大きな問題〟で困っていると言っていたわ。それって実は、〝他の作物〟のこと？

エミリーが続けた。「あのとき母はすごく大騒ぎして。そのくせ火事のときとはちがって、朝食の席で話題にもしなかった。それどころか、わたしを見るとピタッと話をやめてしまって。たぶん、心配させたくなかったのね。ほら、この美貌に悪い影響が出たら困るでしょう？　だけどある朝、ふたりがひそひそ話しているのを聞いてしまったの。母はあわてふためいて、急いで何とかしないとあの人たちが押しかけてくる、玄関のドアをたたき割るって言っていたわ。でも父は心配いらないと言って落ち着いていた。で、結局は父の言うとおりだったの。だってそのあとも、マダム・バビノーのサロンにドレスの仮縫いに行ったもの。父の事業が失敗して、流行のドレスが買えなくなったら、母が嘆くのもわかるわ。だってロンドンにいるのにお洒落ができなくなったら、意味がないでしょう？　でもサロンでの支払いに困ったことはないから、たぶん母が心配しすぎたんだと思う。大げさに騒ぐのが好きなのよ。あ、そうだわ。今回のゲストのなかで、『チェルトナムの悲劇』を上手に演じられる（リージェンシー時代の俗語で、たいしたことでもないのに大げさに騒ぎ立てる意味）のは、断然うちの母ね」

エミリーの視点はかなり独特のようだ。とはいえ、流行のドレスが買えるか買えないかを幸せの指標とするのは、案外適切ではないかとベアトリスは感じた。人はどんなに災難の渦中にあっても、自分の大切な物が影響を受けないかぎり、現実のことだとは認識できないものだ。

「その、大騒ぎしたときの作物はどうしてだめになったの？　やっぱり火事で？」

「いいえ、ライバル会社のせいよ」エミリーが答えた。「インドの南部を拠点にしているすごく大きな会社なの。その会社がいきなり、父の事業を力ずくで奪ったのよ。本当に卑劣なやり方だったみたい。でもその件について、父も母も何も教えてくれなかったの」

それにしては、エミリーはよく事情を知っているようだ。

「でもあなた、よく知っているじゃない」

「それはね、両親の部屋をこっそり調べたから」エミリーは悪びれることもなく、あっさり言った。「そうしたら、ウィルソンさんからの手紙をたくさん見つけたのよ。あ、父の部下で、インド駐在の支配人のことよ。手紙には、現地の事情がいろいろ書かれていたわ。だけど、ハイビスカスの畑が火事になった話はなかった。だから母の言うほど、被害はひどくなかったと思う。こう見えてもわたし、結構しっかりしているの。もし破産してどん底に落ちることになっても、覚悟はできているわ。でも結局は、本当のところがわからなくて困っているの。この前、マダム・シュヴァリエのショーウィンドウにすてきな帽子が――薄いピンクの羽根飾りがついているのが飾ってあったの。だけどそれが買えるのかはっきりしなくて。そんな悲しいことってあるかしら」

眉をひそめ、がっくりと肩を落とした。父親の自殺によって、財産が没収されることを思い出したのだろう。静かにすすり泣き、モブキャップを絞るようにねじりあげている。いくら丈夫な麻とはいえ、破れてしまうのではとベアトリスは心配になった。

「原因はわからないけど、きっと父もこんなふうに絶望したんだわ。神さまに見捨てられた、自分はもう終わりだって。だけど、わたしのことを考えなかったなんてひどすぎる。絶望の海におぼれるには、このわたしはあまりにも美しすぎるのに。だってこの澄みきった瞳は、未来の高貴な夫を思い浮かべるためにあるのよ。借金の肩代わりをさせる、下品な地主を思い浮かべるためじゃないわ。そういう男って、汚れたブーツを履いて、居間では灯心草のろうそくを使うんでしょ。ぞっとするわ。灯心草だなんて！」

エミリーの美しい瞳から、大粒の涙がつぎからつぎとあふれ出た。目の下にモブキャップをあててはいるが、ハンカチの代わりになるはずもない。もっとましな物はないかと、ベアトリスは部屋のなかを見回した。タンスの上には、アクセサリーなどの小物が雑然と置いてある。手袋にヘアピン、ブレスレット……。あら、この手紙は？　差出人のウィルソン氏は、さっきエミリーが話していた、インド駐在のオトレー氏の部下だろう。ベアトリスはハンカチを手に取ったあと、その手紙をこっそりポケットに落とした。

エミリーはまだ泣き続けている。ベアトリスはハンカチを渡し、彼女の肩を抱きよせた。

「心配しないで。きっと何もかもうまくいくわ」そう言いながらも、こんな空疎な決まり文句しか言えないのが情けなかった。公爵の、犯人を油断させる作戦はたしかに名案だと思う。だがそのせいで、エミリーはかわいそうに、父親も財産もなくしたと思いこんでいるのだ。

エミリーがハンカチで涙をぬぐった。そのはかなげな様子が、彼女の美しさをいっそう引き立てている。しばらくして落ちつきを取り戻すと、いきなり泣き出したことを謝った。

「いくらつらくても、こんなふうに取り乱すのはみっともないことだったわ。どうぞ許してね」

エミリーの心からの謝罪を、ベアトリスは苦い思いで受け止めていた。なんだか、ブーツの底にくっついた泥にでもなったような気分だ。自分がこの部屋を訪れたのは、殺人事件の証拠になるようなものを探すためだ。わざとエミリーを泣かせたわけではないが、気持ちが高ぶっているほうが、情報を引き出せる可能性は高い。

「謝る必要はないわ。それが人間というものだもの。こんなときは、思いっきり泣いたほうがいいのよ。今までがまんできていたのが不思議なくらい。それにね、ミス・オトレー。あなたは泣いていても、なんてきれいなんでしょう。わたしなんか、泣くと顔がまだらになっちゃうの。青白い部分と赤い部分ができて。だけどあなたの頬を涙が伝ったときは、この世のものとは思えないほど美しかったわ」

〝美しい〟という言葉は、エミリーの切り替えスイッチなのだろう。彼女はたちまち元気になって、自分の顔は悲劇によく似合うのだと言って笑った。「青い瞳もそうなのよ。涙が出るとさらにきらきらするの。充血する人も多いけど、わたしは大丈夫」

そのあとさらに、他にどんなときに自分の美しさが際立つかを、一つ一つ挙げ始めた。

エミリーが勝手に元気になったことにホッとし、ベアトリスは熱心に話を聞いてやった（途中でエミリーは、ミス・オトレーではなくエミリーと呼んでほしいと言いはった）。話の大半は、彼女の美貌に目がくらみ、中身を見てくれる人がいない、そのせいでとても苦労している、というものだった。ベアトリスは、まともに聞いているのがだんだんばからしくなってきたが、熱心に聞いているふりをして、大きくうなずいたり、眉根を寄せ、同情を示したりもした。ときには「かわいそうに」とつぶやくこともあったが、それは本心からだった。というのも、この若い娘が、ルックス以外を磨く必要はないと思って生きてきたのは明らかで、そうした考え方がとても悲しいように感じたからだ。

やがてドアをノックする音が聞こえ、ふたりだけの時間は終わった。ベアトリスが立ち上がると、ドアを開けてオトレー夫人が入ってきた。娘の着替えが進んでいるかどうか、見に来たのだという。何の支度もできていないのを見て、不満そうに唇をゆがめた。モブキャップのことでエミリーがベアトリスに礼を言うと、夫人はさらにいらついたのか、嫌みを言った。

「こんなにすてきな帽子は見たことがないわ」

ベアトリスは部屋を出ると、着替えをする前に、エミリーから聞いた情報を頭のなかで整理した。彼女の話は、オトレー氏が投資家たちをだましたという公爵の主張と一致しているようだ。ウィルソン氏の手紙のなかに、ハイビスカス畑が火事にあった報告がないのは、そんな被害はなかったということで、やはり作り話だったのだろう。オトレー氏はそれにより、投資家から集めた資金を懐に入れ、ハイビスカス・ティーを売った利益も独り占めできる。畑が全滅したとなれば、収益に応じた配当を払う必要もなくなるからだ。

これほど重大な嘘をつき、資金を持ち逃げして、果たして許されるのだろうか。ハイビスカスが生き生きと育っているのをひと目見れば、一瞬にして嘘は見抜けるはずだが。

そうか。畑があるのはインドだった。

そうなると、直接目にした者の証言に頼るしかなく、それは簡単なことではない。たとえば公爵の友人の場合、まずはロンドンで探偵を雇う。そしてその探偵が喜望峰をまわり、インドまで無事にたどり着いたとしても、そこからさらに、ハイビスカスの畑を探し当てなければいけない。そしてようやく真相を知り、報告書を船便で送るとなると……。ロンドンからボンベイまで行くのに最低でも四カ月、調査全体には、ざっと見積もって一年近くかかる。その間に何が起きてもおかしくはない。実際に火事が起きて、畑が全滅するとか。

おそらくすべてが、オトレー氏の計画どおりに進んだのだろう。いつもどおり、マダム・バビノーからの請求書もすぐに支払われたのだから。

ただエミリーの話を信じるなら、オトレー氏の名声を不動のものとしたスパイスの貿易は、どうやら本当に撤退に追いこまれたようだ。そのせいで財政的に苦しくなり、詐欺を思いついたのだろう。

ベアトリスは自分の推理に満足すると、エミリーの部屋から持ってきた手紙を広げた。

愛しいきみへ

ぼくは今、胸を高鳴らせてこの手紙を書いています。すばらしい、いや、人生で最高のニュースがあるからです。どれほどこの日を待ったことでしょう。

今の仕事には、もうがまんができません。ぼくはこの干上がった荒れ野で、陽射しの奴隷となり、来る日も来る日も働きました。でもついに、そんな日々に終止符が打たれるのです。異常な暑さが、皮膚をつきやぶって骨まで達し、ぐっすり眠れる夜はほとんどありません。そんなときに思い浮かべるのは、朝露に濡れたバラのようにみずみずしいきみの姿です。

けれども、もうそんな必要はありません。緑深き田園地方で、ぼくはきみを抱きしめるのです。こんなうらぶれた土地の畑など、ジョン・カンパニーが欲しいというのなら、喜んでくれてやります。そうすれば、ようやくインドでの暮らしが終わり、ふたりの将来のための礎《いしずえ》をきずくことができます。正式に自由の身になったら、すぐに帰国の船を予約し、きみのもとへ駆けつけるつもりです。

晴れて夫婦になれるかは、まだわかりません。あまりにも多くの障害があるからです。でもぼくはこの不毛の地で、中国の商人と堂々と渡り合い、こちらに来たころよりはるかに裕福になりました。ここまでがんばれたのも、きみを愛すればこそです。

ああ、愛しい人よ。きみと離れていたのはわずか十六カ月なのに、まるで十六回も生き死にを繰り返したように長く感じます。でもそれもついに終わるのかと思うと、幸せすぎて、どうにかなってしまいそうです。

きみの忠実なるしもべ、チャールズより

ベアトリスの手は、感動のあまり震えていた。なんて情熱的で、真心のこもったラブレターだろう。これは正真正銘、ラブレターよね？　わたしの妄想ではないわよね？　ふと心配になり、何度も読み返したが、やはりまちがいない。このオトレー氏の部下は、エミリーに夢中なのだ。

では、エミリーのほうは？

彼女はひどいうぬぼれやで、最新流行の帽子がなくては生きていけないような、贅沢三昧で育った娘だ。ウィルソン氏はインドでそこそこ稼いではいるようだが、手紙を読んだかぎりでは、けっして裕福だとは思えない。そんな男に、エミリーが恋心を抱くだろうか。

もしかしたら、とベアトリスはある可能性に思い至った。ウィルソン氏は、エミリーのやさしさを愛情だと勘違いし、勝手に舞い上がっているだけなのでは。お仕事をがんばってと、励まされたとか。その程度で一途に愛情をささげる男というのも、世の中にはいるだろうし。

とはいえ、この手紙がしわくちゃであることを完全に無視するわけにはいかない。何度も開いて読み返した形跡があり、ところどころ涙の跡までついている。それにわざわざこのハウスパーティにまで持ってきたことを考えれば、とても大事にしているのだろう。

日付を見ると、十二月下旬に書かれた手紙だとわかった。もう十カ月近くも前だ。ウィルソン氏はすでにインドから戻り、エミリーと逢瀬を重ねているのだろうか。それとも結局はオトレー氏の指示でインドに残り、いまだにハイビスカスの世話をしているのだろうか。将来の義理の父親だと考えれば、逆らうことはできないだろう。それに彼が苦境にあるときに勝手に戻ってきたら、プロポーズどころではない。それよりも、インドでせっせと働いて収益を上げれば、結婚を認められ、仕事のパートナーにもなれるかもしれない。

だけどもし、オトレー氏がすでにふたりの関係を知っていたら？　娘婿として、ウィルソン氏を迎え入れただろうか。

いいや、それは絶対にない。オトレー氏がこのハウスパーティに一家でやって来たのは、スケフィントン侯爵家との縁組みをもくろんでのことだ。その駒である自慢の娘エミリーを、手放すわけがない。

ウィルソンを愛しているとエミリーがどんなに訴えたところで、地位も財産もない男に娘を渡すはずがないのだ。

ベアトリスは、着替えを手伝ってもらいながら、図書室でエミリーと父親が口論している場面を想像した。まずはオトレー氏が、アンドリューを虜にする努力が足りないと娘をしかる。つぎにエミリーが、両親が期待する華やかな未来はごめんだ、自分はウィルソン氏と、つましくも幸せに生きていくつもりだと宣言する。

すると当然、オトレー氏は激怒する。あの夫婦は美人の娘を自慢にしているが、その最大の理由は、結婚市場で彼女が高値で売れるからなのだ。ベアトリスですら、ほんの数日で気づいたのだから、エミリーはずっと昔からふたりの思惑に気づいていただろう。娘のことを、最高入札者に売る商品のように扱う両親に、どれほど腹を立てていたことか。そしてあの夜、口論の末にとうとうがまんできず、父親の頭を燭台で殴りつけた……。

ただこの推理には、ひとつ問題があった。大事な話をするなら、オトレー氏かエミリー、どちらかの部屋で会えばいいはずだ。どうしてわざわざ誰もいない図書室で、しかも真夜中に会う必要があるだろう。だがエミリーにはじゅうぶんな動機があるし、すらりとして、父親の目のあたりに届くほど背が高い。燭台で力いっぱい、彼の後頭部を殴れたはずだ。

やっぱり彼女だろうか。

そんなことが、ありえるだろうか。

ベアトリスにはわからなかった。

答えが知りたければ、もう一度エミリーと話さなくてはいけない。けれども、詮索していると思われずにウィルソン氏の話題を出すには、どうしたらいいだろう。オトレー氏のビジネスの話から入り、その流れで聞くこともできる。そもそも、ウィルソン氏の名前を最初に挙げたのはエミリー自身だ。あの手紙の内容が本当なら、エミリーも彼に夢中なはず。親身になって聞いてくれる人がいたら、大喜びでいくらでも話すにちがいない。

三十分後、ベアトリスはようやく決心をかためた。みんながくつろいでいる居間に行って、エミリーに話しかけてみよう。そう、勇気を出してぶつかっていかないと、何も始まらない。彼女のほうからわざわざ、こんな行き遅れの女に声をかけるはずがないのだから。ただ、彼女を責めようとは思わない。あれこれ詮索されるよりは、フローラの気配りのほうがありがたいだろうし、悲しみに暮れることで三倍増しになった美貌を、ラッセルから絶賛されるほうがうれしいはずだ。

だがベアトリスが居間に入ったとたん、エミリーがうれしそうに手招きをした。

「こっちこっち。あなたの席、取っておいたわ」

そう言って、隣のクッションを叩いている。たしかに彼女の隣の席だけ、ぽっかりと空いていた。

その瞬間、あちこちから聞こえていた話し声が一斉に途切れた。フローラやラッセルはもちろん、叔母さんやオトレー夫人まで言葉を失っている。

大きな口を開けている叔母さんに、はやく閉じないとハエが飛びこんできますよ、と言ってやりたいくらいだ。だがベアトリスはすました顔で、美しい装飾の部屋をまっすぐ進み、エミリーの隣へ向かった。それから新しい親友に挨拶をすると、他のゲストたちにも、控えめな笑顔で会釈をした。特におかしかったのが、ヌニートン子爵のきょとんとした顔だ。彼の心の声が聞こえるようだった。誰だろう、初めて見る女性だ。新しいゲストが到着したのだろうか。

ベアトリスは、誰かの親友になった経験は一度もなかったが、上手に演じる方法は心得ていた。エミリーの手を握りしめ、耳元でささやく。

「ずいぶん顔色がいいみたい。うれしいわ」

エミリーはうなずき、少し話をしたせいで元気になったと笑った。するとフローラが言った。

「じゃあ、わたしとおしゃべりしましょうよ」

「どうぞぼくに、思い出話でも聞かせてください」ラッセルも口を出した。

いとこたちがにらみ合っているのを横目に、ベアトリスは腰を下ろした。

「まあ、ふたりともやさしいのね。でもわたしは、ベアトリスと話ができればそれでいいの。さっき、わたしの部屋でおしゃべりしたのよ。ふたりきりで。とっても楽しかったわ」

ベアトリスとおしゃべり？　フローラは目を丸くして聞き返した。

「ふたりきりで？」

「ええ、それでこのモブキャップをいただいたの」エミリーはかぶっている帽子に触れた。「悲しみに暮れるわたしには、こういう地味でみっともない帽子がぴったりだと気づいてくれたの。彼女のやさしさに、胸が熱くなったわ」

「ぴ、ぴったり？」フローラは情けない顔で訊いた。「わたし、モブキャップは持っていないけど、羽根の折れたボンネットならあります。地味ではないけれど、みっともないですよ。明日、庭園を散策するときにかぶっていただけたらうれしいですわ」

オトレー夫人が口をはさみ、自分たち親子には散策している暇はないと言う。

「これから忙しくなりますからね。まず荷物をまとめ、自宅に戻ったら弁護士に連絡して……」

だがそこで、言葉に詰まった。そのあとに何をすべきかわからないのか、それとも考えるのがつらすぎるのか。すると侯爵夫妻が、強い口調で言った。急ぐことはない、今後のことはゆっくり考えればいいと。

エミリーはフローラの申し出に対し、礼を言ってからやんわりと断った。

「ありがとう。でも人生は何が起こるかわからないもの。明日かぶる帽子なんて、今から決められないわ」

フローラはうなずき、自分にも前もって決められないことがありますと言って、それを一つ一つ挙げ始めた。なかなかバラエティに富み、的外れでもないのだが、ベアトリスは聞きながら、首をかしげた。フローラは決められないというより、失敗を恐れて決断をさけているのではないだろうか。エミリーが言っているのとは、全然意味がちがう。

他の人たちも、すでに会話を再開していた。だがベアトリスは、何人かが自分を興味深そうに観察しているのを感じた。たとえば、ヴェラ叔母さんだ。どうして姪っ子がわざわざエミリーを訪ね、モブキャップをプレゼントしたのかといぶかっているのだろう。ベアトリスはこれまで、自分から行動を起こしたことはなかった。もし社交的な子どもだったら、別の家庭に移ることもできたかもしれない。だがいつもびくびくしていたから、その不安が周りにも伝染したのか、普段は人当たりのいい人たちも気づまりになったようで、そうした話も立ち消えになってしまった。

あるときホーレス叔父さんに、みんなおまえの顔を見ると、つい気兼ねをするのだろうと言われた。ぺちゃんこの鼻に小さな目、薄い唇——ようするに、同情したくなるような顔ということか。それ以来ベアトリスは、自分の存在が申し訳ないような気持ちになって、つねに許しを請うような顔になっていた。

ふと、ヌニートン子爵の視線を感じ、ベアトリスは笑いたくなった。さっきからずっと、この屋敷に彼女がいつ来たのかを思い出そうとしているのだろう。彼の頭のなかを想像してみた。あんな地味な娘は初めて見るが、きのうの午後、湖で釣りをしていたときだろうか。それしかないとは思うが、オトレーが死んだわずか半日後に現れるとは、なんとも不気味ではないか。旅行が好きなら湖水地方より、タンブリッジ・ウェルズ（ロンドンから五十キロのリゾート地）のほうがお勧めなのに……とかなんとか。

ベアトリスは笑いをこらえ、落ちついた表情を保っていた。

「ドレスの色は、お天気で決めることが多いわね」エミリーが話している。「どんよりくもっているときに、緑のドレスはありえないわ」

「ほんと、ありえないですよね」フローラが何度もうなずいている。前々からそう思ってはいたが、とうとう口に出すチャンスが来たとでもいうようだ。「それに、雪の日にピンクのドレスも賛成できませんわ」

するとエミリーが持論を展開した。「あら、冬に着るなら、ローズ色のドレスが最高だわ。冷たい風で紅潮した頬の色に、ぴったり合うじゃないの」フローラは一瞬、悲しそうな目をしたが、すぐに笑顔になって言った。ミス・オトレーみたいに頬が可愛らしく染まるなら、わたしだってピンクのドレスを着たいわ。

ベアトリスは、若い娘たちの楽しい会話に耳を傾け、ヌニートン子爵の表情を横目で観察していたが、公爵の視線は意識的に避けていた。まつ毛の下からこっそりのぞかなくても、興味津々といった顔で見られているのはわかっていた。もし彼がこのまま視線をはずさなければ、ヌニートン子爵はおそらく疑いはじめるだろう。この高慢な友人は、おどおどしているハイミスを検討するほど、結婚相手の基準を下げたのかと。それに、ヴェラ叔母さんにも叱られるかもしれない。公爵さまに何か失礼なことをしたんじゃないのと。きちんと言いつけを守って、ひと言も話しかけてはいないのに。

無関心を装うのは、思った以上に難しかった。彼の視線を痛いほどに感じるのはさておき、堂々と向かいあい、対等に話したくてたまらなかったのだ。エミリーからいろいろ情報を仕入れたおかげで、今は彼より優位な立場にいる。彼もそれを知っているはずで、しかも彼女がそれに気づいていることも承知している。公爵は数時間前、何の権利もないくせに、事件には関わるなと彼女に命令した。だが彼女はこうして、公然とあらがったのだ。地位や財産がいくらあっても、彼女の行動を制限することはできない。育ててくれた叔母さんですら、姪っ子には説教するぐらいしかできないとわかっている。二十六にもなる大人の女性が、子どもみたいに、誰かの言いなりになる必要はないのだ。

ベアトリスは、その後たっぷり十五分は気づかないふりを続けたが、ディナーの用意ができたと執事が告げにくると、ほんの一瞬、公爵のほうに顔を向けた。ダイニングルームへ移動する喧騒のなか、彼の注意が他に移ったのではと思ったのだ。だがあいかわらず、鮮やかなブルーの瞳は彼女を見つめている。

ベアトリスはそれをまっすぐ受け止めると、突然胸が高鳴るのを感じた。彼の挑戦を堂々と受けて立った、そんな気分だった。彼も同じように感じたのか、まじめな顔で軽く頭を下げ、そのあとで、愉快そうに唇の片端をあげた。ふたりの間に緊張感がただよう。ベアトリスは一瞬おじけづいたものの、彼より先に目をそらすものかと決心した。公爵もこの瞬間を楽しんでいるのか、視線をはずそうとはしない。だがそのとき、侯爵夫人に呼び止められ、ゆっくりと夫人のほうに顔を向けた。それを見て、ベアトリスはなぜか寂しさを感じた。いやだわ、ばかみたい。とまどいを振りはらおうと、ポケットの上をそっと押さえた。そこには、ウィルソン氏の手紙が入っている。

これがあれば大丈夫、公爵には負けやしない。

当然ながら、ディナーの雰囲気はにぎやかとは言い難かった。無難な話題として、スケフィントン侯爵が釣りの話を出し、それを受けた公爵が、疑似餌の作り方や付け方について滔々《とうとう》と語った。どうやら、自分がその道の達人だと思っているらしい。悔しいことに、男性陣はみなそう思っているようで、ラッセルとアマーシャムなど、競うように公爵をほめちぎっている。

「公爵の疑似餌の美しいことといったら！　あんなのは見たことがありません」アマーシャムが言った。「緑と白の絹製で、尾っぽとひれは羽根でできているんですよね」

「そうそう、そのとおり」ラッセルが口をはさんだ。「疑似餌の王様と言ってもいいですよ！」

釣りや狩りの達人として知られる公爵は、至極当然とでもいうようにうなずいている。こうしたお世辞には慣れているのだろう。ベアトリスの頭に血がのぼった。傲岸不遜とは、まさにこのことだ。ついさっきまで、叔母さんのためにも余計なことは言わないと心に決めていた。だがどうしてもがまんできず、気づけば口をはさんでいた。

「せっかくですから、公爵さまに、疑似餌の勉強会を開いていただくのはいかがでしょう」

そう聞いて舞い上がったのは、ラッセルだった。公爵からじきじきに習えるとは。

「それはいい！　ケスグレイブ公爵、ぜひともお願いします」

公爵はすぐには応えなかった。ベアトリスに困惑した顔を向け、どうやって面倒な案件を断ろうかとあわてているようだ。そのとき、ヴェラ叔母さんが声を上げた。姪っ子と息子の暴走に驚き、顔を真っ赤にしている。

「何をばかなこと言っているの。ラッセル……あ、いやベアトリス……じゃなくて、ふたりとも！」恥ずかしさのあまり、声がこわばっている。「身分の高いお方が何かを教えるなんて、とんでもないことです。そういうのは、い……卑しい身分の家庭教師がすることですよ。それに、公爵さまは多くの重責を担うお忙しい方です。半日もお時間をいただくなんて、冗談がすぎるというものです」

これ以上叔母さんを困らせたくはなかったが、ベアトリスは公爵を挑発せずにはいられなかった。

「あら、でも公爵さまほどの達人であれば、一時間もかからないと思いますけど」

ヴェラ叔母さんの赤い頬は、見るもおそろしい紫色に染まり、顔全体が巨大なビーツと化した。抗議の声を上げようとしても、瀕死の豚のようなうめき声しか出てこない。

その場を救ったのは、公爵だった。

「ミセス・ハイドクレアがわたしの時間を心配なさるのも当然です。毎日責務に追われておりますから、余分な時間はほとんどありません」ヴェラ叔母さんに笑顔を向けた。「あなたには感謝しています」

叔母さんの顔は、うれしさに上気している。

「姪っ子はまだ若くて、世間知らずなものですから。ご身分の高い方へのふるまいがよくわかっておりませんの」

公爵は実に楽しそうだった。ベアトリスがもう若くもなく、世間知らずでないこともよくわかっているのだ。それでも、叔母さんの言葉に全面的に賛成した。「ミセス・ハイドクレア。あなたならそうした大事なことを、彼女にしっかり教えられると思いますよ。おそらく、半日もかからないのでは？」

あくまでも提案にすぎなかったが、ヴェラ叔母さんは、それを国王の命令のように受け止めた。

「ええ、ええ、公爵さま。いそいで勉強会の時間をもうけましょう。明日にでも……そうだわ、明日の朝十時にいたしましょう。娘のフローラも一緒に。まあ、この子はベアトリスほど世間知らずではありませんけどね」とんだとばっちりだと、フローラが不満そうにうめいた。ヴェラ叔母さんはおかまいなしに、侯爵夫人に声をかけた。

「あなたもぜひ、講師として参加してくださらない？　立派なご身分だから、わたしにはない見識を備えていらっしゃるもの」

優雅な部屋の一角で勉強会を開くのは、ハウスパーティの出し物には似つかわしくない。それでも侯爵夫人は快諾し、サンドイッチやケーキなどの軽食も用意するという。

それを聞くと公爵は顔をほころばせ、ぜひビスケットも頼みますと言ったあと、ヴェラ叔母さんをほめちぎった。

「ご婦人方への勉強会を開くという発想、すぐに具体的な日時まで決めた行動力。マダムには実に感銘を受けました。ですからぼくも、紳士諸君に向け、疑似餌の勉強会を開きたいと思います。明日の朝十一時でいかがでしょう。ご賢察の通り、ぼくは多忙のため、自ら講師をつとめることはできません。ただ従者のハリスに、絹と羽根を使う方法を伝授してありますので、興味のある方はご参加ください」

このありがたい申し出に、ラッセルとアマーシャムはいち早く参加を表明し、アンドリューも興味深そうに、自分もぜひ参加したいと言った。スケフィントン侯爵でさえ、日課の朝駆けを午後に変更して参加するという。結果的に参加を見送ったのは、午前中は忙しいというヌニートン子爵だけだった。

「すばらしい」公爵は満足そうに言うと、ベアトリスに顔を向けた。自分の勝利だとでもいうようだ。「ミス・ハイドクレア、このような実りある勉強会を提案してくれてありがとう」

他にも何人かが、感謝の言葉をベアトリスにかけた。ヴェラ叔母さんもその一人だ。若い娘たちを教育するという喜びに、ついさっき憤慨していたことはすっかり忘れたらしい。

ベアトリスは公爵の皮肉にはカチンときたが、今回の一戦に関しては、彼の勝ちを認めざるを得なかった。彼女のほうから仕掛けたゲームを、鮮やかにひっくり返されたのだから。いかにもご満悦といった彼の視線を浴びるのは悔しかったが、しかたがない。目をそらしたら、負けを認めたことになる。

最終的な勝利に近いのは、まだ自分のほうだ。ベアトリスは唇をゆがめるのをやめ、余裕の笑みを浮かべた。なにしろ彼女は、ウィルソン氏の手紙を持っているのだから。

男性たちが食後のポートワインを楽しんだあと、そろって居間に入ってきた。アンドリューが隣に座ったとき、ベアトリスはさらに公爵をリードするチャンスだと気づいた。

アンドリューにどうアプローチをしたら、最高の結果が得られるだろう。

「ねえ、アンドリューさん。最近ハイビスカスに投資して、とっても儲かったりしていませんか？」まさか、にっこり笑ってそんなふうに訊くわけにもいくまい。

彼とアマーシャムは賭けトランプが大好きだが、それは遠い国に投資をするのによく似ている。どちらもかなりの部分が運に左右され、大金を失う可能性もある。ピケット（トランプのゲーム）の話から入れば、インドや投資の話題に持っていくことができるかもしれない。

そこまで考えたとき、ベアトリスはつい声をあげて笑ってしまった。このわたしが、会話の流れを思いどおりに操れるわけがないのに。そんな才能があったら、とっくの昔に結婚しているはずだ。

「あの、何かおもしろいことでもありましたか？」アンドリューが困惑した顔で尋ねた。

「あ……いいえ、ちがいます。オトレーさんがあまりにお気の毒で……」だめだわ、こんなのでは。ベアトリス、よく考えるのよ。「その、つまり、突然亡くなられて悲しくて。もっとお話しておけば良かったと」〝思いどおりに操る〟とはほど遠いが、話の方向は悪くなさそうだ。「オトレーさんの仕事やインドのことをお聞きしたかったのに。アンドリューさんも、何か取引に関わっていらしたんですか？」

〝取引に関わる〟と聞いたとたん、アンドリューは身を硬くし、「失礼する」と冷ややかに言って立ちあがった。

彼が大股で去っていくのを見ながら、ベアトリスは唇をかんだ。今のやり取りで、〝男女の出会いの場〟で失敗続きだったかつての日々を思い出したからだ。

だがアンドリューのこわばった顔は、これまでの推理を裏付けるものだった。彼はハイビスカスに大金を投資し、しかもオトレー氏にだまされたことにも気づいているのだ。

ベアトリスが満足そうに顔を上げると、公爵が彼女を見つめていた。青い瞳は、またもや愉快そうに輝いている。ベアトリスとアンドリューのやり取りを、ずっと見ていたのだろう。そして彼に逃げられたことを、あざ笑っているのだろう。

ふん、思いちがいもいいところだわ。ベアトリスは公爵に向かって、にんまりと笑った。そう、思いちがいもいいところよ。

7

翌朝の十時、予定どおりマナーの勉強会がはじまった。残念ながらヴェラ叔母さんは、ただ部屋の前に突っ立って、社交の場におけるしきたりを一つ一つ挙げていくだけなので、生徒たちはろくに聞きもせず、好き勝手なことをしている。もし対話を生かしたソクラテスの手法を使っていたら、ベアトリスは熱心に耳を傾けただろう。フローラにしても、せっせとハンカチに葉っぱの柄の刺繍をしている暇はなかったはずだ。お悔やみの印に、エミリーに贈るハンカチらしい。

紙の質、刻印の種類、配達の時間帯など、訪問カードについて叔母さんが説明している間、ベアトリスはオトレー氏が殺された理由を考えていた。投資家たちから大金をだましとったせいか、娘と部下のロマンスに反対をしたせいか、そのどちらかだろう。だとしたら、やるべきことは二つ。出資者全員の名前を調べること、そして、エミリーにウィルソン氏との関係を問いただすことだ。ただエミリーは、ゆうべのディナーを終えてから顔を見ていない。ふたりでゆっくり休みたいと、オトレー夫人が娘を連れて部屋にひきあげてしまったのだ。彼女たちは侯爵夫人の説得を受け、もう少しこの屋敷に滞在し、自宅に戻るのは明後日だという。

「こんなときに親しいお友達と一緒にいるのは、なんだかうれしいような恥ずかしいような気持ちよ」オトレー夫人はそう言っていた。「出発を先延ばしにして問題が解決するわけではないけれど。だけど夫の不始末を、急いで世間にさらす必要もないでしょうしね」

彼女の気持ちは、みんな痛いほどわかった。今オトレー氏の亡骸《なきがら》は、冷え冷えとしたワインセラーに置かれている。けれども、そこから出されたとたん、自害という大罪を犯したせいで、神の冒瀆者として扱われるのだ。ベアトリスだけは、オトレー一家がそこまで不当な仕打ちを受けることに、胸がつぶれるような思いだった。

「訪問カードは、あまり凝ったデザインはいけません。ごてごてした飾りがあるのは悪趣味とされています」叔母さんは台本を読んでいるかのように、抑揚のない口調で言った。「カードケースは必需品で、ふさわしい素材として、スターリング・シルバーやモロッコ革、ゴールド・メッキ《ヴェルメイユ》があげられます」

講義はまだ延々と続きそうだったので、ベアトリスは、今度はウィルソン氏について考えてみた。彼は実際のところ、エミリーとの将来をどのように思い描いているのだろう。手紙を読んだかぎりでは、エミリーは愛のために、両親の期待にそむいてもいいと思っているようだ。とはいえ、最新流行の帽子やドレスに夢中なエミリーが、質素な暮らしに喜んで飛びこむとは考えられない。灯心草ろうそくのことを、あんなにも憎らしそうに話していたのに。成り上がり者のオトレー氏ならまだしも、彼女が耐えられるだろうか。それなのにウィルソン氏は、インドで汗水たらして働き、ある程度のお金が貯まったとうれしそうに報告している。その程度で、エミリーを満足させられると思っているのだろうか。そもそもイギリスでは、仕事の当てはあるのだろうか。

「訪問カードの文字はシンプルな字体にしましょう。持ち主の名前が読みやすいことが重要だからです。読みにくい、つまりわかりにくいカードの所有者は、わかりにくい人間だと思われてしまいます。他にもいくつか理由がありますので、説明していきましょう」叔母さんはまだ訪問カードについて話している。「カードの大きさですが、大きすぎても小さすぎてもいけません。極端なサイズを好む人は、極端なことを好む人であり、訪問者として望ましいタイプではありません。そう、極端というのは、洗練さの最も遠いところに位置していると言っていいでしょう」

最後の部分を聞いて、ベアトリスはにやりとした。まさに、ヴェラ叔母さんの考え方そのものだ。叔母さんは極端な状況を嫌い、ほどほどの心地いい状態にいるのが好きだった。暑すぎてもだめ、寒すぎてもだめ。すべてにおいてそうだ。硬すぎず柔らかすぎず、じめじめもだめ、からからもだめ——

え？　ベアトリスはいきなり固まった。ウィルソン氏の手紙の内容が、事実と矛盾していることに気づいたのだ。オトレー夫人の話では、ハイビスカス事業にのりだしたのは、現地の気候が栽培に適しているからとのことだった。そして公爵からは、インドの南部地方の六月はモンスーンの季節だと聞いている。つまりハイビスカスの栽培に適しているのは、じめじめした気候なのだ。

だがウィルソン氏は、干上がった灼熱地獄で暮らしていると訴えていた。手紙の日付は十二月だったから、冬はからからで、初夏はじめじめした地域だとも考えられるが。

でも本当にそうだろうか。

だめだ、わからない。

またしても、インドの気候のことを何も知らない不勉強な自分を嘆くしかなかった。

それでも、タウンゼント子爵の本を読んだおかげで、農業の進歩についてある程度の知識は持っている。たとえば、多くの作物の生育状況は、環境にとても影響されやすいということ。具体的には、土壌のミネラル分や気温、湿度などが適切でないとうまく育たないという。ベアトリスは突然立ち上がった。

知識の欠落を埋める方法は一つしかない。図書室へ行って、インドの気候について書かれた本を探してみよう。さすがに一冊ぐらいはあるはずだ。

すると、長々と話していた叔母さんがふいに言葉を切り、眉をひそめた。

「ベアトリス！　どこへ行くの？」

いけない！　叔母さんがマナーについてだらだら話しているのをすっかり忘れていたわ。

「あ、わたし……お話はもう終わったと思って」

言い訳にも何もなっていないので、叔母さんはあきれたようにため息をついた。

「何を言っているんだか。つぎはダンスカードの話に入るわよ」不服そうな口調で続けた。「でもその前に、レディが中座する場合の適切な方法について話しましょう。そっちのほうが、今は切実な問題みたいだから」

フローラがにやりと笑うと、ベアトリスはため息をついて腰を下ろした。

叔母さんは、それからたっぷり四十五分間話し続け、そのあと侯爵夫人に最後のスピーチを頼んだ。夫人は暖炉の前に立ち、軽くお辞儀をすると、まずはこちらに来ていただいて感謝しますと言った。ただベアトリスには、〝こちら〟というのがハウスパーティ全体のことか、勉強会のことかはわからなかった。

「わたしは長い社交生活で、大切なことは一つしかないと学びました」にっこり笑って、一呼吸おいた。「他の方たちが心地よく過ごせるか、それを最優先に考えることです。それさえできれば、すべてがうまくいくでしょう」

まさに、核心をついた言葉だった。だがあまりにも簡潔だったため、ヴェラ叔母さんはスピーチが終わったとは思わず、つぎの言葉を待つように侯爵夫人を見つめている。そこで夫人は、終わりですよと言うように、叔母さんを見返した。

困ったことに、ふたりの見つめあいはいつまでたっても終わらない。ベアトリスは、しびれを切らして立ち上がった。

「侯爵夫人、ありがとうございます。非常にわかりやすく、またとても深いお言葉でした。これから一生、胸にとどめてまいりますわ。それでは、ちょっと失礼させていただきます。どうしても行きたいところが――」うっかり図書室と言いそうになり、あわてて口をつぐんだ。変に勘ぐられてはまずい。「あの、おトイレに。お茶をたくさんいただいたものですから」

「ベアトリス！」叔母さんが叫んだ。不届き千万だと言わんばかりに、顔を真っ赤にしている。「さっき話したばかりでしょう。レディは生理的な現象に関することを口にしてはいけません」

「いやあね、ベアトリスったら」フローラがにやにやしている。「聞いていなかったの？〝衛生学〟のテーマのときに話があったじゃない」

「もちろん覚えているわ」ベアトリスはさらりと嘘をついた。「あのテーマは、興味深かったですもの。特に、自分の生理的な現象をなかったことにするところなんか」

ほめられたと思って、叔母さんはうれしそうにしている。ベアトリスはしずしずと出口に向かったが、廊下に一歩出たとたん、スカートをつまんで走りだした。まずは左に、それから右に曲がると、階段を駆け上がってさらに走りつづけ、図書室の前にたどりついた。だがドアを開けようとしたそのとき、手が止まった。そうか、わたし、殺人のあった部屋に入るのが怖いんだわ。

だけどそれもしかたがない。血まみれの死体も恐ろしかったが、あのとき犯人がすぐそばにいた可能性もあるからだ。つまり、その人物に自分の姿を見られてしまった、しかも彼はゲストの一人かもしれないのだ。図書室に戻ってきたことで、ふたたび恐怖がこみあげてきた。でも今は、図書室には誰もいないのだから、なんの危険もないはずだ。ベアトリスは自分を信じたかった。いまわしい記憶に動きを封じられるような、そんなやわな人間ではないはずだと。

図書室に足を踏み入れると、一度立ち止まり、周囲を見まわした。誰もいないことを確認し、室内の階段を駆け上がっていく。書棚の配置はよくわからなかったが、陽射しがたっぷり入って明るいため、目的の棚を見つけるのは難しくなかった。タイトルから、参考になりそうな本を選びだす。『世界の暦と魅惑の国インド』、そして『不思議の国インドに魅せられて』。二冊目は旅行記だった。著者は女性で、コルカタにあるウィリアム要塞（東インド会社を守る要塞）の、第六代総督に随行した人物の妻だ。

ベアトリスは二冊を抱え、わくわくしながら自分の部屋に戻った。これを読めば、インドの気候やハイビスカスに適した条件がわかるだろう。調べる時間は、まだ二時間もあった。三時からは、侯爵夫人の案内で、敷地の南端にある『おぼろ城』まで散策に行くことになっている。ベアトリスは、その散策をとても楽しみにしていた。美しい田園風景の中をのんびりと歩く――今回のハウスパーティの目玉と言ってもいい。それに道中、エミリーとふたりだけで話すチャンスが何度かあるだろう。ウィルソン氏との関係について、詳しく聞きだせるはずだ。

こうして彼女が着々と調査を進めている間、公爵はぼんやりと釣り糸を垂らし、時間を無駄にしている。自分より賢い人間など、この世にいるわけがないと安心して。

ベアトリスは笑いをかみ殺し、一冊目の本を手に取った。

『世界の暦と魅惑の国インド』。読み始めてすぐ、この本を選んで正解だったとうれしくなった。しっかりした索引のおかげで、二十分ほど飛ばし読みをしただけなのに、重要な情報が手に入ったからだ。この本によると、なんとハイビスカスは、土壌が一年中湿っていないと育たないというのだ！　ということは、灼熱の太陽に苦しんでいたウィルソン氏は、ハイビスカスを育てていたのではない。オトレー氏は火事をでっちあげただけでなく、そもそもハイビスカスの畑を持っていなかったのだ。投資家たちから金を集めた新しい事業は、何から何まで真っ赤な嘘だったのだ。

そう、ハイビスカス畑は初めから存在しなかった。とはいえ、ウィルソン氏が何かの栽培の監督を任されていたのはまちがいない。その販売権を、ジョン・カンパニーに奪われたと訴えていたから。

だったら、それは何？　インドの乾燥地帯では、どんな植物が育つのだろう。

ベアトリスはページをめくり、探しはじめた。

あった。タバコに綿花、小麦、大麦、ケシ、インディカ……。

そのときふと、ウィルソン氏が手紙で中国について触れていたのを思い出し、随行員の夫人の旅行記を開いた。さっき見つけた作物の中で、中国人が最も興味を持つのはどれだろう。著者のバーロー夫人は、索引を作ってくれるほど親切ではなかった。それでもしばらく読み進めるうち、アヘンに翻弄された中国の悲しい歴史が浮かび上がってきた。

十八世紀、中国からの茶葉の大量輸入で銀の不足に苦しんだイギリスは、東インド会社によるアヘンの独占販売でようやく息を吹き返した。これによって多額の利益をあげた東インド会社は、イギリス軍に匹敵する大規模な軍隊を持ち、インドの大部分を実質的に支配していたという。もともとアヘン吸引の習慣があった清では、爆発的に需要が増え、中毒者の増加に困った嘉慶帝《かけいてい》は、アヘンの輸入を禁止する。だが違法になったからといって、東インド会社が金の生る木を手放すはずはなかった。清の官僚らをわいろで丸めこみ、大規模な密輸事業を立ち上げたのだ。インドには他にも、個人的な密輸ルートでアヘンを輸出していた業者はいたが、彼らのケシ畑もつぎつぎと接収されていったらしい。

ベアトリスは、その際の残忍で横暴な手口を読んで震えあがったが、著者のバーロー夫人は手放しで賞賛していた。東インド会社が地元の農民の畑を接収し、個人の栽培を禁止することは当然の権利だと信じていたようだ。

詳細な記述を読んで、ベアトリスは確信した。オトレー氏がインドで事業を始めたのは三十年近く前と聞いているが、主にアヘンの生産と密輸で大もうけしていたのだ。紅茶や綿花の可能性もあるが、ウィルソン氏の手紙にあるジョン・カンパニーとは、東インド会社の俗称だ。エミリーやオトレー夫人が〝大きな問題〟と呼んでいたのは、この悪徳会社の強引なやり口と一致しているではないか。偶然と呼ぶには無理がありすぎる。

それにしてもオトレー氏は、よくぞこれまで、東インド会社から目を付けられなかったものだ。すご腕の商人という評判だから、よほどずる賢い手を使ってうまく逃れていたのだろう。それでも結局は畑を接収され、アヘンの取引をあきらめざるを得なかったのだ。

それを知って、オトレー夫人が取り乱したのも無理はない。新たな収入源を見つけるのは簡単ではないからだ。このままでは、これまでどおりのぜいたくな暮らしを続けるわけにはいかない。そこで、安価な灯心草ろうそくに換えたり、底がはがれるような安物のブーツでがまんしたりと、節約に努めはじめたのだ。

だが夫妻はすぐに、いくら支出を減らしたところで、あまり意味はないと気づいたのだろう。このままではだめだ、何か思い切ったことをしなければいけないと。

そこで、ハイビスカスの登場だ。

貿易商としてのオトレー氏の評判に、まだ傷はついていなかった。ひともうけしたいと考える投資家を見つけるのに、苦労はしなかったはずだ。そして集めたその資金をもとに、コーンウォールの銅山のような堅実な事業に投資していたのだ。

アンドリューとアマーシャムは、どれくらい損をしたのだろう。二、三百ポンド？

いや、それくらいではすまないだろう。

ただ、失った金額よりも、だまされてプライドが傷ついたほうが問題なのかもしれない。

ベアトリスは壁の時計に目をやった。もうこれ以上、本で調べられることはないだろう。庭園の散策までは、まだ一時間以上ある。アンドリューやアマーシャムの部屋に忍びこんで、殺人の証拠を探してみようか。

窓から湖を眺め、ふたりがまだ釣りをしているかどうか確認した。けれども樫の大木に視界がさえぎられ、彼らの姿は見えなかった。カンブリアの牧歌的な風景はすばらしいが、そのせいで、オトレー氏の無念を晴らす機会を失うわけにはいかない。ベアトリスは窓を開けると、太くてしっかりした枝を選び、足をかけて飛び移った。ここからなら、湖全体が見渡せる。

あそこにいるわ。遠くに人影が見えたので、その数を確認してからうなずいた。今だったら、アンドリューとアマーシャムの部屋にもぐりこんでも大丈夫だ。窓枠に足をかけ、室内に戻ると、ふたりの部屋に向かった。

まずは、廊下に入ってすぐ右側にあるアマーシャムの部屋に忍びこんだ。『おぼろ城』に行く前に、散策用のドレスに着替えなければいけないから、そう時間があるわけではない。タンスの引き出しを、つぎからつぎと開けていく。急いでいたので、中がぐしゃぐしゃになったが、もともとかなり乱れていたので問題はなかった。ベアトリスはむしろ驚いたくらいだ。彼女と同じように整理整頓ができない従者を、わざわざお金を払って雇う人間がいるとは。十分ほどで部屋の隅々まで調べ終わったが、血で汚れた服はもちろん、床や壁のどこにも血痕は見つからなかった。

アマーシャムの部屋から出ると、つぎなる容疑者の部屋へ向かった。

だがアンドリューの部屋に入ったとたん、細心の注意を払わなければと、気を引き締めた。どこもかしこも、実に整然としている。ベッドの脇に置かれた燭台や、タンスの上の葉巻の箱など、毎日使う物を除けば、無造作に置かれたものは一つもない。

タンスの中をざっと確認したあと、着替え室へ向かった。洗濯用の袋を調べるためだ。とそのとき、床板がきしむ音がして、心臓が跳ね上がった。

誰かいるのだろうか。

アンドリューが湖にいることは確認したから、彼のはずはない。従者だろうか。ディナー用のクラバットに、アイロンをかけているのかも。あるいは、上の階のメイドが洗濯済みのシャツをしまっているとか。

ふたたび床板のきしむ音がして、ベアトリスは自分をののしった。ばかね、着替え室にいるのが誰であろうと、そんなことは問題じゃない。誰かに見つかったら、それでもうおしまいなのだ。

急いで部屋から出ようとしたとき、着替え室のドアが開く音が聞こえた。まずい。ここにいる理由は、どうやっても説明できないもの。ベッドの横に両ひざをつき、身をかがめた。だがサイドテーブルにぶつかったせいで、その上にあった燭台が床に落ちてしまった。ドスンと大きな音がする。

ああもう、おしまいだわ。ベアトリスは覚悟を決め、顔を上げた。すると目の前に、公爵のブルーの瞳が輝いていた。

8

　どうしてこうなっちゃうわけ？　ベアトリスは自分の不運を嘆いた。目の前にいるのがメイドや従者でも、まずいことに変わりはない。ただ、心のどこかで思ったのだ。今この瞬間、彼らを納得させる言い訳をひねり出そうとして、あたふたしているほうがまだましだったと。そう、公爵の楽しそうなまなざしにたじろいでいるよりも。

「これはこれは、ミス・ハイドクレアじゃないか。あいかわらず気合いが入っているみたいだね。アンドリューのベッドの下から、どんな貴重な情報が見つかったのかな？」

　なんて嫌みな言い方だろう。たしかにこんな状況では、笑いものにされてもしかたがないけれど。ポケットの上からウィルソン氏の手紙を触り、気持ちをふるいたたせた。

「ええ、とっても重要な証拠がいろいろと」公爵が手を差し伸べてきたが、それには目もくれず、燭台を拾って立ち上がると、それを彼の手に押しつけた。

公爵はその燭台をベッド脇のサイドテーブルに戻したが、またすぐに手に取った。日当たりのいい窓の近くへ持っていき、しげしげと眺めている。鼻の前まで持ってきたところで、不審に思っていたベアトリスも、彼が何をしているのかわかってきた。

「聞いていましたか？　とっても重要な証拠ですよ。公爵さまの燭台の行方とか。ほら、あの夜図書室でいつのまにか消えてしまった」

「なんだって？」公爵は顔を上げ、ベアトリスを見つめた。「まさか。きみが持っているはずはない」

たしかに、公爵が燭台を調べているのを見て、とっさに思いついた嘘だった。でもここで引きさがるのは悔しい。公爵だって、何の根拠もなく否定したはずだ。

「なぜそこまで言い切れるんです？」

公爵は彼女をじっと見つめ、しばらく黙っていた。どうやったら言い負かせるか、考えているのだろう。ベアトリスはその様子を楽しんでいた。作り話でごまかそうとしても、そうはいかないわよ。公爵はとうとう口を開いた。まずは自分の燭台の様式、重さ、素材、デザイン、製作者などについて、論文でも発表するかのように細かく説明した。つぎに、その燭台を使った際に気がついたゆがみや傷について、おもしろくもなんともない話を長々と続けた。けむに巻こうとでもしているのか。ベアトリスがさすがにうんざりしはじめたとき、「血痕」という言葉が耳に入った。

血痕? 見れば、公爵は燭台を握ったまま、彼女のほうに身をかがめ、問題の箇所を指さしている。

「ほら、ここの溝の奥に染みがあるだろう。おそらく、犯人の手についた返り血が燭台に付着したんだ」

本当だ。花びらをかたどった装飾のすぐ上、ちょうど握りしめる部分に、赤黒い染みがある。状況を考えると、血痕としか思えない。

つまり犯人は、アンドリューということになる。

これはたしかに、決定的な証拠だ。けれども、ベアトリスが満足感にひたったのはほんの一瞬だった。すぐに首を横に振り、小さくつぶやいた。

「彼は犯人ではありません」

公爵が眉をひそめ、彼女の顔をのぞきこむ。近い。ベアトリスはあわてて一歩下がり、気まずそうに何度か咳払いをした。

「これを見れば、誰でもアンドリューさんが犯人だと思うでしょう。実際、議論の余地はないように思われます。ですが、二十四にもなる大のおとなが、自分に不利な証拠をベッド脇に無造作に置いておくでしょうか。そこまで考えがないとは思えません。犯人は他にいて、彼に罪を着せようとしたのでしょう」

公爵は燭台をタンスの上に置き、ベアトリスを考えぶかげに見つめている。彼女は、身の縮むような思いだった。彼のすぐそばにいるだけでも気づまりなのに、こんなふうにじろじろ観察されるなんて。なんだか、標本箱の中の蝶にでもなったような気分だ。生物の分類階級における、わたしの属種でも特定しようとしているのか。それとも、なんとか調査をやめさせたくて、絶対にあらがえないようなおどし文句を考えているのか。どちらでもいい。何を言われても、ひるんだりするものか。

とうとう彼が口を開いた。

「今ここで、大声を出してもいいかな？」

ベアトリスは驚きのあまり、言葉が出なかった。何を言っているの？　今度は彼女のほうが彼を見つめる番だった。この人は世にも奇妙な、ものすごく珍種の生き物なのかもしれない。でなければ、正気を失っているとか。大声を出し、屋敷じゅうの人が駆けつけてきたところで、彼がどんな得をするというのか。誰もがひれふす公爵閣下が、この先の人生に、夢も希望もない寂しい女をおどしてどうするというのか。もしかしたら、犯人を探すプレッシャーで、頭がどうにかなってしまったのかもしれない。

「今回の事件について知っていることを、全部話してもらおうか」公爵はべつに、プレッシャーを感じているようでもなかった。「できないと言うのなら、残念だがやはり大声を出すしかない。そうなったら屋敷じゅうの人間がやってきて、きみはかわいそうに、ぼくと結婚し、夢も希望もない人生を送ることになるだろう。ねえミス・ハイドクレア、考えてもみたまえ。これから一生、尊大で、知ったかぶりをする嫌みな男に足かせをはめられて生きていくんだよ。退屈な会話に退屈な子どもたち。そして毎日毎日、イギリスの戦艦の名前を聞かされる。おそらくきみは、もっとずっとすばらしい人生を思い描いているはずだ。美しい田園風景がのぞめる家で暮らし、教養ある友人たちと活発に議論し、ありとあらゆる本を図書室にそろえ、それをじっくり読む時間がたっぷりある、そういった人生をね」

公爵が語った〝憧れの生活〟とは、彼女がまさに思い描いていたとおりのものだった。

「はい、そのとおりです。幸運の女神さま、どうかそのすべてをわたしにお授けください」

思わずそう口から出そうになったほどで、彼が驚くほど鋭い洞察力を持っているとわかった。だが同時に、世の中の経済格差をまったくわかっていないことも露呈した。ベアトリスには何の資産もなく、寛大な叔父夫婦のおかげで、どうにか生きのびてきただけだ。そんな娘が、独立して暮らせる家や、充実した蔵書をどうやって手に入れられるというのか。

公爵の言うような人生を実現したければ、彼に大声で叫んでもらうように頼むしかない。ようするに、彼のおどし文句は何の意味もないどころか、むしろありがたいくらいだった。そうだ、ちょっとあわてさせてやろう。

「ああ公爵さま。わたしでしたら、どんな足かせをはめられても生きていけます。ですから、悲鳴でも何でも、このわたしにおまかせください」一息にそう言ってから、大きく息を吸いこんだ。

ここ数日で彼のことはよくわかっていた。おそらく真っ青になって、彼女の口をあわててふさごうとするはずだ。ところが公爵は落ちつきはらって、余裕の笑みを浮かべている。

尊大な公爵閣下は、彼女の言葉をはったりだと見抜き、やれるものならやってみろと笑っているのだ。

敵ながらあっぱれというところか。出会ってから初めて、ベアトリスは彼に敬意を抱いた。中身のない、嫌みなだけの男ではないのだろう。

「公爵さま、お見事でございます。死ぬよりもつらい運命が待ち受けているのに、少しもひるむことがないとは。器の小さい男性であれば、わたしを殴り倒したでしょう」

公爵は頭を下げ、感謝の言葉を述べた。

「それはうれしいな。きみはぼくを最低の男だと思っていたようだが、もっと器の小さい、残念な男がいると気づいたようだからね。さあ、ミス・ハイドクレア。良かったら教えてほしい。ぼくが博識であることが、どうしてそんなに気にさわるのか。無学なふりをしたほうがいいのか？　そういうのが、最近のはやりなのだろうか」

「あら、そんなことを今さら。レディのあいだでは、無学無知であることは、昔からはやっておりますわ」

彼女はからかうような調子で返したが、公爵はむっとして肩をいからせた。

「女性というだけで男より劣っている、ぼくがそう思っているとでも？」

ベアトリスはもちろん、そのつもりで言ったのだ。だがすぐに、的外れな非難をしたと気づいた。公爵が誰に対しても尊大なことを思い出したのだ。彼は自分が、どんな生き物よりも優れていると思っている。男であろうが女であろうが関係ない。子どもや馬は言うまでもなく、アフリカのサバンナに住む首の長い奇妙な動物よりも、偉いと思っている。世の中全体を見下すそうした態度は、到底ほめられるものではない。だがそれでも、男は女よりも優秀だという固定観念を持たない彼は、ある意味で心が広いようにも感じる。

「ええ、そうです。いいえ、そうだと思っていました」ベアトリスは正直に認めた。「でも今の発言は撤回します。なぜなら公爵さまは、身分や性別、財産のあるなしに関係なく、すべての人を見下していらっしゃるもの。そこまで首尾一貫していらっしゃると、感服するしかありません」

ベアトリスは、公爵の怒りが爆発するのではと身構えたが、彼は真剣な顔で言った。

「そうか。ありがとう」

もちろん冗談のつもりだろう。行き遅れの貧しい女からほめられたところで、うれしいわけがない。だけど不思議だ、小馬鹿にしたような笑みは浮かんでいない。

ベアトリスはしばらく黙っていた。このままではらちがあかない。

いやだわ、なんでこんな話に。そうだ。調べた情報を全部話せと言われ、公爵なんかに教えるものかと……。でも、どうして教えてはいけないのだろう。そもそも今回の事件を調べようと思ったのは、自殺だと言って殺人事件をねじまげた公爵に憤慨したからだ。オトレー氏にとってこれほど不当なことはないだろうと。だが公爵の目的を知った時点で、わたしが調査をする理由はなくなったはず。おそらく公爵は事件を徹底的に調べ、犯人を見つけて罪をつぐなわせるだろう。それならなぜわたしは、自分ひとりで犯人を見つけることに固執しているのかしら。公爵への腹いせだろうか。首をつっこむなと言われたり、傲慢な言動で自尊心を傷つけられたから？　でもわたしの目的がオトレー氏の名誉を回復することなら、おかしなプライドは捨て、公爵に協力することが解決への近道になるのでは。

「あの、出過ぎたことを申し上げるようですが、公爵さまの態度はとてもすがすがしく感じました。自分一人では解決できそうもないと、あっさりお認めになるなんて。わたしの親しい男性のほとんどは――」これは真っ赤な嘘で、親しい男性など一人もいないが。「誰かの助けが必要だと認めるくらいなら、紳士クラブに通うのを丸一年あきらめると思います」

公爵は彼女の挑発を無視した。

「ミス・ハイドクレア。どうか知っていることを全部教えてくれないか」

ベアトリスは素直に従った。オーケストラの演奏が終わったあともなお、踊り続けるような女ではない。

「では、これまでにわかったことを申し上げます」ここで咳払いをひとつ。「オトレーさんが栽培していたのは、ケシの花だったとわかりました。あれだけの財を成したのは、中国にアヘンを密輸していたからでしょう。ですが昨年末、東インド会社に畑を接収され、収入源を失って破産寸前となったようです。またハイビスカスの件ですが、そもそも畑自体が存在しません。投資家からお金をだましとるための作り話です。ただアンドリューさんやアマーシャム伯爵をふくめ、投資家の方たちも、だまされたことに気づいてはいるようです。それと、オトレーさんの一人娘のエミリーは、父親の部下で、インド駐在の男性と恋仲にあると思われます。これがその、チャールズ・ウィルソン氏からの手紙です」ポケットから彼の手紙を取りだし、公爵に渡した。「きのうディナーの前に、エミリーの部屋で見つけました」

公爵はその手紙を広げはしたが、目の前の女性を見つめるのに精いっぱいで、内容を確かめるどころではなかった。彼女がまさか、わずか二日たらずでこれほど多くの情報を集めていたとは。いろいろ嗅ぎまわっているのは知っていたが、お遊びの延長だろうと思っていたのに。世間知らずのエミリーから、せいぜいゴシップでも聞きだした程度だと。

いっぽうベアトリスは、これまでの人生で、誰かを感心させたことはほとんどなかった。最愛の両親をのぞけば。あれは五つのころだったか、ちょっとしたことができただけなのに、すごく喜んでほめてくれたっけ。そんな甘い記憶も、今となっては霧のかなたにあるようにぼんやりとしている。けれども今感じているのは、うっとりと酔いしれるような感覚だ。これまでに味わった屈辱を、帳消しにするほどの。

だがそのせいで、大きな不安も感じていた。彼に認められたいと思うことがどれほど危険か、よくわかっていたからだ。

自分のなかで、公爵の存在が大きくなってはいけない。

頭に浮かぶさまざまな考えや、公爵のまなざしに耐えられず、ベアトリスは沈黙をやぶった。

「さあ、つぎは公爵さまの番です。これまで発見したことを教えてください。今回の調査に関して、わたしたちふたりは対等だと考えてよろしいのですよね。率直に申し上げて、わたしの情報なしに犯人を見つけられるとは思えません。わたしも公爵さまと同じように聡明だからです。あなたほど知識をひけらかしたりはしませんが」

公爵を挑発したいのか、彼女は自分でもわからなかった。とにかく、自分のおかしな気持ちをまぎらわしたい、ただそれだけだった。それでも彼はおもしろくないはずだから、この餌に食いついてくるだろう。

ところが彼は、あっさり本題に戻った。

「ぼくが調べているのは、ハイビスカスの件なんだ。亡き父の親友で、七十三になるグレスフォード卿のためでね。彼はウェールズで隠居暮らしをしているんだが、オトレーから金を取り戻さないと、それが難しくなってしまう。ただ彼のためだけでなく、オトレーの詐欺行為が許せなくてね。もちろん被害者は、グレスフォード卿だけではない。大半はだまされやすい老人か、未熟な若者で、きみも言ったようにアンドリューとアマーシャムも被害者だ。それぞれ、二千ポンドほどだまし取られたらしい」

ベアトリスは、自分の住む世界がとても狭いことはわかっていたが、世間知らずの田舎者だとは思っていなかった。読書が好きなだけでなく、新聞や雑誌にも毎日目を通し、世の中の仕組みが理解できるよう、努力していたからだ。だが二千ポンドという莫大な金額を聞いて、思わず口をぽかんとあけた。それだけの資金があれば、田園地方に小さな家を買い、一生読んでも読み切れないほどの蔵書を置くこともできる。

公爵がつけくわえた。

「ちなみにこの件について、ふたりの父親は何も知らない」

「いったいそんな大金を、どこから手に入れたのでしょう」

「金貸しだよ」

彼女は驚き、またあきれながら、二千ポンドという大金にかかる利息を計算し始めた。控えめに見積もっても、あと二年もすれば、元金の半分以上になっているだろう。

「なんて愚かなの！」

「まったくそのとおりだ」公爵がうなずいた。「だが弁護をさせてもらうなら、アンドリューがオトレーを信頼したのも無理はないんだ。彼は侯爵夫妻とは長年の、つまり家族ぐるみの友人だから、いくら抜け目のない商人とはいえ、まさかだまされるとは思わなかったのだろう。アマーシャムも同じだ。オトレーは一応名士として通っているから、そんな汚い真似はしないと思うほうが自然だろう」

ベアトリスは、公爵がふたりの若者に同情しているのを不思議に思った。いくら信頼していても、海の果ての、見たこともないない場所に、そこまでの大金をぽんと投資するだろうか。

彼女の呆然とした顔を見て、公爵が言った。

「きみがあきれるのもわかるが、投資自体は悪いことではないし、誰もがやっていることだ。たしかにギャンブルにも似ているが、ふつうは過去の実績を調べたり、大もうけをした友人に話を聞いたりして投資先を決めるからね。複数の会社に振り分けるとか、リスクを分散させる方法もいろいろある。やはり今回の件で問題なのは、アンドリューたちがうまい話に目がくらみ、調査を怠ったことだな。もちろんモラルの高い商人であれば、金を受け取る前に、親の了解を得るようにと伝えただろう。だがオトレーは悪党だ。悪党らしい卑怯なやり方をして、何が悪いというところだろう」

そんな悪党を野放しにしてもいいのか。ベアトリスは腹が立ったが、今さら公爵の言葉に反論しても意味がないと気づいた。オトレー氏はすでに、誰かの手によって成敗されたのだ。

「スケフィントン侯爵は、本当に何も知らないのですか？　あのふたりは、まだ高利貸しに何千ポンドという借金があるのですよね。でしたら、オトレー氏を殺しても、問題は解決していないのでは？　莫大な借金を放っておいて、その前に復讐を果たそうだなんて、あまりにも分別がなさすぎます」

公爵が声をあげて笑ったので、大まじめで言ったベアトリスはびっくりした。というのも、尊大な人物の笑い声とは思えないほど、朗らかで楽しそうだったからだ。

彼は目を輝かせ、首を横に振った。

「きみは冷酷なまでに現実的なんだな。そういうところ、気に入ったよ」

ベアトリスはとまどっていた。今の言葉をどう受け止めたらいいのか。揶揄《やゆ》しているようでもなく、むしろ心から言っているようだが、ほめられたとはとても思えない。

冷酷だとか現実的だとか言われ、うれしい人間がいるだろうか。たしかに感傷的になるのはよくない。明晰な思考には、厳しさや慎重さが必要だからだ。そうかといって、頭の固い、効率ばかり優先する冷徹な人間と思われるのもうれしくない。

公爵が続けた。「ただきみは、若い男のプライドというものをわかっていない」彼女の動揺には気づいていないらしい。「たしかにオトレーが生きていれば、金を取り戻すチャンスもあっただろう。たとえば父親の侯爵が詐欺だと知ったら、しかるべき人物にばらすとおどしたかもしれない。評判に傷がつけば、オトレーはもう事業を続けられないわけだからね。だが若者というのは、父親に尻ぬぐいをしてもらおうとは思わないものだ。そもそも、だまされたとは認めたくないだろう。自分をばかにした男に復讐さえできれば、それでじゅうぶん満足なんだ。だからこそ、ここにぼくの燭台があるんじゃないかな」

「どうでしょう。彼が犯人だと思わせる罠かもしれない。そんなのにひっかかるのはいやだわ」

公爵は笑った。「想像力が豊かなのもほどほどにしたほうがいい。若い女性というのは、目の前に単純な真実があるのに、複雑な筋書きをわざわざ思い描くものだからね。アンドリューが軽率な人間なのはわかっているじゃないか。燭台を持ち帰り、そのまま放置したのだろう」

わざわざ複雑な筋書きですって。ラドクリフ夫人に失礼じゃないの。ベアトリスは一瞬かちんときたが、別の意味で感謝した。公爵は結局のところ、彼女の能力をたいして認めてはいないのだ。すぐに気づけて良かった。対等に見てくれているのかと、さっきは勘ちがいしたけれど。

そこで反論するよりも、だまって着替え室へ向かい、洗濯用の袋を探し始めた。するど、公爵があとを追ってきて言った。

「もうこの部屋は調べたが、証拠になるようなものは何もなかった」

「洗濯物までお調べになったのですか？」ベアトリスはそう尋ね、彼のこわばった顔を見てうれしくなった。「もしアンドリューさんが犯人で、おっしゃっていたような軽率な若者なら、あの夜に着ていたシャツを、洗濯用の袋に放りこんだはずです。燭台の血痕すら気づいていないんですもの。服に痕跡が残っていないかなんて、気にもしないでしょう」

ベアトリスは、衣装ダンスの横に汚れ物の入った袋を見つけ、一歩下がって公爵に尋ねた。「ご自分で確認されますか？」

公爵は眉をひそめ、唇を引き結んでいる。ぞっとするとでもいうような表情は、まさに見ものだった。なるほど。お偉い公爵さまに他人の洗濯物を調べるように言ったのは、このわたしが最初の、そしてたぶん最後の人間なんだわ。ベアトリスは、こらえきれずに笑いだした。

それから一歩前に出て、袋を開けた。

公爵が威厳を取り戻すまで、洗濯物をていねいに確認していく。結局、血痕がついたものは一つもなかった。もちろん、アンドリューの無実がこれで証明されたわけではない。だがそれでも、ますます複雑になっていく謎《パズル》めいた事件の、ピースの一つではある。

「ちなみに、アマーシャム伯爵の洗濯物にも血痕は見つかりませんでした」大きな白い袋に洗濯物を戻しながら、ベアトリスが言った。

「なるほど、すでに調べたんだな？」公爵の口ぶりには、驚きと非難が入り混じっていた。

「もちろんです。公爵さまはまだでしたの？」

彼は素直に認めたくないのか、困ったような表情を浮かべている。結局質問には答えず、持っていた手紙に視線を落とした。

「相手はエミリーかな？」

「ええ、おそらく。容疑者の一人として考えるべきだと思います」

「そうだな。恋愛が殺人の動機になることはよくある」公爵はうなずいた。「オトレーは娘をアンドリューと結婚させたがっていた。ところが部下との関係を知り、娘を問い詰めるうちに、ということか。だが自殺とされた件については、どう説明するんだ？」

なんですって？　ベアトリスは、彼の言っている意味が理解できなかった。今の今まで、自分は公爵と同じくらい頭がきれると思っていたのに。

「あの、どう説明するとは？」

「オトレーが自殺と決まれば、遺産はすべて国に没収され、遺族は路頭に迷うことになる。もしエミリーが父親を殺したのなら、自殺が嘘だと知っているわけで、当然何らかの形で異議を唱えるはずだ。つまり、父親の自殺をあっさり認めたということは、犯人ではないんじゃないかな」

言われてみれば、たしかにそうだ。ベアトリスはしばらく黙ったまま、エミリー犯人説についてもう一度考えてみた。

「でも彼女の一番の目的は、ウィルソン氏との結婚の障害を取り除くことです。自殺とされたことで、かえってホッとしているかもしれません。殺人の容疑をまぬがれたわけですから」

「ああ、そうだね。だが自殺の裁定は、新たな障害になるかもしれない。ウィルソンが惹かれていたのは、エミリー本人ではなく、持参金だったとしたら？」

それはどうだろう。エミリーの圧倒的な美貌を考えると、その考え方には無理がある。エミリー自身、美しいからこそ恋愛の対象になる、そう思いこんでいたではないか。

「まあ、その可能性もないことはないですが。でもウィルソン氏は、インドでかなりの財産を築いたと手紙に書いています。持参金目当てだとは思えません」

公爵はあっさりうなずいた。

「なるほど。では容疑者のリストにエミリーも加えよう。とりあえず、アンドリューとアマーシャムのつぎでいいかな。で、他には？」

またしても意味が分からず、ベアトリスは聞き返した。

「他には、とは？」

「容疑者リストに加える人物だよ」公爵が言った。「ぼくは殺人事件を調査するのは、今回がはじめてなんだ。これが正解だと言えるような決まった方法は知らない。だがまずは、仮説をいくつかたて、それぞれの弱点を明らかにしていく、それがもっとも無駄のない方法だと思う。ぼくをふくめ、貴族院ではみんなそうやって政策の課題を解決していくんだ」

ベアトリスは、目をぱちくりさせていた。もしオトレー氏の遺体がタンスからいきなり現れ、議会制度について説明をはじめても、これほど驚きはしなかっただろう。公爵はついさっきまで、彼女はゴシック小説の読みすぎで、思考能力が低下しているとにおわせていたのに。それなのに今度は、対等な相棒として意見を求めてきたのだ。それはつまり、彼女に一目置いているということだろう。うれしさのあまり、ベアトリスは頬をぽっと赤らめた。だがその喜びはすぐに、罪悪感に取って代わられた。公爵に認められたのは、オトレー氏が無残にも殺されたからなのだ。

でもまあ、これぐらいはいいことにしよう。オトレー氏だって、聖人君子とはほど遠かったわけだから。もちろん、彼があんなひどい死に方をしたのは気の毒に思っている。だがそもそも、事件の元凶は彼自身ではないだろうか。もし長年の友人の息子から、大金をだましとっていなければ。あるいは、可愛い娘に好きでもない相手との結婚を無理強いしていなければ。

「ミス・ハイドクレア？」公爵の呼ぶ声で、ベアトリスは我に返った。「どうだい。他にだれか怪しいと思う人物はいるかな？」

他にも誰か……。たしかに、思ってもみなかった人物が犯人だというのはよくある。彼女は公爵みたいに、貴族院での政策論争に加わったことはない。だが頭の回転が遅いほうでもないし、自由気ままに、想像の翼を広げるのが好きだった。

目を閉じて、じっくり考えるうち、突拍子もない人物の名前が思い浮かんだ。

「ウィルソンさんはどうでしょう。彼が今どこにいるのか、誰も知りませんよね。監督すべき畑はもうないわけだから、あれほど嫌っている国にとどまる理由はありません。ロンドンに戻っているかもしれない。それどころか、この湖水地方に来ている可能性すらあります。エミリーが結婚を迫られているのを知り、オトレーさんに会いにこの屋敷にやって来た。そしてエミリーとの結婚の許可を求め、はねつけられたのでは?」

公爵は首を横に振って言った。「絶対にありえないとは言わない。だがウィルソンはオトレーの部下にすぎない。そんな男との結婚を、エミリーが本気で望むだろうか」

「ええ、その点については、わたしも不思議なんです」ベアトリスはうなずいた。「でも実は彼女、激しい情熱を内に秘めているのかもしれません。庭園の散策のときにでも、聞きだしてみますね――まあ、大変！　すっかり忘れていたわ。いま何時ですか？」

公爵は懐中時計を確認し、三時十五分前だと告げた。

「どれくらいここにいたんでしょう」公爵との議論に夢中になるあまり、時間どころか、今どこにいるのかもすっかり忘れていた。いつ誰がやってきて、ふたりを見つけるかもしれないのに。ベアトリスは気が動転し、すぐに出ていってほしいと公爵に頼んだ。

彼は愉快そうに唇をゆがめながらも、おとなしくドアへ向かった。

「でもどうして、ぼくが先に出ていかなくてはいけないのかな。ディナーまで、どこにも行く予定はないのだが」

ベアトリスはじれったそうにうめき、ドアの隙間から廊下をのぞくと、公爵の広い背中をそっと押した。「さあ、早く」

公爵は笑って応じたが、そのせいで彼女はいっそういらだった。笑い声を聞かれて、誰かに見つかったらどうするつもりなの。彼を見送ったあと、ベアトリスは壁にもたれ、目をつぶって三十まで数えた。それから慎重にドアを開け、階段を駆け上がり、自分の部屋へ足早に向かった。時間がほとんどないため、頑丈なブーツに履き替え、髪を簡単になでつける。せっかくなら、庭園の散策にふさわしい格好で行きたかったのに。

中庭に着いたのは三時ぎりぎりで、女性たちはすでに全員集まっていた。メイド長のラングストンさんが、ピクニック・バスケットにあれこれ詰めこんでいる。良かった、間に合ったわ。だがホッとしたのもつかの間、ヴェラ叔母さんに肩をたたかれ、出発まぎわまで、時間厳守の大切さを説教されるはめになった。

9

　セオドア・デイヴィス氏は、昔ながらのハンサムを絵に描いたような男性だった。身長は百八十センチ、明るいブロンドの髪、深いブルーの瞳、がっしりした顎。ただそれだけでは、なんだか物足りない。ベアトリスは彼の顔に、右のこめかみから目の上、左の小鼻へと、斜め下に向かってうっすらした傷跡を走らせた。過去になんらかの悲しみを背負った謎めいた人物にしたかったのだ。

　とはいえ、こんな傷を負ったら、目の玉がえぐられたり、視力が極端に低下したのでは、と尋ねられるおそれがあった。そしてベアトリスには、それをうまく説明できる自信はなかった。しかしエミリーは、彼女よりもさらに解剖学にうといため、そんな疑問を抱くことはなかった。そもそも、たとえ視覚機能についてしっかり学んでいたとしても、その傷跡の不自然さには気づかなかっただろう。というのも、ベアトリスの若き日々を彩った悲劇に、あまりにも夢中になっていたからだ。

「じゃあそれ以来、彼には一度も会っていないの？」あまりの残酷さに、エミリーは息をのみながら尋ねた。

ベアトリスは悲しげに首を振り、エミリーの肩越しに、丘の頂上に立つ木々を眺めた。

「ええ、ただの一度もないわ。父親のさしがねで、彼はヨークシャーの親戚の家に一カ月ほど送られたの。そして戻ってくると、わたしが衰弱して死んだと聞かされ、もう二度と会えないのかと言って泣きくずれたそうよ」

ベアトリスは涙をぬぐうように頰をなでたが、その瞳はうるんですらいなかった。フローラのように、念じるだけで涙があふれるようなテクニックは持っていなかったからだ。洟《はな》をすすりあげ、それらしく見せるしかない。だがそれは、たいした問題ではなかった。繰り返すが、彼女の悲しい恋物語に、エミリーはすっかり魂を奪われていたのだ。

「ああベアトリス、なんてことなの。あなたの悲しみを思うと、胸がはりさけそうだわ」年上の友人の手を取り、情熱的に訴える。

ベアトリスはその手を握りはしたが、同情されること、それ自体が苦痛だとでもいうように、目をそらした。

「ありがとう、やさしいのね。わたしみたいな悲しい恋をあなたが経験することのないよう、心から願っているわ。恋をするなら、同じ階級の男性がいいわね。弁護士事務所に勤めていて、家族に反対されるような人ではなくて」その言葉の効果を確かめるように、エミリーに視線を移した。彼女なら当然、〝乙女のルール〟はわかっているはずだ。相手が内緒の話をしたら、自分もお返しに、秘密を打ち明けなければいけないのだと。「わたしだってもちろん、賢明な選択をすべきだとはわかっていたの。最初から、ふたりの恋には障害がたくさんあるとわかっていたから。でもしかたがない、ひと目で好きになってしまったんですもの。だから心のままに従ったの。たとえ、道ならぬ恋でも」

ベアトリスは、つぎからつぎと陳腐な言葉を口にした。エミリーがそれでも貝のように押し黙っているなら、それはそれでしかたがない。こちらはでたらめの話なのに、現実に苦しむ彼女からつらい話を聞き出そうとするのは、卑劣な行為にも感じたからだ。はじめのうちは、ゲームを楽しむような感覚だった。ロンドンの書店ハッチャーズで、トマス・カルヴァーの『船と船乗りの歴史』に、彼と同時に手を伸ばしたのが最初の出会い。一瞬で恋に落ち、また会えないかと期待して、一週間毎日同じ時間に書店を訪れた。やがて彼から自作の詩を贈られるようになり、それにはいつも、彼女を想う言葉がちりばめられ……。だが話が複雑になっていくうち――彼の呼び名も、デイヴィスさんからセオドア、テッド、テディへと変わっていった――、ベアトリスはそわそわしはじめ、愛するテディが親の決めた結婚をはねつけるころには、恥ずかしくてたまらなくなっていた。

それでもやはり、このほら話が実を結ぶことを期待していた。殺人もまた、ひどく卑劣な行為だからだ。

「心のままに、とあなたは言ったけど。そうなのよ、自分の心に従ってまちがうことってあるわよね」エミリーは悲しそうに言った。

ベアトリスはホッとした。根も葉もない恋物語は、無駄ではなかったのだ。

「もしかしてあなたも、自分にはふさわしくない男性に恋をしたことがあるの？」

「えっ、わたしが？」エミリーは目を見開くと、いきなり笑いだした。「ねえ、ミス・ハイドクレア……あっ、ベアトリスって呼んでもいいわよね。こんなに仲良しになったんですもの」それから、ベアトリスの顔をまじまじと見つめた。「あなた、わたしのことをちゃんと見たことがある？　わたしは非の打ちどころのないレディよ。美しい顔だちに、つややかなブロンドの髪。それから、あらゆる男性の目をくぎ付けにする完璧なプロポーション。いわゆる、〝比類なき美女〟というわけ。どう考えても、わたしにかなう女性を見つけるのは至難の業だと思うわ。だから、どんなに身分の高い相手でも大丈夫。結婚するなら、爵位が高ければ高いほどいいわ。でもうちの両親ときたら、わたしの相手にあのアンドリューを考えていたのよ。たしかに将来は侯爵なんだろうけど、それ以外にはいいところがまるでないじゃない。笑っちゃうわよね」

楽しそうに語るエミリーを見ながら、ベアトリスは罪悪感が消えていくのを感じた。エミリーは、父親の部下に夢中にはなっていなかったのだ。それどころか、貴族の紳士に求められても、少しでも気に食わなければ、目もくれないような女性だった。となると、永遠の愛を誓う青年からの手紙を、どう説明したらいいのだろう。ウィルソン氏は何の根拠もなく、ふたりのロマンスを作り上げたのだろうか。エミリーとはじめて会ったとき、笑顔で挨拶され、勝手に運命の愛だと思いこんだのだろうか。

「そうよね、エミリー。あなたならきっと、お似合いの男性と結婚できると思うわ。はじめてあなたを見たとき、そうは思ったの。でもね、あなたさっき、心のままに行動するとまちがうこともあると言っていたから。だからつい、あなたにもそういう経験があるのかと」

「ああ、そういうことなら、悲しいけどそのとおりよ。どんなに心を痛めているか」

ベアトリスはとまどったが、黙って先をうながした。「実はね、この大きな胸の痛みは、母の恋のせいなの。自分のよりもつらいのよ。そんなつまらないことで苦しむ母の弱さを知ってしまうと。母はね、もともと情熱家なんだけど、最近の行動は完全に品位を疑うようなものなの。父には絶対に知られたくなかったんだけど、やっぱり一家の恥だと思ったのね。自殺までしたんですもの」

衝撃の事実にベアトリスは言葉を失い、まあ驚いたわと、ひと言だけ言った。

「驚いて当然よ」エミリーがうなずいた。「母は小柄で太っていて、しかもしわや染みのあるおばさんよ。相手の男だって、チビでデブで、しわだらけ。おまけに左の頬にみっともないイボまであるの。彼はね、もとは父の執事だったの。だけど、インドの監督官が暴動か何かで死んじゃったから、急きょ送りこまれたのよ。誰も教えてくれないから、詳しくは知らないけどね。母たちの忌まわしい関係を知ったのは、父の仕事のことを探ろうと思って、母の荷物を調べたからなの。彼からの手紙の束を見つけたときには、びっくりしたというより腹が立ったわ。母の本性を知ってね。読みながら、涙が止まらなかった」そのときのことを思い出したのか、目に涙を浮かべた。「両親がすでに亡くなっているあなたは、本当に幸せよ。みっともない親のせいで苦しむことはないもの」

「そうね。親を亡くしているのも、ときにはいいこともあるかもしれないわね」ベアトリスは、さりげなく皮肉を込めた。

するとすぐに驚いたことに、エミリーは自分の失言をすぐに後悔し、友人の手を握りしめた。


「なんてひどいことを言ったのかしら。父を亡くしたばかりのわたしですら、すでに寂しくて頭がおかしくなりそうなのに。お願い、どうぞ許してね。母のことを話すと、むしゃくしゃしてしまうの。愚痴を聞いてくださって感謝しているわ。本当にやさしい方ね。モブキャップをいただいたときから、わかってはいたの。わたしがどう装うべきかを、わたし以上に考えてくれたんですもの」

ベアトリスは、彼女の異常なまでの自己愛にあきれかえったが、同時に、美貌のせいで物の見方がゆがんでしまったのだろうと感じた。生まれてからずっと、外見だけをほめられてきたせいで、彼女自身も、見た目ばかりを気にするようになったのだろう。〝比類なき人間〟というのは、みんなこんなふうにナルシストなのだろうか。それとも、エミリーだけが特別なのだろうか。

ふと、公爵の顔が思い浮かんだ。やはり美男美女は、全員がナルシストと決まっている。となると、彼の未来図に描かれるのは、美しい妻と愛らしい子どもしか許されないだろう。

「もちろんよ。気にしないで」

そう言ったとき、中世の城の廃墟のような建物が見えてきた。あれが『おぼろ城』だろう。いつのまにか、丘の頂上近くまで登ってきていたのだ。外壁は半分ほどくずれ、朽ち果てているようにも見えるが、実は二十年も経っていないという。ゴシック様式の尖塔のてっぺんには、半月を模したおどろおどろしい彫刻が付いていた。何世紀も前に、迫撃砲の攻撃からなんとか生き残った、そんな雰囲気の建物で、せっかくの晴れやかな風景のなかにあって、絶望感を漂わせている。

「あなたがどれほどつらいかわかっているもの。少しぐらい軽率なことを言われても、頭にきたりしないわ。わたしにできることがあれば、遠慮なく言ってね」

エミリーは、その申し出をありがたく受け入れた。

「ええ、実は一つだけあるの。たいしたことじゃないんだけど。あなたの従弟のラッセルが、すごくうっとうしくて。もちろん彼がわたしに夢中なのは、しかたがないと思うわ。だけど子犬みたいにつきまとってきて、正直うんざりなの。何か欲しい物はないかとか、気分はどうだとか。もう勘弁してって感じ。彼を遠ざけてもらえると助かるんだけど」

あら、やっぱり。ラッセルがひどく嫌われているとしても、ちっとも不思議ではなかった。驚いたのは、そこまで嫌われるのに、ほんの数日しか必要としなかったことだ。「わかったわ。戻ったらすぐに伝えるわね」

「助かるわ、ありがとう」エミリーが手を叩いたそのとき、オトレー夫人が娘を呼び止め、お城を見に行きましょうとうれしそうに言った。するとエミリーは、ベアトリスに向かってくるりと目を回した。母親その人に対してなのか、そのわくわくした様子に対してなのかはわからない。いずれにしろ、嫌悪感をわかってほしかったようだ。そのあとで、輝くような笑みを顔に貼りつけ、母親を振り向いた。

「はい、お母さま。今いきます」

お城のすぐそば、柳の大木の下で、ピクニックの準備がはじまっていた。侯爵夫人が使用人たちにてきぱきと指示を出し、その横では、フローラがノートを膝に乗せ、薄汚れた城をスケッチしている。ベアトリスはしばらく、オトレー親子の様子を観察していた。エミリーは美しい仮面の奥に本心を隠し、母親の話を熱心に聞いている。

それから大きくうなずくと、母親と腕を組み、くずれかかった石造りのアーチをくぐっていった。

ふたりの姿が見えなくなったとき、ベアトリスはハッと気づいた。そうか！　ウィルソン氏が永遠の愛を誓ったのはエミリーではなく、オトレー夫人だったのだ。となると、これまでの仮説がひっくり返ったわけで、別の側面から考える必要がある。夫人が夫の部下と不倫関係にあったのなら、彼女も容疑者リストに加えるべきだろう。夫が亡くなれば、彼の遺産を相続し、再婚する自由も得られるからだ。この動機は、ウィルソン氏にもあてはまる。オトレー氏という厄介な障害を取りのぞくことで、彼の財産と妻が一挙に手に入るからだ。

ここまで推理したところで、ベアトリスは公爵が投げかけた疑問を思い出した。オトレー氏が自殺と決まれば、遺産はすべて没収されてしまう。となると、夫人が犯人だった場合、自殺の裁定を必死でくつがえそうとするはずだ。だが彼女は文句を言うこともなく、夫の自殺を淡々と受け入れている。自殺という事実にも、エミリーほど苦しんではいないようだ。

もしかしたら、ウィルソン氏と結婚できるだけでも幸せだとか？　貧しくても愛があればと、そう考えているのだろうか。

「うーん、あなたはどう思う？」耳元で、ふいに声がした。

振り返ると、侯爵夫人がすぐうしろに立って、陰鬱な城を眺めている。ベアトリスは一瞬、どう答えたらいいのかと、どぎまぎした。オトレー夫人の不倫のことを訊かれたと思ったのだ。だがすぐに、質問の対象は目の前の城だと気づいた。とはいえ、やはり気の利いた答えは思いつかない。その場限りの、こうした気軽なおしゃべりは、社交の場でも苦手にしていたものだ。

しばらく沈黙が続き、気まずさのあまり、胸が苦しくなった。わたしってやっぱり、つまらない女だわ。何でもない質問にすら、さらりと答えられないなんて。公爵とは、丁々発止と渡りあったつもりだったのに。

しかたなく、質問で返すことにした。「侯爵夫人はどうお考えですの?」

夫人が答えた。

「わたしね、少し不安なのよ。新しい建物をわざわざ古びて見せる意味を、自分は本当にわかっているのかと。建築家と夫は、設計に何カ月もかけたの。細部の一つ一つが、建物全体の雰囲気に影響するんだと言って。たとえば、窓を一つ減らしたら、わびしい感じにならないか。逆に一つ増やしたら、重々しさに欠けるのでは、なんてね。毎日毎日、ブランデーを片手に議論していたわ。実際にはわたしも加わって、けっこう楽しんではいたの。どんな小さなテーマでも、熱心に議論をするのは楽しいものね。そしてついに、この壮大なお城を手に入れたのよ。まるでお芝居の背景みたいでしょ。今まさに何かが始まろうとしている、そんな雰囲気じゃない?」

ベアトリスは慎重に考えた。丘の上にこんな立派なお城を建てるには、相当の資金をつぎこんだにちがいない。ずいぶん思い入れもありそうだ。気軽に答えるわけにはいかない。そこでまずは、こう言った。

「たしかに、あえて古く見せようとするのはおかしいようにも思います」そのあとで、夫人の顔を見ながら言った。「でもわたし、このお城がかもしだす雰囲気がとっても好き。窓の数は完璧だと思います。侯爵さまに、どうぞそうお伝えください」

侯爵夫人はにっこり笑い、ベアトリスの肩をやさしく叩いた。

「あの人はね、このお城をほめてもらうと子どもみたいに喜ぶの。今の言葉、良かったら直接言ってあげて。さあ、ピクニックの用意ができたようよ。行きましょう」

ピクニックと聞いて、ベアトリスのお腹が鳴った。ストロベリージャムのティーケーキを食べてから、何時間も経っている。

お茶会のメニューは、チーズやコールドミートに、ケーキや果物。種類は多くないが、量はたっぷり用意されていた。チキンとハム、チェダーチーズを小皿に取っていると、オトレー夫人とエミリーがやってきた。フローラはまだスケッチを続けており、その肩越しに、すばらしい、天才だとヴェラ叔母さんが絶賛している。あまりにも大げさな言い方に、オトレー夫人もほめないわけにいかないと思ったらしい。フローラの絵をのぞきこむと、ほんとにお上手だわ、と口にした。すると叔母さんは、そんなおざなりなほめ方はないだろうと文句をつけた。そしてふたりは、それをきっかけに、お互いの娘についてつまらないことでののしりあい、その言い争いは、どんどんエスカレートしていった。結局は、エミリーの容姿は「まずまず」、フローラの画力は、「集中すれば線がまっすぐに引ける」ということで、どうにか決着がついた。

「昔からふたりはあんなふうだったのよ。おかしいでしょう」侯爵夫人がベアトリスにささやいた。「三十年以上前の、寄宿学校にいたころから。正直言うと、わたしも同じだったわ。女性の友人同士には、競争心がつきものなのね」

ベアトリスはびっくりした。侯爵夫人って、なんて謙虚な方なのかしら。こんなに上品なのに。みっともなくののしりあう叔母さんやオトレー夫人とは、全然ちがうのに。

「侯爵夫人が他の女性と張りあうなんて、想像もできません」

夫人はうれしそうに笑った。

「まあ、そうね。ここだけの話、あのふたりほど悪くはなかったわね。だけど、そういう時期があったのはたしかよ。実際、クロフォード女学院ではいろいろあったの。『チェルトナムの悲劇』みたいなことがね。でもそういうのも全部乗り越えて、わたしたち三人、今も友だちでいられるのは本当に幸せよ。一触即発というときもあったのだから。アメリアが、わたしからトーマスを奪ったときだけど」

ベアトリスは息をのんだ。ええっ、オトレー夫妻は略奪婚なの？　オトレー夫人の不倫を知ったときほどのショックではないが、相手が親友の恋人だったと聞けば、言葉を失うしかない。

「びっくりするのも当然よ。ひどい話ですもの。でもね、トーマスとわたしはお似合いのカップルとは言えなかった。彼とアメリアは、いろんな意味でよく似ているのよ。それにね、今だから言えるけど、侯爵と結婚して本当に良かったわ。自分で言うのもなんだけど、わたしたちって理想的な夫婦なの」ため息を一度ついた。数メートル先では、オトレー夫人が、指についたタルトのかけらを舐めている。侯爵夫人は、急に真剣な表情になった。「だから今は、アメリアにトーマスを奪われて感謝しているくらいよ。でもね、あのころの彼はインドから帰ったばかりで、それはすてきだったの。ハンサムで、自信たっぷりで、洗練されていて。わたしなんか圧倒されちゃって、びくびくしていたくらい。でもそんな関係では、夫婦としてやっていくのは無理だったと思う。みんなからは、トーマスは貴族の血筋が欲しくてアメリアを選んだ、男爵の娘だからってなぐさめられたけど、それは単純すぎると思うわ。あのころのアメリアには、独特の魅力があった。生き生きとして、今のエミリーみたいにすごく目立っていたわ。わたしはもっさりした、のろまなタイプだったの」

〝のろま〟と聞いて、ベアトリスは悔しくなった。姪っ子を紹介する際、叔父さんがいつもその言葉を使うのだ。

「〝のろま〟なんかじゃありません。〝慎重〟なんですわ」

侯爵夫人は悲しげにほほ笑むと、首を横に振った。

「あなたはやさしいのね」ふたたびため息をつく。「それにしても、この屋敷でトーマスがあんなことになって、アメリアに申し訳なくて。何かわたしにできることはなかったのかと……」

なんて誠意のこもった、心にしみいる言葉だろう。ベアトリスは、今朝の勉強会の最後に、夫人が言った言葉を思い出した。『他の方たちが心地よく過ごせるか、それを最優先に考えることです』

侯爵夫人はいま実際に、オトレー夫人に対して、この言葉を体現しているではないか。それを伝えなければ。

「侯爵夫人の態度や言葉のすべてが、悲しみのどん底にあるお友だちのなぐさめになっていますわ。それでじゅうぶんなのではないでしょうか」

夫人は小首をかしげ、ベアトリスをじっと見つめた。

「まあ。あなたはヴェラから聞いていたお嬢さんとは全然ちがうわ。とても賢くて、すごくすてきな女性なのね。ありがとう。わたしの言葉を覚えていてくれたのね」にっこり笑って続けた。「さあさあ、洋ナシのタルトを取りに行きましょう。のんびりしていたら、アメリアが全部食べてしまいそうだわ。彼女がやけ食いをするのを止めなくては。あの人のことだから、またすぐに再婚相手を探すと思うけど、三重顎のおでぶさんになったら、さすがにまずいものね」

ベアトリスは、洋ナシのタルトよりチョコレートケーキを食べたかったが、タルトをおいしそうにほおばった。すてきな女性だと言ってくれた侯爵夫人の前では、失礼なことはしたくなかった。実を言うと、叔母さんの友人のカントリーハウスに招待されたと聞いたとき、田園の風景は別にして、たいして楽しみにはしていなかった。叔母さんは人を見る目がないから、〝友人〟とやらも、きっと嫌みな人だろうと思ったのだ。ところが予想は大はずれ、侯爵夫人は、一緒にいてとても楽しい人だった。

ピクニックから戻ってきても、まだ彼女のことを考えていた。ずっと昔の話とはいえ、あの優雅で上品な夫人が、悪徳商人のオトレー氏と恋仲だったとは。実はそれを知ったとき、夫人の肩をつかみ、瞳を見つめながらこう言いたかった。

「ああ、もう！　あなたは、あの男の本性を何にも知らないんですよ！」

それと、オトレー夫妻。

だまされやすい老人や、未熟な若者から大金をだましとった男。そして、略奪婚までした夫の目をぬすみ、彼の部下と浮気をする女。侯爵夫人が言っていたように、似た者同士という言葉がぴったりの夫婦だ。

ベアトリスは、公爵に報告をするのが待ちきれなかった。絶対に目を丸くするはずだ。ウィルソン氏の手紙を読んだときは、彼女と同じく、エミリーが恋の相手だと信じていたのだから。だが状況は一変した。公爵ならどう考えるだろう。ベアトリスの頭のなかで、犯人の最有力候補に、ウィルソン氏が急浮上した。夫人と同じく強い動機があり、しかもオトレー氏を殺せるだけの体力もある。

ベアトリスにとって、その日のディナーは、延々と続く苦行のようだった。つまらないおしゃべりを聞きながら、何品もあるコースをゆっくりと味わうなんて。のんびりしている場合ではないのに。

「あの手紙は、母親宛てだったんです。信じられます？　相手は母親のほうだったんですよ」今すぐにでも、公爵にこう耳打ちしたかった。彼との間に座るアマーシャムとフローラの前に身を乗りだしたら、やっぱり怒られるかしら。

ディナーが終わってしまえば、もうチャンスはない。女性たちは居間に向かい、男性陣はこのままポートワインを楽しむからだ。かといって、まさか全員のいる前で、オトレー夫人の不倫を暴露するわけにはいかない。緊急の話があると伝えるため、公爵に向かって何度もまばたきをしたが、その作戦はあっけなく失敗した。彼女の不自然なまばたきにフローラが気づいて、目に砂でも入ったのかと尋ねたのだ。

「冷たい湿布を当てるのはどうかしら」心配そうにのぞきこむ。「持ってくるよう、メイドに頼んであげるわ」

従妹のやさしさにとまどいながらも、ベアトリスは礼を言って、大丈夫だと断った。だめだわ。この調子では、公爵と話すチャンスはありそうもない。女性たちと居間でおしゃべりをしても意味がないし。そこで頃合いを見て、自分の部屋にひきあげることにした。大げさにあくびをかみしめるふりをして、ゆっくり立ち上がる。

「たくさん歩いたせいで、疲れたみたいです。お先に失礼しますね」

するとヴェラ叔母さんも、すぐに立ち上がった。おやすみなさいと言うと、姪っ子を追いかけるようにして居間を出る。階段まで来ると、彼女の肩に手を回し、いたわるような口調で言った。

「かわいそうに。どんなにつらかったでしょう。全部わたしに話してちょうだい。そのあとで、あなたが幸せになれるよう、一緒に解決策を考えましょう」

ベアトリスは不思議でたまらなかった。どうして急に、姪の将来の幸せを真剣に考えようと思ったのだろう。だが下手に尋ねたら、話が長びくだけだ。黙って叔母さんの話を聞き、適当にやり過ごすのが一番いい。はじめの話題が何であれ、結局はフローラやラッセルを心配する言葉で終わるというのがいつものことだった。子どもたちの幸せと、それによって得られる叔母さん自身の安らぎが、これまでも、これからも、彼女の最優先事項なのだ。

「打ち明けてくれなかったことを、責めるつもりはないの」階段を上りながら、叔母さんが言った。「わたしたち夫婦がフローラの将来のことで頭がいっぱいで、あなたの幸せは考えていないと思うのもわかるわ。だけど血のつながった姪だもの、当然大事に思っているわ。でもやっぱり、娘のほうに大きな期待をかけてしまうのよ。もしフローラに貴族の紳士との結婚話がもちあがったら、反対なんかできないでしょ。あなたにはまあ、そんな話がくるわけはないしね」

どう考えても傷つくような、こんな発言をされても、ベアトリスはちっとも腹が立たなかった。ヴェラ叔母さんは普段から、姪は一家で一番下の存在だと公言しているようなものだったから、今回はむしろ、彼女の心遣いに感謝していた。

「叔母さまったら、なんてやさしいの」

「何言っているの、水くさいわねえ。何かわたしにできることはないの？」

ベアトリスは唇をかんで、笑いをこらえた。叔母さんは家族の絆をアピールしているが、さあ喜んでアドバイスしてあげるわよ、悩みごとを早く言いなさいと、興味津々なのが丸わかりなのだ。

ベアトリスの部屋の前まで来ると、叔母さんは一緒に入ってきて、暖炉の近くの椅子に向かった。

「じゃあ、座って全部話してちょうだい。あなたの大事な人のことを。チャンセリー・レーンの法律事務所に勤めていると聞いたけど。法廷弁護士を目指しているんでしょ。叔父さんがきっと彼を見つけだし、面倒な問題を片づけてあげるわ。うまくいけば、年内には結婚できると思うわよ」当然のように言ったあと、嘆くように首を振った。

「ほんとにまあ、かわいそうに。いったいいつごろの話だったの？　おととしの秋、聖ミカエル祭のころかしら。あのころ、あなたの顔色がやけに悪いとは思ったの。でも顔色が悪いのはいつものことでしょ。今思えば、失恋で落ちこんでいたのね。それにしても、つねに落ちこんでいるように見えるなんて、困った人ね」

ふだんからぱっとしない姪っ子の顔色のせいで、自分は人一倍苦労している——そう言いたいのだろうか。ベアトリスはさすがにおもしろくなかったが、それ以上に、叔母さんのとんでもない誤解があまりにもおかしくて、とうとう噴きだしてしまった。エミリーから情報を引きだすためについた嘘の報いが、まさか十倍になって返ってくるなんて。ベアトリスはこれまで内緒話をした経験が一度もなかったので、秘密を守るようにと、エミリーに念を押すのを忘れていたのだ。

いっぽうヴェラ叔母さんは、姪が笑いころげるのを見て真っ青になった。つらい話をむしかえしたせいで、錯乱状態になったのではと怖くなったらしい。お願いだから落ちついて、と言いながらおろおろしている。

ベアトリスはお腹を抱えながら、大きくうなずいた。「ええ、ええ。大丈夫です」

「ごめんなさい。どうしましょう」叔母さんは、伸ばした手をしばらくさまよわせ、結局はそっと姪の肩に置いた。「そうそう。ずっとおさえてきた感情をぜんぶ吐きだしてしまいなさい。落ちついたら、一緒に計画を練りましょう。ねえ、彼の名前はなんていうの？」

彼の名前ですって？　現実的、かつ具体的な質問をされ、ベアトリスの笑いの発作はいきなり終わりを告げた。深刻な問題を抱えてしまったと気づいたのだ。叔母さんは姪っ子を、弁護士事務所の職員と結婚させるつもりなのだ。架空の存在だというのに。

「彼は死にました」ベアトリスは唐突に言った。

もし彼女が、叔母さんの野望を打ち砕こうと、〝運命の恋人〟を死なせてしまったとしたら、それは大きなまちがいだった。

「いいえ、そうとは限らないわ。彼の両親がでっちあげた作り話かもしれない。考えてもみなさいよ。自分の息子にも同じ手口を使ったんでしょ。あなたはぴんぴんしているのに、死んだことにして、彼を絶望の淵に落としたと聞いたわ」

自分が使ったその〝手口〟を、ベアトリスはすっかり忘れていた。それなのにエミリーは、細かい部分までちゃんと覚えていたのだ。エミリーは〝自分大好き人間〟だから、会話の内容が彼女に関係なければ、右から左に聞き流しているとばかり思っていたのに。

「いいえ、彼は結婚したんです」ベアトリスは急いで訂正した。「ばら色の頬をした、赤い髪の娘と」

叔母さんは目を丸くした。「だけどたった今、死んだと言ったじゃないの」

「ええ、それはつまり」ベアトリスは口ごもりながら、いらだっていた。自分自身に。

ヴェラ叔母さんに。そして想定外の記憶力を持っていたエミリーに。「わたしにとっては、死んだも同然という意味です。あの人は結婚したその瞬間に、わたしにとってはもう、この世に存在しない人になったんです。わたしをあっさり捨てた男に、失恋をしたと思いたくないんです」

「ちがうわ。彼はあなたが死んだと思ったのよ」叔母さんはどういうわけか、架空の求婚者の代わりに腹をたてている。

「でもわたしは死んでいません。なのにあの人は、それを信じた。叔母さまはちがったでしょう？」ベアトリスは鋭く指摘した。「さっき、彼は死んだとわたしが言ったとき、叔母さまはそれを疑って、生きている可能性もあると言いましたよね。会ったこともない見ず知らずの人にすら、そんなふうに考えてくれましたよね。それなのにあの人は、結婚まで考えた恋人の死をあっさり信じたんです。わたしは彼にとって、それだけの価値しかない女だったんです」

「そ、そんなことないわ」叔母さんは眉をひそめている。姪の発言の根底にある論法を、なんとか解きほぐそうとしているらしい。「でもね、やっぱり……」

「彼はもう、二人の子どもの父親なんです」叔母さんをさらに混乱させるため、新しいニセ情報を提供した。「双子です。男の子と女の子で、どちらも母親似でした。今はチープサイドで暮らしています。印刷所の隣に」

叔母さんは黙って考えていたが、やがて悲しそうに首を振った。

「あなたはまだ、失恋の痛手から立ち直っていないのね。だってわざわざ調べでもしなければ、彼が今どうなっているか、そんなに詳しく知っているはずがないもの」

今度もベアトリスは、何か出まかせを言って釈明しようとしたが、一つも思い浮かばなかった。機転の利いた言葉が湧いて出てくる泉は、どうやら涸《か》れてしまったようだ。宙をぽかんと見つめて考える。叔母さんの発言に同意したら、まずいだろうか。昔の恋人を、何週間も何ヵ月も、遠くから目で追っていたと認めたところで、何か問題があるだろうか。素直にうなずいてもいいのではないか。だがやはり、不安は残った。ついた嘘が大きければ大きいほど、命取りになる可能性は高い。

イエスともノーとも言えず、結局は臆病者の作戦に逃げこむことにした。話題を変えればいい。今日は驚くようなことがたくさんあったし。

そうだ、あの話題はどうだろう。

「ねえ叔母さま、実はとってもショッキングな話を耳にしたんです」急に声をひそめた。

「叔母さまもよく知っているはずです。侯爵夫人の恋人を、オトレー夫人が奪ったという話。愛と裏切りの、どろどろのスキャンダルじゃありませんか。どうしてわたしやフローラに教えてくれなかったんですか？」

話題がいきなり変わったので、叔母さんはとまどっていた。姪っ子の悲しいロマンスに、もっとあれこれ口を出したかったのはまちがいない。それでも、新たに振られた魅力的な話題に抵抗できるわけがなかった。親友たちの昔のゴシップを暴露するほど、楽しいことがあるだろうか。思ったとおり、叔母さんは嬉々として話しはじめた。

「あれは本当にすごいスキャンダルだったわ。アメリアがオトレーと駆け落ちをしたのは、彼とヘレンの婚約発表の前の晩だったの。ヘレンの母親は、婚約告知の掲載を中止するように、わざわざ自分で〈タイムズ〉まで行ったのよ。すでに活字が組まれていたから、簡単ではなかったと思うわ。それにね、あのふたりの関係をヘレンが知ったいきさつも、ひどい話なの。だってね、アースキン家のパーティで、ふたりがテラスでキスをしているのを見ちゃったんですって。情熱的に抱き合って。どこまで本当かはわからないけど」叔母さんはにやりと笑った。「でね、ヘレンは泣きながらクロークに駆けこんで、パーティの間ずっと閉じこもっていたの。そのせいで、テトベリー公爵夫人のコートがぐっしょり濡れてしまったそうよ。そのあとオトレーとアメリアは、両親にばれるのは時間の問題だと思って、あわててスコットランドへ逃げたの。まあこうして話すと、ドラマチックに聞こえるかもしれないけど、結局のところ、親友の男を横取りしたとかされたとか、ちまちました話よね」今度は鼻で笑った。「それから半年経って、オトレー夫婦が駆け落ち旅行から戻ってきたの。でもそのころにはもう、ヘレンはスケフィントンに夢中だった。トーマスのどこが好きだったか思い出せないと言って、笑っていたわ。だからこそ、アメリアをあたたかく迎え、それ以来ずっと仲良くつきあっているんでしょうね」

「ええ、わたしが侯爵夫人から聞いた話もほとんど同じです」ベアトリスはそう言いながらも、疑問に思った。高い爵位を手にしただけで、そこまで自尊心が満たされるものだろうか。だがすぐに、自分のことが腹立たしくなった。あの侯爵夫人が、そんな卑しい人なわけがない。このわたしにすら、あんなにやさしくしてくれたのに。きっと、スケフィントン侯爵を本当に愛しているんだわ。こんな愚かな疑問を持つなんてどうかしている。疲れたと言って居間からひきあげてきたけれど、実際、相当疲れているんだわ。

「叔母さま、ごめんなさい。急に眠くなってしまって。一日の疲れがいっきに押し寄せて来たみたいです」

叔母さんはそう聞いたとたん、大きなあくびをして、自分もひどく疲れていると認めた。散策だけでも疲れたのに、ベアトリスの告白のせいで、さらにくたくたになったらしい。なにしろ、姪の結婚話を聞いたときの高揚感、それがかなわないと知ったときの絶望感――そのふたつを、わずか一時間のうちに味わったのだから。

「このまま何日でも眠れそうな気分よ」

ベアトリスは、内心ぜひそうして欲しいと思ったが、やさしく声をかけた。

「疲れがとれるまで、ゆっくり休んでくださいね」

「ええ、そうさせてもらうわ」叔母さんは姪の頬にそっとキスをした。「あの件はまた相談しましょう。あなたは何も心配しないで」

ベアトリスの顔から血の気が引いた。実在しない男のために、叔母さんが離婚の手続きを進める姿が思い浮かんだのだ。

まったく何を考えているの。彼には子どもが二人もいるのよ!

もちろん、架空の存在なんだけど。

現実の話だったら、腹を立てたにちがいない。厄介者の自分を追い出すため、意地悪な親戚が他人の家庭をこわそうとするのだから。だがベアトリスは、むしろ大声で笑いたいくらいだった。

実際にはくすくすと笑いながら、メイドを呼ぶためのベルをちりんと鳴らした。

10

もともとベアトリスは、『ウェイクフィールドの牧師』をそれほど読みたいとは思っていなかった。そして今、貧乏だが親切なバーシェル氏が実は大金持ちだった、それも身分の高いウィリアム・ソーンヒル卿だった、そう判明した時点で、がまんの限界に達した。不幸の続くプリムローズ家を救うためとはいえ、あまりにも安っぽい筋書きではないか。それだけではない。家や財産を火事でなくすだけでもむごいことなのに、家賃を払えないからと、卑劣な地主が牧師を監獄に送るなど、不道徳にもほどがある。

　とても最後まで読みとおす気にはなれず、ベアトリスは重たい本を床に放り投げた。こんなふうに、共感や同情を押しつけられると、いつものことながら頭にくる。小説にはこういうのが多い。読書というのは、読みながら、自分の感性で判断を下すのが楽しいのに。だからこそ、自由に解釈できる伝記や歴史書、旅行記は読んでいてわくわくするのだ。

放った本がどさっと大きな音をたて、隣の部屋で寝ているフローラが起きないかと心配になった。ここは静かな田舎町で、しかもずいぶん遅い時間なのだ。

とそのとき、窓をコンコンと叩く音がして、恐怖で心臓が飛び出しそうになった。この部屋には彼女ひとりきりだし、今もまだ、屋敷のなかを殺人犯がうろついているかもしれないのだ。

ううん、大丈夫。たとえばほら、木の枝が風にあおられ、たまたま窓にぶつかったとか。そうよ、窓の外に殺人犯がいると決まったわけじゃない。窓から入ってきて、わたしの息の根を止めようとしているとか、そんなことがあるわけない。

ところが、ふたたび窓を叩く音が聞こえた。

いったい何なの。ただの木の枝のくせに、ちょっとしつこいんじゃない。ベアトリスは無性に腹が立ってきた。せっかく気のせいだと思いこもうとしたのに、不安になるじゃないの。

何度か深呼吸を繰り返し、ベッドから出ると、燭台を手に取った。おそるおそる窓に近づいていく。なんだか信じられない。ほんの一時間前には、頭がからっぽのオリビアにうんざりしていたのに。だって彼女ときたら、地主の策略にあっけなくはまり、貞操を奪われそうになるんだもの。彼の下心なんか見え見えだったのに。それなのに今はこの自分が、不審な物音の正体を、武器も持たずに確認しようとしている。ゴシック小説のヒロインを、浅はかだと笑っている場合じゃない。どんな悲惨な結末が待っていてもおかしくはないのだ。

とはいえ、他に選択肢はない。たとえば、ろうそくの火を消して布団をかぶったところで、相手がその気ならひとたまりもないだろう。かといって、パニックになって廊下に飛びだせば、恥をかくだけだ。オトレー氏を殺した犯人に襲われたと言っても、笑われるだけだろう（そもそも彼は、自殺したことになっている）。それどころか、叔母さんに精神病院に送りこまれるかもしれない。行き遅れの姪っ子がやっと片づいた、そう言って喜ぶ様子が目に見えるようだ。そうそう、厄介者を不法監禁してしまえば、かつての恋人、テディの幸せな家庭をこわす必要もない。

ああ、そうじゃない！　とにかくまずは、怪しい物音の正体を確認しないと。窓に近づくと、木の陰の間にぼんやりと人影が見えた。恐怖のあまり、吐きそうになる。腕を伸ばし、ろうそくを窓に近づけたが、ガラスに光が反射して、人影はいっそうぼやけてしまった。しかたがない。燭台をおろし、窓に鼻を押しつけるしかないだろう。いざとなったら、廊下に飛び出すという最後の手段もある。

もう一歩窓に近づき、ガラス越しに目をこらした。ほのかな月明かりを浴び、ブロンドの髪が輝いている。なあんだ。安堵といらだちの混じったため息をつきながら、窓を両手で押し上げた。

「こんばんは。明日にでも、若い紳士向けの勉強会を開いたらいかがですか。〝エレガントに木を登る方法〟というテーマで。講師は、従者のほうが良さそうですけれど」

窓枠を軽やかに乗り越えながら、公爵が答えた。

「あいかわらず失礼な人だね、ミス・ハイドクレア。ぼくは木登りに関しては名人級だよ。まあ、きみはなんでも優秀だから、つい他人の習熟度を評価したくなるんだろうが」

「優秀だなんて。公爵さまこそ、ディナーの席で誰かをほめる必要に迫られたら、方法は一つだけですよ。ご自分の分身を正面に座らせる、これしかありません」

公爵はくっくと笑うと、残念そうに首を横に振った。

「いやいや、さすがのぼくでも、その偉業はまだ達成できていないんだ。だがいつかはできるんじゃないかと、前向きに考えているよ」

「すてき。ではそのうち、〝同時に二つの場所に存在する方法〟というテーマで、勉強会を開いてくださいね。できれば要点は、二十までに絞っていただくとうれしいですわ」ベアトリスはにっこり笑って窓を閉めた。それから、暖炉のそばの肘掛け椅子に座るよう、彼をうながした。「あらもしかして、訪問カードをお盆に置いたら、すぐつぎの木に飛び移るおつもりでしたか？」

「それはきみ次第だ」公爵がおだやかに言った。「ここはきみの寝室だからね。ぼくとしては、できれば話がしたいが」

ベアトリスも、彼が何を言いたいのかはわかった。真夜中という時間帯。屋敷じゅうが寝静まっているという状況。そして、ナイトドレスという自分のしどけない姿。家族でもない独身男性にこんな姿を見られたのだから、当然真っ赤になって恥ずかしそうにする場面だ。といっても、彼女のナイトドレスは厚手の木綿製で、デザインもすごく地味だった。たとえば、未亡人が日曜日に教会に着ていっても、誰ひとり眉をひそめたりしないような。それに、顎のすぐ下までフリルが立ち上がっているから、情熱的な求婚者の誘惑を撃退するときにもぴったりのドレスなのだ（そんな日が来るかはわからないが）。

だがベアトリスがとまどっている理由は、別にあった。慎みぶかくふるまうことで、彼の目を意識している、自分は若くて魅力的だと勘ちがいをしているとは思われたくなかった。年齢を考えれば、そうした幻想や期待はもはや抱いていないし、それは公爵もよく理解しているはずだ。ほんの少しでもベアトリスを花嫁候補として考えていたら、こんな真夜中に、彼女の寝室に忍びこむわけがない。

公爵はきっと、彼女を相棒だと評価しているのだ。若い娘のように恥じらう様子を見せたら、事件の調査そのものが台無しになってしまう。

「わかりました。それなら座ってお話ししましょう」暖炉の火はほぼ消えかかっていたので、マントルピースの上のろうそくに火を灯した。「おいでになるとは思ってもみませんでした」「実は今日、とても興味深いことがわかったのです」

「ああ、知っているよ」公爵はにやりと笑って腰を下ろした。

「ご存じだったのですか？」

「そうとも。だからここに来たんだ。木登りの練習をしていたわけじゃない。まあせっかくなら、木登りの腕前もほめてもらいたかったが。そうそう、勉強会の件については、従者のハリスに頼んでみてもいいな」

ベアトリスは迷っていた。彼がまた得意そうな顔をするのは、できれば見たくない。だけどやっぱり、自分が新たな情報を得たことをなぜ知ったのか、どうしても知りたかった。

「ディナーのときのきみの様子だよ。ずいぶん離れて座っていたのに、ぼくに向かってしきりにまばたきをしていたじゃないか。さすがにきみが、ぼくを誘惑するつもりだとは思わないからね」茶目っけたっぷりに笑ってみせる。「一応言っておくが、謙遜しているつもりだよ。ぼくが謙虚だと、きみは思っていないようだが」

ベアトリスは眉をつりあげ、楽しそうに尋ねた。

「つまり、こういうことでしょうか。ご自分にわたしがなびいて当然だ、そう自慢しなかったことを、自慢していらっしゃると？」

公爵は声をあげて笑い、この件はもう終わりにしようと言った。

「他愛もないことでぼくを動揺させたいのはわかるが、時間ももう遅い。もっと大事なことを話し合おうじゃないか。さあ、何を発見したのか教えてくれないか」

ベアトリスは抗議したかったが、ぐっとこらえた。他愛もないことで彼女を動揺させようとしたのは、彼のほうなのに。だがそう言ったところで、またつっかかってきたと言われるだけだろう。そこでまじめな顔になり、ずばり核心に触れた。

「わたしたちは、人違いをしていたんです。ウィルソンさんの恋のお相手のオトレーさんを」

公爵はすぐには理解できず、眉をひそめた。「人違い？」

暖炉の残り火がパチパチと音を立てるなか、ベアトリスは大きくうなずいた。公爵と目を合わせると、彼が意味を理解したとわかった。

「あの手紙は、娘のエミリーに宛てたものではなかったのです」

公爵は感心したように言った。

「なるほど、それは大変な発見だな。そんな個人的な情報を、どうやって手に入れたんだ？」

ベアトリスは、できるだけシンプルに答えることにした。叔母さんから聞いたゴシップ情報は、重要ではあるが、細かい部分はあまりにもくだらないからだ。

「女性同士のちょっとした噂話からです。偶然とはいえ、母親が奔放な人間だと知って、エミリーはずいぶんショックを受けています。手紙を発見したのはつい最近ですが、ときどき読み返しては、母親の裏切りを忘れまいとしているようです」

「そうなると、オトレー夫人をリストのトップに据えるべきだろうな。ウィルソンと結婚するために」考えこむように、顎に手を当てている。「夫に消えてほしかったはずだから」

ベアトリスはうなずいたが、彼の結論には同意しなかった。

「ですけど、実際に夫人が手を下したとは思えません。とても小柄な方ですから。オトレーさんの、せいぜい肩までしかないのでは？　死体の傷は、頭のてっぺん近くだったはずです。手が届くとは思えません。それに、このお屋敷で殺す理由があるでしょうか。前にも言いましたが、自宅で夫のポートワインにアヘンチンキを入れるほうがずっと簡単です」

「ああ。だがそれは、計画的な殺人の場合だ」公爵が反論した。「もし夫人が、衝動的になり、オトレーを襲ったのだとしたら？　彼女は偶然図書室で夫を見つけ、やがて口論になり、その時たまたま持っていた燭台で殴ったのかもしれない。激しい怒りは強い力を生む。きっと彼女は、ありったけの力で殴ったんだ」

「怒りで力がわいたとしても、それだけで高いところに手は届きません。だけど、〝衝動的に〟というのは可能性があると思います」

ベアトリスは自分の経験から、苦い思いが大きな力を発揮することを知っていた。不公平な世の中に対する怒りを、ただ一つの標的に向ければ、強い力が生まれる。彼女はまだ若かったが、その危険な力にすでに気づいていた。怒りにもいろいろあるが、積もり積もれば、大きな爆発につながる。その爆発をいつか自分がひきおこしてしまうことを、彼女は恐れていた。運命のいたずらに翻弄されても、どこかにユーモアを見出して生きていくほうがいい。そのほうが自尊心も傷つかない。だからこそ、泣かずにはいられないときでも笑うのだ。そしてそのためには、不屈の精神とも言うべき強い意志が必要になる。

「だけどやっぱり、激しい怒りだけで、三十センチ近くの身長差を埋められるとは思えません」

「いや、そうじゃない。オトレーが何度も殴られていたのを忘れていないか？　彼はまず、首に近いあたりを殴られたんだ。たぶん、最初の一撃はかなり力が入っていただろう。それで床に倒れ、転がった状態で頭頂部を殴られた」公爵は眉をひそめた。

「だが、前にも指摘したとおり、自殺と裁定されそうなのに、夫人は動揺しているふうでもない。彼の遺産を狙っていたのなら、あわてるはずなんだが」

ベアトリスも同じ疑問を抱いていたが、素直に同意したくはなかった。

「だけどもし、不動産に莫大な抵当権がついていたり、オトレーさんが借金を抱えていたら、あえて自殺を否定する必要はありませんよね」

「そう、ぼくもそれを言いたかったんだ。そうなると、彼女には動機がないということか」

「え？」ベアトリスは顔をしかめた。「ウィルソンさんとの結婚があるでしょう。強い動機になりますよ」

公爵がうなずいた。「そうだった。彼を忘れてはいけなかった。今どこにいるのだろう。よし、きみの推理をきかせてくれ」

実を言うとベアトリスは、これまでウィルソン氏を犯人だと疑ったことはなかった。以前、容疑者候補に挙げたのは、あらゆる可能性を排除したくなかっただけだ。だが今公爵に言われ、急に容疑者としておかしくないように思えてきた。動機の面では、オトレー夫人と変わらないからだ。

「ウィルソンさんは、すでにイギリスに戻っていると思います。ケシ畑が接収されたのなら、インドにとどまる理由はありません。二月の船で向こうを出れば、七月の末にはロンドンに着いているでしょう。もう九月ですから、夫人と結婚の約束を再確認し、オトレーさんの殺害計画を練る時間はじゅうぶんにあったはずです」

「ああ、イギリスに戻っている可能性は高いな。だがなぜ、わざわざこんな場所まで来てオトレーを襲ったんだ？　ロンドンのほうが簡単じゃないか」

「それは……ここなら疑われないからです。彼が湖水地方にいるなんて、誰も思わないですから。悪事を働くには、うってつけの場所というわけです」ベアトリスはうれしそうに言った。

公爵はすぐには否定しなかった。だがしばらく考えたあと、首を横に振った。

「それはちょっと賛成できないな。もう一度よく考えてみよう。もし彼のような部外者であれば、オトレーに簡単に近づける機会——釣りや鳥撃ちなど、戸外にいるときに襲うだろう。夜中の二時に図書室に行ってみたら、たまたまオトレーがいた、だから殺したなんて、そんな無謀な計画殺人があるものか。つまり犯人は、衝動的に殺したということだよ」

「でもオトレー夫人が共犯だったら？　ウィルソンは屋敷の中か、敷地内のどこかに隠れていた。もしかしたら使用人としてもぐりこんでいたのかもしれません。だから夫人の合図を受けて、すぐに図書室に向かえた」

「いや、それは無理があるな。小説だったら、そういう込み入った計画でもうまくいくかもしれない。だが現実の世界では、計画に関わる人間が多ければ多いほど、失敗する可能性が高いんだ」

ああ、またこれか、とベアトリスは思った。以前、アンドリューの部屋で血痕のついた燭台を見つけたときを思い出したのだ。彼に罪を着せるためかも、と彼女が言うと、複雑に考えすぎだと公爵にはねつけられたっけ。あのときの、小馬鹿にしたような口ぶりときたら。それはもう見事だった。

「そうでしょうか。使用人を全員集めてみたら、ウィルソンが見つかるかもしれません。第二従僕や副執事、あるいは森番の助手とか」

公爵が唇をゆがめた。「よくもまあ、そんな具体的なところまで思いつくものだな」

「当然のことです」ベアトリスはあきれたように、目をくるりと回した。「オトレー夫人に白状させるなら、ドラマチックな演出が必要ですもの」

公爵も目をくるりと回し、ある意味であっぱれだと、微妙なほめ方をした。

「じゃあ、一応ウィルソンを容疑者リストに加えよう」

ベアトリスは真剣な顔で、人差し指をつきあげた。

「オトレー夫人より上ですよ」

公爵は苦笑いした。

「このリストは頭のなかにあるだけだよ。実際に何かの紙に、疑わしい順に書きつけているわけじゃないんだ」

「ええ、わかっています。でもきちんと順番をつけて、困ることはないと思いますけど。逆にびっくりしましたわ。正確を期すことは、公爵さまの信念だと思っていたので。ほら、ＨＭＳマジェスティック、ＨＭＳオーディシャス、ＨＭＳゴライアス……」ベアトリスは、若い娘のようにころころと笑った。

するとと公爵は、間髪を入れず訂正した。

「残念。HMSゴライアス、HMSオーディシャス、HMSマジェスティックだ」

特に抑揚もつけず、無表情のままだったが、ベアトリスはすぐに理解した。彼は自分を冗談のネタにしているのだ。彼女はいつのまにか、穏やかな表情になっていた。たしかに彼を見ていると、勘弁してほしいと感じることがたびたびある。あらゆる面で完璧すぎるのはもちろん、博識ぶりをひけらかしたり、とんでもなく傲慢だったり。だがそのいっぽうで、こんなふうに自分を笑いものにする余裕もあったのだ。そのときふと、彼女はあることに気づいて愕然とした。自分は公爵を嫌ってはいない、いや、それどころか、むしろ好感を持っているのではないか。真夜中を過ぎた彼女の部屋で、消えかかった暖炉の火のそばで、リスト上の容疑者を並べ替えている公爵のことが、とても好ましいように思えた。

なるほど、そういうことか。社交界にデビューをしたばかりの若い娘たちも、結婚こそが人生最大の目的だと考える美女たちも、みんながみんな、彼に胸をときめかせる。ベアトリスはその気持ちが、このとき初めてわかったような気がした。

もちろん、彼女自身は夢中になったりはしない。

手の届かない王子さまに思いを寄せるには、分別がありすぎるからだ。それにもかかわらず、これまで経験したことのない複雑な気持ちにひどく動揺していた。それはたぶん、一般に〝仲間意識〟と呼ばれるものだろう。ハイドクレア家では、物質的に不自由な思いをしたことはなかった。けれども、精神的に満たされたことは一度もないし、家庭のあたたかさを感じたこともない。そのため、誰かとつながっているという感覚がどんなものか、彼女にはわからなかった。

だが、今ならわかる。公爵は自分とは正反対の存在だが、同じ視点にたち、真剣に議論しあう同志でもあるのだ。ベアトリスは頬が熱くなったのを感じ、その赤みを隠してくれる薄暗さに感謝した。そしてようやく、沈黙の時間が長すぎたことに気づき、容疑者リストについて話していたことを思い出した。

「エミリーはどうでしょう」

「エミリー？　何のことだい？」

「容疑者リストに書きこむなら、リストの一番下に移してもいいと思います。ウィルソンの恋人ではないのだから、殺害の動機はありません。父親の意向に多少不満はあったようですが、わたしが見るかぎり、彼女は身分が高く、裕福な男性と結婚することだけが人生の目的です。それが水の泡になるようなことをするはずがありません」

そこでふと、公爵をからかいたくなった。「そういえば、公爵さまは合格ですね」

唐突に発せられたひと言に、公爵は面食らった。「ぼくが合格？」

「もしエミリーに求婚するにしても、心配はいりませんという意味です。彼女の求める条件を完璧に満たしていますから。真剣に考えてみるのもよろしいかと思いますけど。彼女は自ら公言しているとおり、絶世の美女ですもの。公爵さまのお好みは別にして、生まれてくる子どもたちのことを考えてみるべきです」

ベアトリスがエミリーの価値を説明すると、公爵の顔にはさまざまな感情が見え隠れした。驚き、困惑、怒り。だがやがて、愉快そうな表情に落ちついた。

「ぼくの幸せをそこまで考えてくれるとは、本当に親切だね。だがそんな心遣いは無用だよ。ぼくは〝女性との交際術〟に関しては、権威といってもいい。そのテーマで勉強会の講師を頼まれたら、一週間連続でも話ができると思う」

たったの一週間だけ？　ベアトリスは首をかしげた。彼ほど女性に人気の男性なら、たっぷり一カ月ぶんは話のネタがあるのでは。

「でしたら、従弟のラッセルに個人授業をお願いしますわ。エミリーにつきまとって困らせているんです。彼女に頼まれて、さりげなく注意はしたのですけど、あの子ったら、ミス・オトレーは自分の気を引くために無関心なふりをしているだけだと言いはるんです」

「おやおや、困った子だ」公爵は笑いながら、なるべく早く指導をすると約束した。

それから話をもどし、他に思い当たる容疑者はいないかと尋ねた。

「スケフィントン侯爵はどうですか？　公爵さまは否定されていましたが、あの方がどこかでハイビスカスの件を耳にしていたら？　オトレーさんが自分の息子をだましたと知ったら、カンカンになったはずです。そしておそらく、真っ向から対決したでしょう。実はオトレーさんの部屋を調べたとき、葉巻を一本見つけました。彼自身は葉巻を吸いません。あのにおいは実に不快だと、日記にも書いてありましたし。けれどもスケフィントン侯爵は吸いますよね。だから侯爵は、まずオトレーさんの部屋を訪ね、ハイビスカスの件を追及した。けれどのらりくらりとかわされ、ふたたび図書室で会うことにしたのでは？　そして話し合ううちにどんどん興奮して最後には、という可能性もあります」

「ああ。だが残念ながら、問題点が一つある」公爵が首を振った。「あの夜オトレーを追いかけようと思ったら、スケフィントン侯爵に呼び止められ、彼の書斎でけっこう長く話したんだ。前にも話したから、きみも覚えているだろう。それでようやく別れを告げ、図書室に着いたときにはオトレーはもう殺されていた。侯爵は年のわりには機敏なほうとはいえ、さすがにぼくより先回りしてオトレーを殺すのは無理だろう」

「だけど、書斎と図書室の間に秘密の通路があるかもしれません。その可能性を完全に否定するのですか」

「いや、そういうわけじゃない。ただその話を、今三十分かけて話しているひまがあるかどうかだ。この屋敷には秘密の通路がたくさんあって、その一つが書斎から図書室に通じているのでは、なんてことを。きみが何が何でも話し合いたいと言っても、ぼくはごめんだ。だが葉巻については、考えてみる価値がある。たしかアンドリューも葉巻を吸うな。そういえばあのときはもう、居間にはいなかった。解散する三十分ほど前に出て行ったはずだ」

「だったらオトレーさんに復讐してやろうと、怒りに燃えて出ていったのかもしれません。彼はいま、容疑者リストの何番目でしたか？」

「オトレー夫人の上だ」

ベアトリスは即座に首を横に振った。

「夫人の下に変えましょう。やっぱりあの手紙は、一番有力な証拠です」

「血痕のついた燭台よりも？」公爵が指摘する。

「あれは、罪を着せるために仕掛けられたものです。まちがいありません。そうだわ、アマーシャム伯爵はどうでしょう。彼も葉巻を吸うのかしら。気づきませんでしたけど」

「彼が吸うのは嗅ぎタバコだ。タバコ入れのコレクターでもある。本人の言うほど、魅力的な趣味とは思えないが」彼が不機嫌そうに言ったので、ベアトリスはおかしくなった。おそらくその退屈な話題で、アマーシャムから延々と話を聞かされるはめになったのだろう。「ああ、そうだ。ヌニートンは葉巻を吸うな」

「そうなのですか？」彼女は聞き返したあと、少し考えてから言った。「でしたら、彼もリストに入れましょう」

「ヌニートンを？　彼にはオトレーを殺す動機がない。だまされた投資家として、名前は挙がっていなかった。今回の招待を受ける前に、そこはきちんと調べたんだ」

「べつに、公爵さまの調査がいいかげんだったとは申しておりません。でも彼はオトレーさんと、ずっと以前から関係があったかもしれません。アヘンの取引とか。調べたかぎりでは、彼の名前は一度も出てきません。それがかえって気になるんです。なるべく目立たないようにしているみたいで。何かを隠しているのかも。もしかしたら、最新流行のヘアスタイルに変えたウィルソンだったりして」

突飛すぎる考えだというのは、口にする前からわかっていた。ヌニートンの外見は、ウィルソンについてエミリーから聞いた話とは、まったくかけ離れている。それでも言ってみたのは、誰に対しても、頭から決めつけてはいけないと伝えたかったからだ。あらゆる可能性を想定しなければいけない。たとえそれが、ゴシック小説によく使われる、怪しげな仕掛けのようだとしても。

だが公爵は、それこそ頭から否定した。

「いいかい。もしヌニートンと名乗る紳士が、オックスフォードのころからぼくが知っている男でなかったら、例の秘密の通路の存在を喜んで認めよう。まったく、無念としかいいようがない。こんなばかげたことまで言わされるとは。ぼくの調査能力はよっぽどひどいと思われているんだな」

ベアトリスは無邪気にまばたきをすると、単にあらゆる可能性を考えてみただけだと言った。

「細かい部分までこだわったほうが、公爵さまのお気に召すかと」

「一応、ヌニートンもリストに入れておく。エミリーの下にね」からかわれたのを、公爵はあっさり無視した。

ベアトリスは少しがっかりしたが、表情には出さなかった。

「ええ、それでけっこうです。明日何をすべきかは、わかっていらっしゃいますよね」言葉を切り、公爵が同意するのを待った。

彼がうなずいたので、ベアトリスは口を開いた。

「ウィルソンが潜んでいる場所を見つける――」

「オトレー夫人の動きを探る」

ふたりの声が重なった。

ベアトリスが公爵をにらみつけると、彼もまた、むっとした顔で見つめ返した。

「それは時間の無駄だと思いますけど。どんな人物に化けているかわかりませんが、犯人はウィルソンです」

「いや、一番有力な容疑者は夫を裏切っていた夫人だ。オトレーが死んだら、確実に得をするのだから。たとえ財産を相続できなくても、愛する男と結婚できる。彼は経済的にも、そこそこ安定しているようだしね。しかも彼女には、夫を殺すチャンスがあった。この屋敷に滞在していて、図書室にも自由に出入りできる。だがウィルソンはちがう。だいたい、この湖水地方にも来ていないだろうし、魔法使いではないからドラゴンに変身しているとも思えない」

「従僕です」ベアトリスは歯を食いしばった。「わたしが言ったのは、執事の下で働く第二従僕とか、森番の助手とかです。おとぎ話に出てくる、荒唐無稽な生き物ではありません。それにドラゴンに変身したら、かえって目立つでしょう」

「ああ、それは失礼した」失礼だとはみじんも思っていない顔で言う。「突飛な考えという点では、あまり変わらないと思うが」

「あの、今回はよろしいですけど、明日はぜひ、反省の気持ちをこめて謝罪をしていただきたいと思います」

「明日？　どういうことだ？」公爵が不思議そうに尋ねた。

「だって明日になったら、ウィルソンの正体をわたしが暴くからです。そうしたら、公爵さまはわたしの推理をばかにしたことを謝罪しなくてはいけませんもの」彼女は自信満々に説明した。

するとと公爵は、声をあげて笑った。

「あっはっは。きみはなんて想像力の豊かな女性なんだ。一緒にいると実に楽しいよ。まだきみが、誰の奥方でもないとは信じられないな。不思議としかいいようがない」

それはべつに、不思議でもなんでもなかった。彼女が〝奥方〟でないのは、貴族の紳士が自分の妻に求める条件——美貌や財産、身分、品格——が、一つとして備わっていないからだ。彼女は公爵の言葉を反すうし、激しい憤りを感じた。これほどすぐれた人物が、なぜいとも簡単に、軽率で残酷な人間になりうるのだろう。

公爵はすぐに、自分が重大なミスを犯したと気づいたらしい。気まずそうな顔をするのを見て、ベアトリスは素直に信じた。今の失言は悪意から出たわけではなかったと。彼女がいまだに未婚であることを、あざ笑ったのではない。心からの疑問を口にしただけなのだ。

これまで公爵のような、無邪気な疑問を抱く人はいなかった。陰口にせよ、人前にせよ、いつもいつも〝行き遅れ〟と言われてきたせいで、自分で勝手にばかにされたと思いこんでしまったのだ。さらに悪いことには、それを気にしていないふりをするほど、器用でもなかった。

「どうか許してくれたまえ。よく考えもせずに、とても軽率なことを言ってしまった。結婚すべきだとか、そんなことを言うつもりはなかったんだ。本当に申し訳ない。それどころか、今のきみのままでいてほしいと思っている。信じてほしい。なんて楽しい人なんだと、言いたかっただけなんだ」公爵は早口でまくしたてたが、彼の謝罪には、〝反省の気持ち〟だけでなく、〝哀れみの気持ち〟までこめられているようにベアトリスには感じられた。

残念だが、それではだめなのだ。

そう、何のなぐさめにもならない。

行き遅れの寂しい女だが、そんな自分を恥ずかしいと思うような分別はある――公爵はきっと彼女のことを、そう思ったにちがいない。彼がどう言い訳をしようと、屈辱以外のなにものでもなかった。ベアトリスは立ち上がると、まあ、もうこんなに遅い時間なのね、と驚いてみせた。それから、滑稽なほど大げさにあくびをして、公爵を追いたてるように言った。

「昼間奔走したせいで疲れているようです。今夜はこうして立ち寄っていただき、ありがとうございました。それに話し合いも大変有意義でした。感謝しております」公爵は、彼女の口調が妙に堅苦しいと感じたにちがいないが、それを指摘するような失礼な真似はしなかった。代わりに、簡単な礼を言って窓へ向かい、ベアトリスもそれに続いた。

だが窓を開けようと、ふたりが同時に手を伸ばしたことで、気まずい雰囲気がいっそう耐えがたいものになった。指が触れあった瞬間、やけどでもしたように、彼女が後ろに飛びのいたのだ。なにをやっているの、ベアトリス。若い娘みたいに恥じらうなんて。彼女は公爵が窓を開ける間、不自然に離れて立ったまま、自分の愚かさを呪っていた。どうしてあんな態度をとったのだろう。真夜中に、自分の寝室で、ハンサムな男性となごやかに話をした——こんな夢のような状況のせいとしか思えない。ほんの一瞬とはいえ、彼が何者かを忘れていたのだ。なんだかんだとからかっているうちに、目の前にいるのが公爵閣下であること、けっして手の届かない、雲の上の存在であることをすっかり忘れていたのだ。

もう二度と、ばかな真似をしませんように。

公爵は窓枠を乗り越え、手前に伸びた太い枝に飛び移った。振り向いて何か言おうとしたが、思い直したのか、中途半端な笑みを浮かべ、軽く手を振った。彼女もためらいがちにうなずいたあと、すばやく窓を閉め、暖炉に置いたろうそくの灯を吹き消した。彼が木をつたっておりていくすべての瞬間を、暗い室内からそっと見届けたかったのだ。それからようやくベッドに入ろうとして、足元に『ウェイクフィールドの牧師』が落ちているのに気がついた。背表紙が曲がっている。さっき放り投げたとき、勢いよく床にぶつかったせいだろう。拾い上げてから、サイドテーブルにろうそくを置き、ぱらぱらとめくって読みかけの場所を開いた。しばらく読み進めたが、身分を隠した地主や、とんでもない悪党がわらわらと現れ、まったくばかげた話だった。だがそれでもどういうわけか、現実にあってもおかしくないように思えた。彼女がふと思い浮かべた、哀しいハイミスとハンサムな公爵の物語に比べれば。

11

翌日の朝食の席で、ベアトリスはスクランブルエッグを食べながら、ほおっと息を吐いた。ねっとりとしたとろみが絶妙だ。フォークを皿の端に置き、サイドボードの脇に立つサーマンを観察した。彼女より二つ三つ上のようだから、そろそろ三十になろうというところか。広い肩幅に美しいふくらはぎのライン、髪粉をふりかけたかつらをかぶってはいるが、その下には豊かな髪が波打ち、まさしく従僕の見本のような人物だ。とても好ましくは思ったものの、昨夜のディナーで椅子をひいたり、勉強会で紅茶のポットを運んでいたのが彼だったかは、覚えていなかった。侯爵家は従者たちをルックスの良さで選んでいるのか、全員がりゅうとしたいでたちで、誰が誰やら区別がつかないのだ。サーマンの身長は百八十センチほど。おそらく他の従者たちも同じだろう。

「このスクランブルエッグは、本当にすばらしいわ」叔母さんのカップにサーマンが紅茶を注ぎたすと、ベアトリスは言った。「こんなにおいしい卵を食べたのは初めてかも」

ヴェラ叔母さんは、目の前の料理をまずそうにつっついていたが、姪っ子の顔を見つめ、おかしなほめ方はやめなさいとたしなめた。

「そんなふうに絶賛するのはおかしいわよ。こんなの、ただの卵じゃないの。ほめ言葉は、ふさわしい対象に対して使いなさい。ガチョウの丸焼きとか、オックスフォード・プディングとか、そういうのを出されたときにね」

ベアトリスは叔母さんを無視して、横にいる従僕に尋ねた。

「ねえサーマン、ここの卵はいつもこんなにおいしいの？　それとも最近、何か新しくなったのかしら」

「昔から変わっていないと思いますが」サーマンが答える。叔母さんは、召し使いに話しかけた姪っ子をにらみつけた。

ベアトリスはうれしそうに笑った。まさに自分が聞きたい答えが返ってきたからだ。

「じゃあ、あなたはこのお屋敷にきてずいぶん長いのね？」

「はい、そのとおりです」

「ここで働いている人たちは、みんな長いのかしら」ベアトリスが続けて尋ねる。

叔母さんはトーストを口に入れたが、喉につまらせ、激しく咳きこんだ。目を白黒させてはいるが、おかしな方向に向かった姪っ子と従僕の会話が気になってしかたがないらしい。サーマンはあわてて叔母さんのカップに紅茶を注いだが、少し前に足したばかりだったので、今にもあふれそうになっている。ベアトリスはその間も、彼の答えをじっと待っていた。

叔母さんの咳が止まり、サーマンがようやく答えた。

「はい、そうです。皆こちらに来て、五、六年ほどになるかと」

「新しく入ったばかりの人はいないのね？」

「いえ、そんなことはございません。レディーズメイドのひとりはつい最近、それに侯爵さま付きの従者は七月に来たばかりです。他にも、料理長の助手と馬丁が今週から加わりました」

「新しいコックと馬丁ですって？」ベアトリスは鋭く聞き返した。「歳はいくつぐらい？」

ヴェラ叔母さんは、お尻を針でつつかれたように立ち上がり、姪の二の腕をつかんだ。

「すっかり忘れていたわ！　今朝の郵便で、主人から手紙が届いたのよ。デイジーの件で、すぐに返事を出さなくてはいけないの」叔母さんはサーマンのほうを向くと、食事中に突然席を立つことを謝った。そして姪をひきずるようにして廊下へ出ると、小声で言った。

「なんでわたしが使用人より気まずい思いをしなくちゃいけないの？　ヘレンやアメリアがいなくて良かったわ。こんな礼儀知らずの娘に育てたと思われたくないもの。変ね、どこでまちがったのかしら。きっとこういうハウスパーティにめったに連れてこなかったせいね。だってあなた、ここに来てからずっと様子がおかしいもの。公爵さまにつっかかったり、気の毒なアメリアにいろいろ尋ねたりして。オトレーさんの事件がショックで、気持ちに余裕がないのね。あなたは昔から、とっても気難しい子だったもの」

叔母さんの話は、どんどん支離滅裂になっていく。階段を上がり、二階の廊下まで来たところで、フローラが現れた。彼女は叔母さんから、ベアトリスと従僕のおかしな会話のことを聞くと、顔をくもらせた。従姉の不審な言動は、これまで秘密にされてきた失恋のせいだと思ったらしい。

「お母さま、ベアトリスはずっとひとりで耐えてきたのよ。どれほど苦しかったことか。きっと今になって、悔しさや寂しさがいっきにこみあげてきたんだわ。自分でもコントロールできなくなっているのよ」叔母さんは、姪っ子と娘を自分の部屋に招き入れた。フローラが続けた。「思い出すたびに、胸がつぶれそうになっているのね。かわいそうに。少しぐらいおかしなことをしたって、責めてはいけないわ」

フローラから、これほど思いやりのある言葉をかけられるとは。ベアトリスは従妹のやさしさに胸をうたれ、思わず彼女を抱きしめた。そしてその瞬間、いつものベアトリスらしくない行動に、叔母さんとフローラは確信した。やっぱりね。身も心もずたずたなんだわ。

いっぽうベアトリスは、わがまま娘だと思っていたフローラを見直したものの、早くこの感動の時間が終わってほしいと願っていた。さっきサーマンから聞いた、新入りの馬丁やコックの情報を集めにいきたかったのだ。ところが叔母さんは、心を病んだ姪っ子を、一人で出歩かせるつもりはないらしい。彼女をそばに座らせ、叔父さんからの手紙を声にだして読みはじめた。驚いたことに、叔父さんがデイジーの件で問い合わせてきたのは本当だった。最近このテリアが、〝足元に付け《ヒール》〟の命令をきかずに鳥を追いまわすので、首につける革ひもはどこにあるのかと訊いてきたのだ。するとペットが苦手なフローラは顔をゆがめ、もうデイジーなんて別の国《カントリー》にやってしまったらと言う。ベアトリスはぞっとした。別の国《カントリー》というのは、もしかして天国という意味かしら。

正午になってようやく、ふたりから解放された。オトレー親子を慰めるため、侯爵夫人が簡単なお茶会を開くという知らせが届いたからだ。ベアトリスは、叔母さんが何か言う前に、エミリーへのプレゼントを部屋から取ってくると言って逃げだした。それからすぐに走りだし、コックの助手を探してきょろきょろしていると、危なくアンドリューとぶつかりそうになった。

「あら、ごめんなさい。申し訳ありません」速度を落とし、脇によけて謝ったが、アンドリューは呆然としている。ドレス姿の女性が猛スピードで走る姿など、そうそう目にしないからだろう。

彼の姿が見えなくなると、ベアトリスはまたスピードを上げ、ダイニングルームに到着した。邸内ツアーでは、厨房までは見せてもらわなかったが、料理はいつも熱々の状態で運ばれてくるから、すぐ近くにあるのはまちがいない。

奥に続く曲がりくねった廊下を進み、階段をおりていくと、天井の高い広々とした厨房に突き当たった。換気用シャフトを備えた、最新式の空間だ。だが白い壁は、長年の使用で傷や汚れが目立ち、グリルの上からは、黒い煤《すす》が湿疹のように広がっている。そのグリルでは、金髪の三十前のキッチンメイドが、熱さに頬を真っ赤にしながら串に刺した四羽の鶏を焼いていた。手前の大きなテーブルでは、少し若く、色の黒いメイドが人参を刻んでいる。ベアトリスが入っていくと、ふたりともびっくりして飛び上がり、その拍子に椅子が一つひっくり返った。

ベアトリスはその椅子を起こそうと近づいたが、すぐに立ち止まった。よけいなことはしないほうがいい。いきなり踏みこんだせいで、すでに彼女たちのリズムを乱してしまったのだ。そこで厨房の真ん中に立ったまま、話をどう切り出したらいいかと考えた。

「あの、卵のことなの！」

若いメイドは下を向いて、重い椅子を必死で起こしている。

鶏を焼いていたメイドが答えた。「はい、そうですね。お嬢さま」

彼女は明らかに、ベアトリスが何を言っているのかわかっていなかった。それでも、とにかく同意しておけばいいことはわかっているようだ。階級が上の人間を相手にするときは、いつだってそれが一番無難なのだろう。ベアトリスは、やるせない気持ちになった。自分はただ、機嫌をそこねないよう、調子を合わせてもらっただけなのだ。しかたがない。それだけの迷惑をかけているのだ。

一度深呼吸をして考えを整理してから、朝食の卵料理がいかにおいしかったか、言葉をつくして説明した。「もちろん、どのお料理もすばらしかったわ」

「ありがとうございます、お嬢さま」メイドは椅子の背もたれをつかみ、片膝を折ってお辞儀をした。

「あんまりおいしかったから、料理長にお礼を言いたいと思ったの。でもきっと、ディナーの準備で忙しいんでしょうね。だからせめて、助手の方にお礼を言いたいんだけど」

とそのとき、横幅と身長がほぼ同じくらいの男がせわしなく入ってきた。油の染みが飛び散ったエプロンをつけている。テーブル脇に立つメイドを見たとたん、包丁を振り回しながらどなりつけた。

「何をぼうっとしている。早く人参を刻め！　このうすのろが！」年長のメイドもあわててグリルの方を向き、鶏の串を、それまでの二倍のスピードで回し始めた。突然の珍客のせいで無駄にした時間を、取り戻そうとでもしているようだ。

大男は低くうなると、ベアトリスに目を向け、何か命令を下そうと口を開きかけた。だが彼女が部外者だと気づいて足を止め、そのせいで、うしろを歩いていた貧相な男が彼の背中に勢いよくぶつかった。するとそのはずみで、大男が肉切り包丁を落とし、ぶつかった男の足元すれすれの床に突き刺さった。

ベアトリスは膝の力が抜け、その場にへたりこみそうになった。彼女がここに来たせいで、貧相な男の指が切り落とされるところだったのだ。

助手の男を見つけて話を聞いたら、すぐに出ていったほうがいい。そこで、厨房に来た理由を大男に説明すると、彼が料理長だとわかった。料理を絶賛されたことで、彼の顔からいらだちはすっかり消えている。ベアトリスに座るようにと勧め、特に気に入ったメニューを教えてほしいと笑顔でたずねた。ベアトリスは、思い出せるかぎりの料理をかたっぱしから挙げていった。自分でも驚くほど覚えていたのは、公爵に投げつけてやったらどうなるだろうと、妄想をたくましくしていたおかげだ。

ますます機嫌をよくした料理長は、カメのスープの塩加減など、具体的な意見を知りたがった。少ししょっぱくはなかったですかい？　いいえ、ちっともとベアトリスが言いきると、貧相な男が満足げにうなった。あとから知ったのだが、この男は新入りの助手で、微妙な塩加減がわかっていないと罵倒されていたらしい。

「あら、あなたが新しい助手さんなんですか？」ベアトリスはあからさまにがっかりした。

幸いにも彼はそれに気づかず、まだ修行中の身なんですがと、得意そうに胸をはった。ずいぶん若くて、やせっぽちで、背が高い。何から何まで、ウィルソン氏の特徴とはかけ離れている。

そうとわかれば、さっさと退散するのが得策だ。ベアトリスは料理長に謝った。ディナーの準備で忙しいところを長々と邪魔してしまった、そろそろ失礼しなければ。料理長は熱心にひきとめたが、ふたりのメイドは大きくうなずいている。ベアトリスは話をきりあげようと、レシピをいくつかもらえないか、自宅の料理人に渡したいからと頼んだ。すると料理長はいきなり顔をこわばらせ、失礼すると言って立ち上がり、足を踏み鳴らして出ていった。彼女が料理をほめたのは、大事なレシピを手に入れるためだと思ったらしい。若い助手は包丁を拾いあげ、料理長をあわてて追いかけていく。いっぽう色黒のメイドは、人参を猛スピードで刻みながら、笑いをこらえていた。

ベアトリスは、つぎの目的地に急ぐことにした。メイドたちに礼を言って厨房を出ると、階段を上りながら、あとから彼女たちにチップを渡そうと決めた。たいした額は出せないから、ほんの気持ちにしかならないけれど。

ダイニングをのぞくと、誰もいなかった。それでも用心しながら、廊下の壁際を歩いていく。とちゅう、従弟のラッセルとはちあわせしそうになったが、無事に玄関までたどりつき、庭園の片側を走る散歩道をたどっていった。やがて、二棟の長い厩舎が見えてきた。中庭を囲んだレンガ造りの建物で、その隣には馬車小屋がある。

一つ目の厩舎に入ると、のんびりしたいななきが聞こえてきた。六頭の馬が収容できるが、今は二頭だけしかいないようだ。馬に声をかけながら足早に進んでいき、馬具の収納室をのぞいたが、誰もいない。二つ目の厩舎には三頭の馬がいたが、どの馬房もまったく掃除がされていなかった。悪臭にやれやれと首を振りながら、洗い場、さらに餌場へと進んだ。どちらにも人はいない。

建物の周りを歩いて中庭に行くと、一人の馬丁が大きな黒い馬を運動させていた。サーマンが話していた新しい馬丁だろうか。背中を向けているため顔は見えず、髪も帽子で隠れている。お腹はでっぷりしていて、身長は馬の後ろ脚ぐらいしかない。体格だけを見ると、ウィルソン氏の特徴にはぴったりだ。それでも別人だと感じたのは、彼が馬の扱いにとても慣れていたからだった。この屋敷に来たばかりで、しかも本職の馬丁でもなければ、もっとぎこちない手つきのはずだ。

新入りの馬丁について、彼に尋ねてみようか。そこでふと、不安になった。ついさっき、料理長の助手が、足の指を切断されるところだったではないか。あの馬丁にいきなり声をかけたら、振り向いたところを馬に踏みつけられ、一生身体に麻痺が残るかもしれない。そんなことになったら、自分はこの先ずっと後悔して生きていくことになる。

尋ねるなら、馬の世話をする少年のほうがいい。それならせいぜい、スコップで怪我をする程度だろう。

ベアトリスは飼育係を探すことにしたが、中庭がやけに静かなのが気になった。馬の世話をするには、たくさんの人手が必要なのに。ちょうどお昼どきだから、みんな食事に戻っているのかもしれない。

馬丁や飼育係の住まいは厩舎の向こう側にあった。ドアをノックして訊きたいことがあると言ったら、どんな顔をされるだろう。たぶん厨房と同じく、気まずい雰囲気になるだろうし、たいして役に立つ情報は入らないだろう。

彼女はため息をつくと、暇そうな馬丁を探すしかないと歩き始めた。厩舎の裏手に、小屋が三つ並んでいる。順番に中をのぞいてみることにした。一つ目には、スコップや熊手、馬具や長靴などはあったが、やはり誰もいない。がっかりしながらつぎの小屋に進み、ドアを開けて中を見回した。

なんだ、ここにも誰もいな——

すると突然、勢いよく前につんのめり、地面に倒れこんだ。その拍子に、両ひざを板にぶつけ、頭を琺瑯《ほうろう》のバケツに激しく打ちつけた。どうして……。しばらくは、その場に横たわったまま、口もきけない状態だった。全身に走る痛みのせいだけではない。転ぶ原因となった、不可解な力について考えていたのだ。

誰かに押されたのだろうか。

そうだ、そうにちがいない。足元には、つまずくような物は何もなかったのだから、それ以外には説明がつかない。額にさわってみると、生あたたかくて、ぬるりとしている。

少しでも動くと頭がずきずき痛むので、うつ伏せのままじっとしていた。

大丈夫、すぐにおさまるはず。

いったいどれくらいの間、同じ姿勢でいただろう。薄暗い小屋の地面につっぷし、割れるような頭の痛みがおさまるのを待った。ほんの数分だったかもしれないし、一時間のようにも思える。荒海に翻弄される小舟のように、時間を漂っているような感じだった。頭の痛みはあいかわらずだったが、このままではどうしようもない。無理にでも立ち上がってみると、最初はめまいがしてふらついたが、身体が慣れてきたのか、しばらくすると目の前の世界は定位置におさまった。

「うん、大丈夫だわ」声に出して言ってみると、いくらか元気になってきた。「さあ、どういう状況なのか確かめてみないと」

小屋の中は狭かったので、ドアは一つしかないとすぐにわかった。足をひきずって近づいていき、軽く押してみたが反応はない。

「ちょっとかたいだけかしら」今度は肩ごとぶつかってみる。だが渾身の力をこめたはずなのに、びくともしない。何度も何度もぶつかってはみたが、頑強に閉じたままで、どうにもならなかった。

不安のせいか、頭の痛みはさらにひどくなる。額に手を当ててぼうっとしていると、ドレスに血がぽたぽたと垂れているのに気づいた。このままではまずい。傷口に包帯を巻かないと。だけど包帯なんて、どこにあるの？

絶望的な気分になったのは、ほんのわずかの間だけだった。

ドレスの裾を裂き、包帯を作ると、傷口を覆うように頭に巻きつける。よし、完璧。そうつぶやいたあと、思わず声をあげて笑ってしまった。いやだ、わたしったら。まるでゴシック小説のヒロインみたいじゃないの。そう思えば、こんなに情けない状況でも、ドラマチックな気分になれる。ラドクリフ夫人には感謝しないと。

落ちついたところで、もう一度状況を考えてみた。何者かに背中を押され、小屋に閉じこめられた。ここまでは頭を打っていてもわかる。だけど、いったい誰に？

答えは決まっている……とは思うが、思いこみは良くない。冷静に考えてみよう。たとえば、侯爵家の敷地を通り抜けようとして、たまたま通りかかったゆきずりの男はどうだろう。わたしを見かけ、不法侵入だと通報されたらまずいと思ったのかも。その男が、もしこのあたりで別の犯罪に関わっていたら、ちっともおかしくないもの。

いや、やっぱりこれはないか。一応もっともらしくは聞こえるが、あまりにも偶然に頼りすぎている。殺人犯を捜しまわっているその日に、見知らぬ男に、しかも前科のある男に襲われるなんて。

こうなったら、はっきり認めるしかない。こんな廃屋に閉じ込められた理由はただ一つ。ウィルソンがすぐそばにいて、わたしに追われていると気づいたのだ。

そこまで考えて、ベアトリスはハッとした。やっぱりあの馬丁だ！　中庭で、馬を調教していたあの男。インドから戻ったオトレーの部下にしては、あまりに馬の扱いが巧みだったから、つい候補からはずしてしまったけれど。今となってみれば、なんて浅はかだったのだろう。馬ぐらい簡単に手なずけられなくては、インドでの支配人を任されるわけがない。

ベアトリスはあらためて悔やんだ。犯人はわずか数メートル先にいたのに。あのとき、背中を向けて立ち去らなければ。

その愚かな判断の結果、敷地の果てにあるこんな廃屋に、こうして閉じ込められてしまったのだ。だがもし彼が、これで追手を始末できたと思っていたらおおまちがいだ。一日や二日で、飢え死にするわけがない。それまでには、救出されるチャンスがあるはずだ。この廃屋は今は使われていないようだが、人や馬が頻繁に行き来する庭園内にある。誰かが、たとえば侯爵家の人たちが通りかかってもおかしくはない。いや、そんな偶然に期待するまでもない。しばらくしたら、ベアトリスがいないことに叔母さんやフローラが気づき、騒ぎだすはずだ。敷地内をくまなく捜しまわり、そのうち誰かが、庭園の端っこにあるさびれた小屋を思い出すだろう。

これくらいで、ベアトリスという脅威を排除したと思ったら、ウィルソンはまぬけにもほどがある。

だからつまり……彼はもっと物騒な計画をたてているにちがいない。

ベアトリスはいつもどおり、想像のつばさを大きく広げた。たとえば、この小屋に火をつけて、焼き殺すつもりかもしれない。ヘンリー八世の時代、カトリックの信者を罰したみたいに。あるいは、ナイフを手に戻って来て、わたしの腹をずぶりと突き刺し、出血多量で死んでゆくのを、にやにやしながら見物するとか。そして、あたりが闇に包まれるころ、死体を引きずっていき、深くて暗い湖の底に沈めるつもりなのかも。

ベアトリスは恐怖で凍りついた。捜索部隊が来るのを、このままのんびり待っているわけにはいかない。彼が戻ってくるまでに、何か武器になるものを見つけなければ。荒れ果てた小屋の中を、目を凝らしてぐるりと見回した。

わかってはいたが、ろくなものはない。最も大きい物は、さっき頭をぶつけた琺瑯のバケツだが、最も役に立たないような気もする。両側の取っ手をつかめば持ち上げられそうだが、どんなにがんばったところで、十センチ以上投げ飛ばすのは無理だろう。銃を向けられた場合、盾にはなるかもしれないが、それ以外は役に立ちそうもない。それよりは、転んだときに膝をぶつけた板の方がずっとましだ。端っこに釘が飛び出しているから、肌に直接当たれば、かなりの痛手を与えられるだろう。

ベアトリスは板を持ち、重さを確認しながらうなずいた。うん、これはけっこう使えそうだ。

武器を手に入れたので、ウィルソンが戻ってくるのを待つことにした。バケツを裏返して腰を下ろすと、両手で板を握りしめ、全神経を集中させてドアを見つめる。しばらくこのポーズを続けていたが、少しずつ力が抜けていくと、あたりの静けさが気になり始めた。

どうしてこんなに静かなのだろう。いや、もっとはっきり言えば、自分はなぜこんなにおとなしくしているのだろう。バケツを板でガンガン叩くこともしないで、なぜその上にのんびり座っているのだろう。ウィルソンが戻ってくる前に助かりたいのなら、騒ぎを起こすしかないではないか。

ベアトリスは立ち上がると、板を頭上に掲げ、力いっぱいバケツの上に振り下ろした。

「助けて！　助けて！」叫び声と共に、ガランガランという音が壁に反響した。「お願い、誰か！　誰か助けて！」

何度もたたき続けるうちに、気力がみなぎってきた。この大きな音がちっぽけな小屋を震わせ、庭園の遠く先まで響きわたるはずだ。大声で叫び続け、激しく板を振り回す。しばらくすると、壁に当たってゴツンと大きな音がした。見れば、風雨にさらされた壁板の一部が裂けている。

「嘘でしょ、信じられない」その裂けめから目をこらすと、遠くに厩舎が見えた。

そうか。そうよ！　この小屋はもうぼろぼろなんだわ。ぼろぼろなのよ！

いったいどれくらいの年月、野ざらしで放置されていたのだろう。雨に打たれ、雪が降り積み、長い歳月の間にすっかり朽ち果てていたのだ。このバケツも、誰にも使われないまま放置されていた。屋敷の補修や建て替えが進むなか、この小屋はただ、くずれるがままになっていたのだ。

なんという幸運だろう。侯爵夫妻がケチんぼう……じゃなくて、倹約家だったおかげだ。ベアトリスの目の色が変わった。裂けめのできた場所に狙いを定め、板を叩きつける。

「ウィルソンめ、これでも喰らえ！」叩きつけるたびに、大声で悪態をついた。

「こいつを喰らえ、悪魔の申し子め！」

「これでどうだ、善と正義を冒瀆する者よ！」

「許すまじ、世にも恐ろしき悪党めが！」

一撃ごとに木片が飛び散って、やがて老朽化した壁板の一枚がまっぷたつに割れてしまった。

「よおし。よくやったわ、ベアトリス」彼女は満足そうに笑った。「すぐに脱出できるわよ」

実際には、その後たっぷり三十分近くかかったが、そんなことは気にもならなかった。壁板がどんどん裂けていくうれしさで、頭がいっぱいだったのだ。手のひらにはマメができ、血もにじんでいたが、引き裂いたドレスの裾を手に巻き付けると、ずいぶん痛みがやわらいだ。

「なかなか冴えてるじゃないの、ベアトリス」自分を励ましながら、彼女はふたたび全身全霊をこめ、壁板を壊しにかかった。

やがて、二枚目の壁板の真ん中に大きな穴が開いた。すぐ上には、錆びた釘でかろうじてぶら下がっている木片がある。それを力いっぱい蹴り飛ばすと、まぶしい光が小屋のなかに射しこんだ。ぽっかりと開いた穴は、彼女の頭が通れるほど大きい。あと少し、両肩が通れるくらいまでがんばらなければ。

そしてとうとう三枚目の壁板が割れ、地面に落下した。手のひらに巻いた布はちぎれる寸前で、板は半分ほどにすり減っている。腕の筋肉は悲鳴をあげ、喉はからからになり、体じゅうが汗と泥にまみれていた。頭はあいかわらず、ずきずきと痛む。だがそれでも、彼女の心は晴れやかだった。

まずは持っている板を、そっと地面に落とす。つぎに穴の両脇をつかむと、ささくれだった壁板を右足でまたぎ、体全体を外へ押し出した。穴の大きさは思ったよりもぎりぎりで、切り傷や擦り傷がさらに増えたにちがいない。だがもう、囚われの身ではないのだ。殺人鬼の餌食になることも、もうないのだ。

とりあえず、今日のところは。

ベアトリスは、感謝の思いで胸がいっぱいになった。両ひざをつき、脱出した喜びと、ほてった肌に触れるひんやりした空気を味わう。さあ、侯爵家の屋敷へ戻ろう。

立ち上がって深呼吸をすると、裾の裂けたドレスをある程度整え、うしろを振り返った。とその瞬間、彼女の目に、怒りに燃えるアンドリューの姿が飛びこんできた。肩を大きくゆらし、決然とした足取りで向かってくる。そのうしろには、侯爵夫妻とハウスパーティのゲストたちが並んでいた。アンドリューは高々と右腕を上げ、それを肩までおろすと、ベアトリスの顔を指さした。

「さあ、みんな見てくれ」確信に満ちた、力強い声だった。「この女が、殺人犯だ」

12

アンドリューの言葉に、その場にいた全員が呆然とし、言葉を失っていた。彼の母親の侯爵夫人も、ヴェラ叔母さんも、エミリーも、ケスグレイブ公爵も、とにかく全員が。このうちのいったい誰が、〝呆然としたで賞〟を受賞できるだろう。ベアトリスには、決められそうもなかった。

だがすぐに我に返ると、あわてて首を横に振った。ちがうちがう。受賞者はこのわたしだ。わたしに決まっている。やっとのことで死の淵から生還したと思ったら、おまえが殺人犯だと、指をつきつけられたのだから。

冗談じゃない。自分は被害者だ、たった今殺されかかったのだと、大声で叫びたかった。

だがその選択肢はなかった。この屋敷に来てからというもの、叔母さんに言われるまでもなく、自分でも考えられないような突飛な行動をいくつもとってきた。ただそれでも、ぎりぎりのところで立場はわきまえていたはずだ。だから、いくら無実を主張するためとはいえ、全員が居並ぶ前で、大声で叫ぶなんてできるわけがない。

ただ結果的には、ベアトリスが叫ぼうが黙っていようが同じことだった。息をのんだまま黙っていた侯爵夫人が、こう叫んだからだ。

「アンドリュー！　なんてことを言うの。気でもおかしくなったの？　殺人犯って、いったい何のことよ！」

けれどもアンドリューは、母親には目もくれず、ベアトリスに近づいてくる。そして彼女のすぐ前で立ち止まると、勝ち誇ったように言った。

「さあ、もう逃げられないぞ。ぼくに濡れ衣を着せようとしたんだろうが、おまえこそがあいつを殺した真犯人だ。ぼくの目はごまかせないぞ」

アンドリューは、憎々しげにベアトリスをにらみつけた。他の人たちは、不安そうに彼を見つめている。いよいよ正気を失ってしまったのかと思っているようだ。そしてこのときにはまだ誰も、ベアトリスの悲惨な状態には気づいていなかった。血のにじんだ布を額に巻き、腕は切り傷や擦り傷だらけ、またドレスのあちこちが、泥と汗で汚れているというのに。

あたりはしばらく沈黙に包まれていたが、とうとう、おびえた顔で我が子を見つめていた侯爵夫人が口を開いた。ベアトリスの方を向き、青ざめた顔で、息子の無礼を謝罪したのだ。

「アンドリューがなぜこんなひどいことを言うのか、訳がわからないわ。大事なゲストを非難するなんて、おそろしく邪悪な行為としか言いようがないもの。いったいなんて謝ったらいいのか――」そこで突然口を閉ざし、目をすがめた。「ねえ、あなた。どうしてそんな格好をしているの？」

夫人の言葉で、十一人全員がベアトリスに目を向けた。

二十二の瞳がまん丸くなり、十一の首が一斉にかしいだ。優雅なハウスパーティで、なぜこんなに変わったドレスを着ているのだろう。ベアトリスはなんとも答えられず、どぎまぎするばかりだった。なにしろ、きれいに結い上げてあった髪は寝起きのように乱れ、額にはドレスの裾をちぎった布が巻かれているのだ。しかもそれには、真っ赤な血がにじんでいる。だがそれですら、彼女が切り抜けてきた窮地の一部を物語っているにすぎない。

最初に彼女のほうへ踏み出したのは、ケスグレイブ公爵だった。額の血を見て、青ざめている。だがすぐに立ち止まった。さすがに、みんなの前で彼女に触れるわけにはいかないと思ったのだろう。公爵と彼女が、多くの時間をともに過ごしたことは誰も知らない。ふたりの関係は、他の人たちから見たら、何度か辛辣な言葉を交わし、その結果、ベアトリスが叔母さんに叱られたというだけのものだ。

公爵の気遣いを感じ、ベアトリスは顔を上げた。彼は痛々しい傷を見つめながら、激しい怒りをおさえこむように唇を引き結んでいる。その視線は重く、また突き刺すように鋭い。ベアトリスはその重さに沈みこみそうになったが、そのいっぽうで、鋭い力に押しあげられるようにも感じた。実に不思議な感覚で、目をそらしたいと思うのだが、どうしてもできない。

こんな気分は初めてだ。

ふたりの見つめあいは、永遠に続きそうにも思われた。どちらも自分からは外そうとしなかったからだ。とそのとき、ヴェラ叔母さんがつんざくような悲鳴をあげた。自分の姪っ子は好きこのんで妙な格好をしているのではない、ひどい怪我をしているのだ、そう気づいたらしい。ベアトリスに駆け寄ると、彼女を包みこむように抱きしめた。まぎれもなく、心からの行為だった。ベアトリスはその思いがけないやさしさに胸がいっぱいになり、涙がこみあげそうになった。

と同時に、そんな自分にもとまどい、あわてて感情をおさえこんだ。あの廃屋で、あれだけつらい思いをしても泣かなかったのだ。大勢がいる前で、泣き崩れるわけにはいかない。

叔母さんは何度も、大丈夫か、どうしてこんなことにとつぶやき、フローラは心配そうに従姉の袖を引っ張っている。またラッセルまでもが、ベアトリスの勇敢さをほめたたえた。

「こんなに血が出ているんだから、傷はそうとう深いんだろう」そう言って、羨望のまなざしを従姉に向けた。「傷跡が残るかもしれないけど、それはそれで、すごみが出て魅力的だろうな」

ベアトリスが初めて聞く、ラッセルからのやさしい言葉だった。

みんなに気遣ってもらうというのは、なんてうれしいことなんだろう。けれども、彼らに感謝しながらも、事情を説明してほしいという声には答えなかった。だがその声は、どんどん大きくなっていく。公爵がうまくおさめてくれないかしら。騒動をおさめるのは、秩序を重んじる彼にぴったりの役割ではないか。だが公爵は、厳しい顔で沈黙したままだ。そのせいで騒ぎはますますひどくなり、とうとうアンドリューがかんしゃくを起こした。

「おい、この女は人殺しなんだ！」どなりながら、子どものように足を踏み鳴らす。

「こんなやつを甘やかすのはやめろ。ぼくの言うことを聞けよ！」

その勢いに驚いて、みんな一斉にだまりこんだ。スケフィントン侯爵が息子に歩み寄り、その肩にやさしく手を置いた。

「いったいどうしたというのだ。誰も殺されてはいないのに」

アンドリューは父親の手をふりはらい、冷たい笑みを浮かべた。

「オトレーですよ。オトレーのやつは殺されたんです」

侯爵は今の今まで、息子はどう考えても頭がおかしいと心配していた。けれども、ここまで反抗的な態度にはがまんがならなかった。

「ばかげたことを言うな。彼はみずからの手で命を絶ったんだぞ」

アンドリューは、わざと鼻を鳴らして笑った。

「こんなあからさまなペテンを信じるほうが、よっぽどばかげていますよ」声には、軽蔑がにじみ出ていた。「オトレーが殺されたのは明らかじゃないですか。自分の頭を、燭台なんかで叩いて死ねるわけがない」

ベアトリスは、公爵をちらりと見た。彼も自分と同様、アンドリューが真相を見抜いたことに驚いているだろうか。だが公爵は、親子が口論する光景をじっと見つめているだけだ。スケフィントン侯爵は、何度も口をぱくぱくさせたあと、ようやく反論した。

「だが巡査が言ったではないか。あれは自殺だと、彼自身が明言しただろう」

「ええ、そうですよ。だけどそれは」アンドリューは公爵をにらみつけた。「自殺だと言うように、公爵が命じたからです。公爵はこの女を守っているんだ。理由はさっぱりわからないですけどね。彼女には何の取り柄もないし、そんな卑怯なことをするのは、公爵の流儀に反するはずなのに。でもそうなんですよ。どうしてだか、彼女を守っているんだ。だからこそ、ぼくが殺したように見せかけようと、あれこれ策を弄しているんだ」

ベアトリスはついさっきまで、怪我を負った体で廃屋を叩き割るよりもつらいことはないと思っていた。けれども今は、それとはまったくちがう精神的な苦痛を味わっていた。アンドリューは、彼女と公爵の名前を結びつけ、彼女のために、公爵が許されない行為をしたとほのめかした。おまけに、こんな価値のない女のためにと、誰もが気まずくなるようなことをはっきり口にしたのだ。できることなら、このまま煙になって消えてしまいたかった。

ところが誰ひとり、彼の言うことを信じなかった。ヴェラ叔母さんは眉をひそめ、エミリーは声をあげて笑っている。侯爵夫人は、ケスグレイブとベアトリスのふたりに謝った。

スケフィントン侯爵も、悲しげに首を振っている。自分の息子が、おかしな妄想を抱く精神的な病を発症したのではと、不安になったらしい。

「しかしなぜ彼女が、おまえに罪を着せようとするのだ？　どんな理由があるというのだ？」

「ぼくがオトレーを恨んでいるのを知っていたからですよ。もちろん、二千ポンドをだまし取られたこともね」

それを聞いたとたん、彼の父親は逆上した。顔色は真っ赤を通りこして赤紫色に、目の玉はこれ以上ないほど大きく見開かれている。「なんだと？」ショックと嫌悪が混じった低い声だ。

苦悩の声をあげたのは、彼一人ではなかった。オトレー夫人がうめきながら、侯爵夫人に駆け寄ったのだ。

「わたしには、何のことだか……」友人に向かって両手を伸ばしたものの、はねつけられるのを恐れ、あわててひっこめた。「いいえ、知っていたわ。というより、疑っていたの。夫の新しい事業にひっかかる点があって。実はその少し前、もうおしまいかと思うほどわたしたちは追いつめられていたのよ。一家で路頭に迷ってもおかしくないような。それでオトレーは、起死回生とでもいうのかしら、そういう新規の事業に急いで取りかかったの。何か隠しているような気はしたけれど、わたしはビジネスに口を出せる立場じゃなかったし。だけどケシの……じゃなくて、スパイスの取引ができなくなって、どうしようもなくなっていたの。お金がないのに、請求書は山のようにたまって。帽子屋からもドレスサロンからも、食料品店からも。もうつぎからつぎと。ろうそく代まで。まるで煙のようにお金が消えていったの」

「お母さま！」

エミリーが叫んだ。母親の謝罪が、いつのまにか自らを憐れむ言葉に変わっていったことにあきれたのか。それとも、父親の詐欺行為を知って傷ついたのか。

娘の声で我に返ったオトレー夫人は、ふたたび侯爵夫人に向かって手を伸ばし、今度は力強く相手の手を握りしめた。

「どんなに絶望的な状況にあっても、オトレーがわたしたちの神聖な関係を壊した言い訳にはならないわ。こんなことになって本当に残念だし、申し訳なく思っている。でも信じて。わたしにとって、あなたとの友情はかけがえのないものよ。これまでもこれからも、その美しい関係をおびやかすようなことはけっしてしないわ」つづけて、芝居がかった口調で嘆いた。「ああ、オトレーはなんて見下げ果てた人なのかしら。お金のためにわたしたちの顔に泥を塗るなんて。もともと頭のいい人だとは思っていなかったけど、これほどまで愚かだとは！」

「お母さま！」エミリーの声は悲鳴のようだった。死んだ父親の首を絞めるようなことを、母親が言ったからだろう。

いっぽう侯爵夫人は、どんな事実が明らかになっても動揺を見せず、いつもどおり落ちついていた。けれども、夫や息子、オトレー夫人、エミリーのうち、誰を最初に慰めたらいいか、迷っているようだ。エミリーは涙まで流している。ただ彼女の泣き顔は哀れというよりも、むしろそのはかなげな美貌をいっそう際立たせていた。慰めたいと思ったのだろう、すぐそばにラッセルが寄り添っていたが、それをだまって受け入れるほどエミリーは混乱しているようだ。

ベアトリスはラッセルの騎士道精神……ではなく、能天気ぶりにうんざりしたものの、侯爵夫人のほうは、慰める対象が減ったことにホッとしたらしい。オトレー夫人の手をそっと放すと、いまだに顔を真っ赤にしている夫のもとへ向かった。侯爵の怒りの炎は、おさまるどころかますます燃え上がっている。極悪人だの、くず野郎だのと、息子とオトレー氏をののしってはいるが、もはやふたりの悪行の区別すらついていないようだ。

その横で突然、アマーシャム伯爵が吐き捨てるように言った。

「あいつはぼくからも大金を巻き上げたんだ」

アンドリューを擁護するつもりで言ったのか、それとも自分も被害者だと言いたかったのか。その意図はわからなかったが、オトレー夫人の気持ちはよくわかった。しくしく泣きながら、あんな悪党と結婚しなければよかった、自分はなんて運が悪いのだろうとつぶやいているからだ。それを聞きながら、オトレー夫妻の娘であるエミリーは、さらに激しく泣くのだった。

するとアンドリューが、大きな口笛を吹いた。事態がばらばらな方向に進んでいることに、がまんができなかったらしい。わめき声も泣き声も、すべていったん中断した。

「ちょっと待ってくれよ。みんなが言っているのは、まったくの的外れだ。今はオトレーが何をしたかは問題じゃない。重要なのは、この女が冷酷にも彼を殺し、ぼくのせいにしようとしたことだ。だからぼくは、この女をあの小屋に閉じこめるしか――」

「ベアトリスを閉じこめた?」

声を上げたのはヴェラ叔母さんだった。アンドリューのほうへ一歩踏み出し、おそろしい目でにらみつけている。もしバッグを手にしていたら、それで彼の頭を殴りつけていただろう。アンドリューは一瞬、顔をこわばらせた。何か自分が悪いことでもしたかのように、鋭い目でにらまれたからだ。

「そうするしかなかったんだ。彼女はオトレーを殺し、ぼくに罪を着せようとしたんだから。だから小屋の中に押しこんで、外からかんぬきをかけたんだよ」

息をのんだのは、叔母さんだけではなかった。スケフィントン侯爵の顔はみにくくゆがみ、息子を殴りつける物が手近にないのを悔しがっている。

「彼女を押しこんだだと？　ということは、彼女の額にぱっくりあいた傷はお前のせいだと言うんだな？」

ベアトリスはびっくりした。ぱっくりあいた傷ですって？　あわてて包帯に触れ、それが大きくずれて、傷がむきだしになっていることに気づいた。

「しかたなかったんですよ」アンドリューは繰り返した。「彼女はきのう、ぼくの部屋に忍びこみ、ぼくが殺人犯だという偽の証拠を残していったんですから。それだけじゃない。今日なんか、めちゃくちゃ怪しかったんだ。使用人にあれこれ訊きまわったりして。たぶんぼくに罪を着せようと、いろいろ画策していたんですよ」

そのとき、ヌニートン子爵が一歩前に出た。ベアトリスは不安になり、公爵をちらりと見たが、彼の目はアンドリューを見据えたままだ。だが表情は穏やかだったので、彼女はホッとした。彼がそばにいるかぎり、自分が殺人犯にされるおそれはないだろう。彼が落ちつきはらっているなら、あたふたする必要はない。

ヌニートンが少し考えてから言った。

「今のはずいぶん重大な告発だが、その根拠は何だい」

アンドリューは表情をやわらげた。自分の話を真剣に聞いてくれる人がようやく現れたと、うれしかったのだろう。待ってましたとばかりに、話し始めた。

「きのうの午前中は釣りにいって、ハリスからいろいろ教えてもらったんです。彼は公爵の従者なんですけど、なかなかおもしろい切り口で解説してくれましてね。それで釣りから戻ってきたら、ミス・ハイドクレアがぼくの部屋から出てきたんですよ。あわてて部屋に入ったら、ベッド脇にあった燭台がタンスの上に移動していて、なんとそれには、血の跡がついているじゃないか」興奮して、言葉がぞんざいになった。

「となると、ぼくに罪を着せるために、血のついた自分の燭台と取り換えたとしか思えないでしょう。みんなもう知っているように、オトレーは燭台で殴り殺されたわけだから。それに彼女は今朝、ゲストには関係ない場所をうろついていたんです。厨房に入って料理長と話したり、厩舎や馬車小屋をかぎまわっていた。そして最後にこの廃屋に近づいていくのを見て、ぼくは気づいたんです。何か不埒な目的のために、この小屋を使っているんだと。だから彼女を中に閉じこめ、両親を呼びにいったんです。

そうしたら、オトレー夫人を囲んでお茶会をしていたから、全員連れてきて、いっきに片を付けようと思ったんですよ」

ベアトリスは言葉が出なかった。とりとめもなく話し続け、衝動的に彼女を襲ったと思っていた男から、これほど筋のとおった話を聞けるとは。つまり彼は、二日間彼女を注意深く観察し、自分なりに〝ベアトリス犯人説〟をゆるぎないものにしていったのだ。アンドリューはさらに続けた。

「ただきっきも言ったように、公爵が彼女のために、いろいろと動いていたのはまちがいないんです。今思えば、ハリスがやけに丁寧に教えてくれたのも、公爵に命じられていたんだろうな。彼女が燭台をすり替えるまで、ぼくを湖に引き留めておくようにと。うん、おそらく彼女と公爵は、相当深い仲なんだろう」

沈黙が続き、ベアトリスは不安でたまらなくなった。アンドリューの訴えを、みんなが信じてもおかしくはない。もう一度公爵を見て、彼が動揺していないかを確認したかった。だがそんなことをすれば、かえって疑われるにちがいない。叔母さんの反応はどうだろう。ちらりと横目で見て、背筋が凍りついた。ショックで目を見開いていたからだ。

どうしよう。叔母さんはアンドリューの話を信じているのだ。

とそのとき、叔母さんがいきなり笑いだした。あまりに大笑いをしたせいで、倒れないようにとラッセルにつかまっている。

「ベアトリスと公爵が？」息も絶え絶えといった様子だ。「ふたりが深い仲で、しかも共謀したですって？　あなた、完全にどうかしているわよ」

フローラがあとを引き取り、アンドリューに向かって言った。

「母の言うとおりだわ。まあ、もう少しやんわりした言い方があったとは思うけど」憐れむように言われ、アンドリューは頰を赤くした。「わたしの従姉が公爵さまとこっそり会っていたなんて、どう考えてもありえないわ。もちろんベアトリスは、教養のあるすてきな女性よ。だけどすごく人見知りで、本ばかり読んでいるの。それも農業とか、外国に関する本なのよ。そんなことに公爵さまが興味を持つわけがないでしょ？　たぶんあなたは頭が混乱しているんだわ。大きなストレスを抱えているみたいだもの」いったん言葉を切ってから、侯爵夫人に向き直った。「どうか失礼をお許しください。意地悪で言ったのではなく、アンドリューさんが心配なだけなんです。ベアトリスが殺人犯だなんて、あるわけないんですから。オトレーさんを憎んだり恨んだりする理由がありませんもの」

「ふたりは不倫関係にあったんだ！」アンドリューが叫んだ。「彼女は道徳観念のない女なんだ。以前、法律事務所の男とも関係があったと聞いたぞ。みんな知っている話だ」

思いがけない展開に、叔母さんはよっぽどおかしかったのだろう。腰が抜けたように、その場に座りこんでしまった。

だがベアトリスのほうは、心臓が飛び出しそうなほどうろたえていた。架空の恋人テディとのロマンスが、致命傷になるかもしれない。叔母さんやフローラは笑っているが、他の人たちはアンドリューの言葉を信じても不思議ではない。

何か言わなければ。このまま呆然と立ちつくし、自分の名前に傷がつくのを黙って見ているわけにはいかない。だがあまりにも現実味がないことばかりで、何が起こっているのかよく理解できなかった。いきなり廃屋に閉じこめられ、必死で抜け出してホッとしたのもつかの間、今度は卑劣な誹謗中傷の対象になるなんて。まるで、芝居の一場面のようだった。自分を守らなければいけないが、どんなセリフを言えばいいのかわからない。

とはいえ、このまま黙っていても何一ついいことはない。すでにそのせいで、殺人に加え、不倫の罪まで負わされてしまったのだから。というより、オトレー氏の愛人だったと思われるほうが、何だか情けない気もする。とにかく、何か弁明しなければ。

だが決心がつかないうちに、公爵が彼女の前に立ち、アンドリューに向かって笑みを浮かべた。

「かわいそうに、きみの想像力はずいぶん乏しいようだ。男女がもめる原因を、すぐに愛欲によるものだと決めつけてしまうんだろうな。まあきみはまだ若く、女性との経験も極めて少ないようだから、しかたがないか。だがぼくたち男性が女性に恨まれる理由は、それこそ星の数ほどあって、思わぬことで痛い目にあう場合もある。じゅうぶんに気をつけるよう、今ここで忠告しておこう」それから、笑みをひっこめて真顔になった。「ただ今回、何の根拠もなく不倫だなんだと言ってミス・ベアトリスを貶《おとし》めたことは、絶対に許されることではない。彼女の動機がまったく思いつかず、きみは適当なことを口走ったんだろう」

公爵の発言は思った以上に効果的で、笑いものにされたアンドリューはいっそういらだった。

「残念ですが公爵、あなたの抗議は意味がありませんよ。彼女の共謀者なんですから。いや案外、あなたが首謀者かもしれませんね。動機はわかりませんが。それとも、田舎のパーティに退屈し、気晴らしに何か変わったことをされたかったのでしょうか」

ベアトリスは、公爵にすべてを任せたほうがいいとはわかっていた。だけど、今の言葉は許せない。わたしを心身ともに傷つけただけでは物足りず、今度は公爵こそが犯人だと言い放つなんて。まあわたしだって、もし誰かが自分の部屋に忍びこみ、血のついた燭台を置いていったと知ったら、同じ結論に達しただろうけど。とにかく公爵が彼に切りつける前に、割って入らなければ。

「アンドリューさんの言うとおりです」ベアトリスは、脚の震えをおさえながらきっぱりと言った。「オトレーさんは本当に殺されたんです。アンドリューさんが指摘したとおり、燭台なんかで自殺できるわけがないのですから。それと、わたしが彼の部屋に忍びこんだり、いろいろ調べたことも本当です。今日の午前中は、このお屋敷の新しい使用人の情報を集めていました。ただ彼は、根本的にまちがっています。なぜなら」効果をねらって、一呼吸置いた。「わたしはオトレーさんを殺してはいないからです。犯人だと言われて――」

そのときふと、意識の端で何かがひらめき、ベアトリスは口ごもった。それを払いのけ、言葉を続けようとはしたものの、奇妙な違和感はいつまで経っても消えない。やがて彼女は、自分の直感が何に反応したかに気づいた。

そうか。そうだったのか。瞳に不安と興奮をちらつかせ、公爵を振り向いた。もう誰に見られたってかまわない。

「ショックを受けています」

それだけ言って、話すのを終えた。詳しく説明する必要はなかった。公爵がすぐに、彼女が何かひらめいたと気づいたからだ。そして全員に向け、彼女はひどく疲れており、最後まで話せる状態ではないと告げた。

「彼女はまず、風呂に入ってさっぱりしたほうがいい。まるで炭坑から這いでてきたようだ。それに傷の手当てもなるべく早いほうがいい。どうだろう、いったん解散し、二時間後に居間に集まるということで。紅茶とケーキでも出してもらって、ゆっくり話しましょう」

ケーキと聞いたとたん、ベアトリスはとてもお腹がすいていることに気づいた。朝食にスクランブルエッグを食べてから、何も口に入れていない。また熱いお湯に浸かることを想像しただけで、ふわりと身体が溶けていくように感じた。だがそれでも、まずは決着をつけるべきだとも思った。アンドリューのように、犯人がわかったら、その正体をすぐに暴くほうがいいのではないか。彼の場合は残念ながらはずしてしまったが、彼女の推理にはきちんとした根拠がある。そこで、解散の提案を撤回してもらおうと公爵に顔を向けた。

だが公爵は、視線で彼女を黙らせた。なるほど。彼としては当然、わたしが犯人に指を突きつける前に、その理由を聞いて、まちがっていないと確かめたいのだろう。ベアトリスは、疑いをかけられた者として、彼の慎重さを理解し、無言の要求に従った。

とはいえ、自分の推理に自信をもっているだけに、歯がゆいとも感じた。

そのとき、彼女の代わりに公爵に異を唱えた人物がいた。アンドリューだ。

「ちょっと待ってください。時間稼ぎをして、うまくごまかす方法を考えるつもりなのでは？　さっきも言ったとおり、このふたりは共謀しているんだ」

「きみがどんなに愚かでも、それなりに礼を尽くそうとはしてきたが」公爵はやんわりと皮肉を込めた。「でもそこまで言われては難しいな。誰が見ても、ミス・ハイドクレアがくたくたに疲れているのはわかるだろう。議論を再開する前に、彼女を休ませても何の問題もないと思うがね。なあ、アンドリューくん。それで何かまずいことになるのかな。彼女が荷物をまとめてこっそり立ち去るとでも？　厩舎から馬を盗み、それに飛び乗って逃げだすとか？　妄想にふけるのもいいかげんにして、もう少し知恵がつくよう自分を磨きたまえ」

スケフィントン侯爵が前に出た。アンドリューに怒ってはいたものの、大事な跡取り息子がここまで痛烈にさげすまれては、許すわけにいかないと思ったらしい。

「公爵、さすがにお言葉がすぎるのではありませんか。先ほどの不適切な発言については、きちんと謝罪をさせますから。ですが、息子の出した結論はそれほど不当でしょうか。わたし自身は、まったくの的外れだとは思いませんが」

それを聞いて、真っ赤な顔で立ち上がったのはヴェラ叔母さんだ。姪っ子をかばおうと思ったのだろう。だが公爵は彼女を手で制止し、代わりに自分が発言した。

「あなたが息子と同じく、愚かな結論を出すのはしかたがないと思いますよ。知性というのは遺伝するものですからね。ああもちろん、あなたが賢明なのはわかっていますす。ミス・ハイドクレアがどんなに怪しくても、アンドリューは暴力ではなく、言葉で訴えるべきだったと認めているわけですから。そうです。彼女は廃屋に閉じこめられても、自力で脱出した勇敢な女性です。それなのに出てきたとたん、殺人犯だとあらぬ疑いをかけられている。その前に少し休息をとって、身なりを整えるぐらいの権利はあると思いますよ。どうです？　みなさん」

「ブラボー！」

ラッセルは声を弾ませ、エミリーから離れて公爵に近づいた。もちろん、涙を浮かべる〝比類なき美女〟を眺めるのもいいものだ。だがこれほどまでに痛烈な批判もまた、〝比類なきすがすがしさ〟だと感じたのだろう。公爵へ抱く羨望の念は、これまでの十倍増しとなったようだ。

とそのとき、スケフィントン侯爵夫人がおっとりした声で言った。

「ねえみなさん、とにかく少し休みませんこと？」貴婦人らしい落ちついた笑みを浮かべている。「屋敷に戻って、それぞれ自分の部屋で頭を整理しましょう。オトレーさんたちは、この件が片づくまでロンドンに戻るのは遅らせたほうがいいわ」

アンドリューは不満そうにうなったが、父親にじろりとにらまれ、おとなしく従った。アマーシャム伯爵の肩に手をかけ、一緒に屋敷へ戻っていく。自分が正しいと、どうしても誰かに話したかったようだ。

「血痕のついた燭台を部屋で見たときは、腰が抜けそうになったよ。でも実は、それだけじゃないんだ。タンスの服もぐちゃぐちゃになっていたんだよ」口から泡を飛ばす勢いで話している。「はじめは従者のせいだと思ったよ。あいつは結構いいかげんなところがあるからね。クラバットの結び方さえよくわかっていないふしがあるんだ。思い切ってクビにしたほうがいいかもな。やつは執事の甥っ子で、コネで雇ったわけだから、もともとインチキくさいところはあったんだ。でもいざとなると、やっぱり迷うんだよな。なあ、どう思う？」

アマーシャムから返ってきたのは、深いため息だけだった。

ご婦人方はどうかというと、侯爵夫人がオトレー夫人に腕を差し伸べている。息子がオトレー氏にだまされたというのに、彼の妻に対しては怒りを感じていないらしい。

「今回の件では、あなたも大変なショックを受けたでしょう。だけど、いつもわたしがそばにいることを忘れないでね。あと二時間、ゆっくり休むといいわ。エミリー、あなたもよ。本当に申し訳なく思っているの。お招きしたせいでこんな悲しいことになったんですもの。わたし、思うのよ。自分の夫が詐欺師で嘘つきだと知らされたり、凶悪な殺人事件の被害者になるのなら、自宅の寝室でのほうがずっといいだろうと。そうすればどう対処するにしても、人知れずできるわけだから」

「なんとなんと」そばで聞いていたヌニートン子爵がつぶやいた。

オトレー夫人は黙ってうなずいている。ヌニートン子爵は、三人の女性が屋敷に向かって歩きだすのをその場で見送った。そのあと、ベアトリスが閉じこめられた小屋に近づき、上等なシルクの服が汚れるのもかまわずに、彼女が脱出した穴をじっくりと調べた。小さく声を上げたのは、割れた壁板にうっかり触れ、親指を傷つけたときだ。小屋の中が思ったより狭いことにも驚いている。彼はあらためてベアトリスの勇敢さに感心し、彼女に声をかけた。

「これを見たら、どれほどおそろしい目にあったかよくわかったよ。それにしても、こんな板きれを利用して脱出を果たすとは、よほど頭がいいんだな。それに、最後までやり抜く意志の強さもすばらしい。いや、おそれいったよ」

穴を見ただけでそこまで理解したとは、相当な知性の持ち主なのだろう。単なる酒落男だとばっかり思っていたのに。ベアトリスのほうも子爵を見る目が変わり、口先だけではない、心からの賛辞だと思ってありがたく受け止めた。と同時に、それだけの頭脳があるのに、遊んでばかりいるのがもったいないようにも感じた。

「ありがとうございます」彼女は礼を言ったあと、そこまで褒められるほどではないと謙遜した。「なぜ監禁されたのかわからなかったんです。それでてっきり自分の命が狙われていると思って。もしアンドリューさんがみなさんを連れて戻ってくるとわかっていたら、辛抱強く待っていたと思いますわ」

そこへヴェラ叔母さんが割りこんできた。

「そうそう。わたしもいつもなら、何事も辛抱するようにと言って聞かせますね」そう言いながら、荒れ果てた小屋を自分の目で確かめた。「だけど今回ばかりは、あなたの独創的な能力をほめないわけにはいかないわ。火事場のばか力と言うんだった？何の道具もないのに、そこらにあるものを工夫して。まあ、野蛮だとも言えるけど」それから声をはりあげた。「さあさあ、わたしたちも屋敷に戻りましょう。おでこの傷を洗ってきちんと手当てをしなくちゃ。そういえばヘレンったら、お医者さまを呼ぶと言っていなかったわね。自分の息子があなたを閉じこめたもんだから、気が動転していたのかしら」

額の傷はたしかにまだ痛んだが、切り傷や引っかき傷が一斉に痛みだしたほうがベアトリスにはつらかった。早く泥を洗い落とし、熱いお湯に浸かりたい。傷が隠れるように包帯の位置を直すと、屋敷を目指して大股で歩きだした。

そのあとを、ヴェラ叔母さんが小走りで追いかけていく。

「ベアトリス、絶望してはだめよ。わたしたちみんな、全力であなたを守るから」叔母さんは、息子と娘にも同意をうながしている。「でもね、あなたにもまったく罪がないわけじゃないわ。だってアンドリューの留守中に、彼の部屋に忍びこんだのは事実なんでしょ？　わたしとしては、それはやっぱり見過ごせないわ。勉強会ではわざわざ言わなかったけど。だってあなた、殿方の留守中にその寝室に忍びこんではいけないなんて、さすがにそんなことまで言わなくたってと思うじゃない」直後に、叔母さんはハッと口を開け、顔を真っ赤にして今の発言を訂正した。「ええっと、殿方の在室中にこっそり忍びこむのも、同様にマナー違反ですよ。そう、絶対にいけませんよ」強調するためか、頭を大きく振った。「というより、そっちのほうが許されないことです。レディが一番やってはいけないことです」

するとラッセルはさっそく、他の不適切な状況をいろいろと挙げ、その場合はどうなのかと母親を挑発した。けれども、叔母さんはからかわれていると気づかず、まじめな顔で、一つ一つ律儀に答えていく。ベアトリスは、ふたりの滑稽なやり取りに内心にやにやしながらも、しおらしい顔で歩いていた。叔母さんやいとこたちが、本気で心配しているのがわかっていたからだ。

ただふたりの話より、うしろを歩く公爵とヌニートン子爵の会話のほうが気になっていた。オトレー氏の事件について話しあっているのだろうか。いや、それはない。事件の調査は、犯人を明かす瞬間まで、内密に進行中であり、そんな掟破りのようなことを公爵がするはずはないからだ。だったら意味のないおしゃべりをして、事件から子爵の気をそらそうとしているのかも。たとえば、庭園の小屋に使うさまざまな木材を、耐久性の高いものから順に、得意そうな顔で列挙しているのかもしれない。何であれ、自分の知識を披露するチャンスがあれば、彼のことだから、うれしくてたまらないはずだもの。

ようやく屋敷に到着すると、ベアトリスは自分の部屋に直行した。メイド長に言われたとおり、すでにバスタブにはお湯がなみなみと張られている。メイドが来るのを待つあいだ、自分の姿を鏡で確認した。うわあ、ひどい。炭鉱夫どころじゃないわ。泥汚れがあちこちに、まぶたにまでくっつき、血のしたたった跡が幾筋も頬に残っている。髪の毛はべたついて房になり、四方八方に伸びていた。まるで大きな虎と戦って、あっけなく煙突から追いだされた掃除夫のようだ。

脱出した直後は、どんな格好だったのだろう。おそらく、悪行の限りをつくした凶暴な生き物に見えたはずだ。その場で捕獲されなかったのが不思議なくらいだわ。違うとわかってもらえて、本当に良かった。

いいえ、そうじゃない。ベアトリスは自分をいさめた。アンドリューは、彼女に対する訴えをひっこめたわけではない。新しい証拠を持ちだしてくるかもしれないし。つまりまだ、逮捕される可能性は残っているのだ。彼の推理には大きな欠陥があるが、侯爵と同じように、今度は他の人たちも信じるかもしれない。

ただわたしにも、チャンスはある。自分がたどりついた真相をていねいに説明できれば。こぶしを握りしめたとき、メイドが入って来た。

ドレスを脱がせてもらいながら、まもなく居間で繰り広げられる光景を思い浮かべた。胃のなかで、蝶が何羽も飛びまわっている。もしかしたら、決闘になるかもしれない。廃屋からの脱出劇なんか鼻で笑ってしまうような、ものすごく悲惨な。ああ、だめだめ。とにかく今は何も考えず、身も心も休ませてやらなければ。ベアトリスは、お湯のなかにぐったりと身を沈めた。胃のなかで舞っている蝶たちが、どこか遠くへ飛んでいってしまいますように。

13

荒々しい表情で、アンドリューが居間に入ってきた。話し合いなんて茶番にすぎない、犯人はわかりきっているんだ、と興奮した口ぶりでアマーシャムに文句を言っている。だが窓際に立っている見知らぬ男を目にしたとたん、立ち止まってうれしそうに笑った。その堂々とした風采《ふうさい》の男は、赤いヴェストを着ている。ロンドン初の警察部隊ボウ・ストリートの警察官の一人だろう。教区の頼りない巡査とはちがい、犯罪捜査のプロだ。ベアトリスは、その男を見てアンドリューが笑ったことに驚いた。彼女のほうは、警察官が犯人逮捕に立ち会うと知って、不安が増すばかりだというのに。彼のかもしだす重々しい雰囲気のせいで、どうにも落ちつかない。それがばかげた反応であることもわかってはいた。この事件は、それほど深刻で重大なのだから。

いっぽうアンドリューは、父親の心遣いを喜んでいた。息子の言い分を真剣に受け止め、ロンドンから警察官を呼んでくれたと思ったのだ。

「父上、ありがとうございます。ぼくは自分が正しいと確信している。このばかばかしい話し合いが終わるころには、この場の全員がぼくを疑ったことを謝罪するでしょう」

するとと侯爵は、何度か咳ばらいをして、憎々しげに言った。

「この男は、公爵が勝手に呼ばれたのだ。二、三日前にロンドンから呼びよせ、近くの宿に泊まらせていたらしい。主人のわたしに何の相談もいただけないとは実に残念です。警察官が必要と思えば、わたしが自分で手配をしたでしょうに」

アンドリューは突然、険しい表情になった。公爵が何か企んでいるのではと不安になったらしい。

「公爵が警察官を呼んだ……なるほど。つまり、公爵自身にやましいところはない、殺人犯のミス・ハイドクレアとは無関係だと主張したいんだな。だけどぼくは知っているんだ。真実を隠すために、ふたりが共謀していたことを。それなのに公爵は今、真実を隠そうとしたことを隠そうとしている。みんな、だまされてはいけない。すべてが策略なんだ。しかし、すぐに見抜かれるような策略だと言っておこう」

「何を訳のわからないことを言っているんだ」ケスグレイブ公爵が部屋に入ってきた。

「ぼくは完全に認めているんだよ。オトレーを殺した犯人を見つけるため、ミス・ハイドクレアと協力して調べてきたと」

　その瞬間、ヴェラ叔母さんは息をのみ、ヌニートン子爵は声をあげて笑い、アンドリューは公爵の企みを見破ろうと眉をひそめた。ベアトリスは、自分もアンドリューと同じような顔をしているだろうと思った。どういうつもりで公爵が警察官を呼んだのか、理解できなかったのだ。不思議だわ。唯一考えられるのは、わたしが導き出した結論が絶対に正しいと、公爵が信じている場合だけど。でもどうして、そこまで信じられるのだろう。犯人の名前もその理由も、彼にはひと言も言っていないのに。それにこれまでの経験から、わたしがとんでもなくお粗末な主張をする可能性もあると知っているはずなのに。なにしろほんの数時間前まで、ウィルソン氏が屋敷のどこかに隠れていると言いはっていたのだから。

「さて、全員そろいましたか？」公爵が一同を見回し、一人も欠けていないことを確認した。

　暖炉の前のソファには、オトレー夫人とエミリーが身を寄せ合い、顔をこわばらせて座っていた。信頼しきっていたオトレー家の主について、さらにいまわしい事実が暴露されるのではないかと不安なのだろう。その隣の肘掛け椅子には、スケフィントン侯爵夫人が座っていた。あいかわらず落ちついていて、なごやかな雰囲気にしたいのか、ゲストたちにお茶を淹れながらにこやかに話している。

「今日は本当にさわやかだこと。ずっと雨続きだったからホッとしたわ」

ヴェラ叔母さんは、湯気の立つカップを受け取り、差し出されたトレイからティーケーキをつまんでいる。フローラは、ソファの端にちょこんと腰かけていた。のんびり背もたれに寄りかかっていたら、何か大事なことを見のがしてしまうのではと、心配しているのかもしれない。兄のラッセルは同じソファにゆったりと座り、偶像でも崇拝するようにして公爵を見つめている。そのソファのうしろに立っているのは、ヌニートン子爵とアマーシャム伯爵だ。ヌニートンは、若いラッセルのうっとりした目つきを愉快そうに眺め、いっぽうアマーシャム侯爵は、興味津々といった顔をしている。屋敷の主であるスケフィントン侯爵のほうは、書き物机の椅子を妻の横に置いて座り、息子のアンドリューは、部屋の端から端までせかせかと歩き回っている。

ベアトリスはいとこたちにはさまれて座り、公爵が暖炉の前まで歩いていくのをぼんやりと眺めていた。彼は立ち止まると、片ひじをマントルピースの上に置いた。まるで、ゲインズバラの描く肖像画のモデルのようだ。柔らかな光を受け、ブロンドの巻き毛が輝いている。そのあまりの美男子ぶりに、彼女は衝撃を受けた。何を今さらと言われれば、そのとおりなのだが。なにしろひと目見ただけで、誰もがその魅力に圧倒されてしまうのだ。だが彼と知り合ってからというもの、彫刻のような外見はすっかり影を潜め、かわって表に出てきたのが彼の人間性だ。おそろしく尊大で皮肉屋だというのに、それさえも笑って許したくなるほど魅力的なのだ。彼が実に好ましい人物だと知ったとき、本来なら喜ぶべきことなのに、ベアトリスは悲しくなった。その事実は、ふたりの間の大きな隔たりをいっそう強調するだけで、住む世界がまったくちがうのだとあらためて気づかされたからだ。陰惨な殺人事件が起こらなければ、公爵が彼女に目を留めることはなかっただろう。

そんなことぐらい、初めからわかっていたのに。今になって恨めしく思うなんて、ばかみたいだ。

ありがたいことに、彼女にはもっと差し迫った問題があった。

「ふん、これもまた策略なんだろうな」アンドリューが吐き捨てるように言った。「ベアトリスと協力していたことを公爵が認めたのが、おもしろくないらしい。「みんなを混乱させようとなさっているだけでしょう」

「いや、その反対で、状況をわかりやすくしたいだけだ。もしよろしければ」公爵はアンドリューではなく、彼の父親のほうに顔を向けた。「全員が同じところからスタートできるよう、この事件を振り返ってみたいと思います」

「どうぞお好きなように。ただし、手短にお願いします」スケフィントン侯爵は、警察官にそわそわと視線を移した。ベアトリスには彼の気持ちがよくわかった。これ見よがしに手錠を持っている男がいると、どうしたって不安になるからだ。

感謝なのか承諾なのかはわからないが、公爵が軽く頭を下げた。スケフィントン侯爵は、「なぜこんなことに……」とつぶやいている。

公爵が話しはじめた。「まずは事件の起きたところから、つまり殺人のあった夜からはじめましょう。ご存じのように、ぼくは夜中の二時過ぎに、図書室で死体を発見しました。ただその直後に起きたことは、みなさんにはこれまで秘密にしてきました」そこで一度、言葉を切った。「ミス・ハイドクレアが図書室に現れ、ぼくが死体を調べているのを目撃したのです」

エミリーとフローラを含め、その場にいた何人かが息をのんだ。ヴェラ叔母さんは、手短にという侯爵の意向をいきなり、そして完全に黙殺し、大きな悲鳴をあげたあと、長々と話しはじめた。

「そうだったの！　そうだったのね！　このところずっとベアトリスが非常識な行動をしていたのも無理ないわ。思えば……」なだめられて口をつぐむまで、たっぷり三分は費やし、そのあとようやく公爵が話を再開した。

「ようするにミス・ハイドクレアも、ぼくと同じく事件の現場に居合わせたのです。でもぼくは、彼女にこう言い聞かせました。とにかく急いで部屋に戻るように、あとのことは自分にまかせてほしいと。そして彼女が出ていったあと、ぼくは侯爵に知らせ、彼が巡査を呼びにやったというわけです。アンドリューが見抜いたように、オトレー氏が殺されたのはまちがいなかった。でもぼくは巡査に、彼は自殺をしたと伝えました。巡査がそれをうのみにしたのは、そう信じたかったというのもあるでしょう。捜査をする手間が省けますから。自殺だと主張したぼくに、どう見ても感謝していましたよ。まあ相手が公爵でなければ、あそこまであっさり納得してくれたかはわかりません。うん、無理だったかもしれないな」

公爵の話が長くなればなるほど、ベアトリスの胃の中の蝶は、よりいっそう激しく飛びまわった。そのくせ彼女は、公爵の尊大な話しぶりを楽しんでいた。追い詰められた状況でさえ、彼はもったいをつけて話さずにはいられないのだ。

「さて、ではどうしてぼくは、自殺とすることにこだわったのでしょう。これは大事なことで、理由は二つあります。第一に、もし巡査が殺人事件だと発表すれば、犯人は警戒するでしょう。ですが、自分が罪をまぬがれたと思えば、油断してしっぽを出す可能性が高くなる。つぎに、他殺だと断定されれば、ハウスパーティはすぐにでも中止され、容疑者であるゲストたちは全員、それぞれの家に戻ってしまいます。犯人を見つけるためには、それを阻止しなければとぼくは思ったのです」

「お待ちください！」スケフィントン侯爵が叫んだ。「ここはわたしの屋敷です。どうするかを決めるのは、このわたしです！」

公爵は、怒りをあらわにしたスケフィントン侯爵を前にしても、少しも動じなかった。

「お招きいただいた侯爵と意見が合わないのは残念ですが、今回はあなたが間違っていると言わざるをえません。ぼくは、遺体の発見者としての権限でそう判断したのです。もちろんあなたが第一発見者であれば、どう判断されようがご自由ですが」

スケフィントン侯爵は、抗議をあっさり片づけられて言葉につまり、唇を震わせたあと、何かぶつぶつと言うだけにとどめた。

公爵は彼に優雅な会釈で応え、話を続けた。

「だからぼくは、自殺と発表することには議論の余地がないと思っていました。ですがちょっと、思い出してください。無残に殺されたオトレー氏を目撃した、ミス・ハイドクレアのことを」その場面を想像したのか、叔母さんがまたうめき声をあげた。

「彼女は自殺と聞いて、ひどく動揺しました。そして、オトレー氏の汚名をそそがなければと決心したのです。その覚悟はまちがいなく、賞賛に値するものでしょう」

「それだよ！　ぼくも同じことを思ったんだ！」アンドリューが叫んだ。ほぼ全員が聞き流したが、侯爵夫人だけはにっこり笑って言った。「小さいころから、まじめな子だったものね」

公爵が続けた。「ミス・ハイドクレアは事件を調べる過程で、アンドリューの部屋に忍びこみました。そしてそこで、ぼくとはちあわせしたのです。だからこそぼくは、知っているのです。アンドリューの部屋に血痕のついた燭台があったのは、彼女の仕業ではないと。あの燭台を確認し、適当な場所に戻しておいたのはこのぼくなのですから。これは完璧にぼくの不注意です。弁解をするとしたら、その燭台を彼の部屋で見つけ、ショックを受けたからとしか言いようがありません。ではなぜ、そんなに驚いたのか。今から説明しましょう」ここで全員を見回した。「あの夜図書室に向かったとき、当然自分のろうそくを持っていきました。ですが死体の状態を調べるため、いったん書棚の上に置いたのです。ところが気づいたときにはなくなっていた。おそらく、犯人が逃げるときに持っていったのでしょう。自分の燭台は死体のそばに転がっているわけですから。そしてそのとき持ち去った燭台が、血痕のついたままアンドリューの部屋で見つかった。いったいなぜ、そんなところにあったのでしょう」

公爵は聴衆たちに考えさせようと、また言葉を切った。

「不思議ね。わけがわからないわ」そうつぶやいたのはオトレー夫人だ。ヌニートン子爵は、顎をこすって考えている。だがスケフィントン侯爵は不満そうにうなった。芝居がかったやり方がおもしろくないのだろう。

「そう、なんとも不可解なことです。ぼくにもわかりません。ただどうやら、ミス・ハイドクレアは答えを出したようなので、それを話してもらうため、この場を彼女にゆずりたいと思います。ミス・ハイドクレア、いいかな？」ベアトリスに顔を向け、言葉を継いだ。「ここに、みんなの前に来て話してもらったほうがいいだろう。立っている紳士諸君も、どうか席についてもらいたい」

ベアトリスはおじけづいていた。みんなの前に立つなんて、そんな思いあがったことができるわけがない。こんなことなら、公爵と打ち合わせをしておいて、彼に全部話してもらえばよかった。興味津々の聴衆の前で、犯人の正体を暴露して楽しめるような人間は、彼をおいて他にいないもの。そうよ、彼こそがまさにはまり役なのに、その大役を喜んでわたしに任せようだなんて。待って。もしかしたら、わたしの能力を高く評価している証拠なのかしら……。とそのとき、アンドリューの舌打ちが聞こえ、ベアトリスはしぶしぶ立ち上がり、暖炉の前まで歩いていった。

公爵は彼女にそっけなくうなずくと、暖炉の前から離れ、ヌニートン子爵の隣に移動した。ヌニートンもみんなと同じく、ベアトリスの登場に強い関心を示している。彼女は思わず顔をひきつらせた。彼がウィルソン氏の変装かもしれないと主張したのは、つい昨日のことだ。

その表情から不安な気持ちが伝わったのだろう、ヴェラ叔母さんが小さく手を振っている。姪っ子と目が合うと、わざとらしくニタッと笑い、同じようにしなさいと合図を送った。ベアトリスは場違いなアドバイスにとまどったものの、このままおびえて突っ立っているわけにもいかない。ひかえめな笑みを浮かべ、話しはじめた。

「あの、みなさま、こ、こんにちは」挨拶すら口ごもるというありさまだったが、そもそもこの場で挨拶が必要なのかもわからない。だが前置きもなしに、「じゃじゃーん、犯人の正体は……」といきなり発表するわけにもいかなかった。

まずは、自分が結論にいたるまでの過程を説明する必要がある。そうでないと、彼女を犯人だと決めつけたアンドリューのように、思いこみだけで犯人を名指ししたと思われてしまう。

「さきほど公爵さまがお話しなさったとおり、オトレーさんが自殺をしたと聞いて、わたしはとても驚き、同時にひどく悩みました。オトレーさんの名誉が傷つくだけでなく、ご家族の将来にも関わる重大な問題で、あまりにもお気の毒だと思ったのです。その時点では公爵さまのお考えを知らなかったので、オトレーさんとご家族のために正義を貫きたい、真実を明らかにしたいと思い、自分でこの事件を調べることにしました」

何を正義漢ぶってと、思われただろうか。

「当然のことですが、真実を知るためには、あらゆる可能性を考えるべきだと思いました。たとえば、ここにいるゲストの一人が犯人でもおかしくない、そういうことです」

今のはすごく感じが悪かったかも。自分だけは犯人じゃないと、はっきり宣言したようなものだもの。

「実を言うと、はじめは公爵さまが犯人だと思いました。殺害現場にいらしたわけですし、オトレーさんが自殺をしたと嘘の報告をなさったからです」

「ベアトリス！　なんてことを」ヴェラ叔母さんが声を荒らげた。「そんなわけないじゃないの。この方は公爵さまなんですよ」

「ええ」ベアトリスは、公爵との以前のやりとりを思い出した。「まさにそれが、公爵さまの言い分でした」

叔母さんは憤慨していたが、ヌニートン子爵はにやにや笑い、公爵自身も笑みを浮かべている。

「つぎに、アンドリューさんを調べようと思いました。アマーシャム伯爵もそうですが、オトレーさんから大金をだまし取られたからです。つまりふたりとも動機があるわけで、どう考えても見過ごすわけにはいきませんでした」

アマーシャムが頬を赤くした。自分がだまされたことにまで話が及んだからだろう。だがアンドリューのほうは、歩きまわるのを突然やめ、大声で文句をつけた。真犯人がみんなの前に立ち、誰かれかまわず指をさして非難するのはばかげている！

公爵がうんざりしたように言った。

「つぎはきみの主張を話してもらうから、今は黙っていたまえ」

だがアンドリューはさらに興奮し、公爵をにらみつけた。

「どうしてあなたが決めるんです？　誰があなたに任せたんですか？」

公爵は叔母さんに、悲しげな笑みを向けた。

「それはぼくが公爵だからだ。さっきもご指摘いただいたとおり、こういうことは一般的に、地位の高い人間が仕切るものなんだ」それからベアトリスに顔を向け、話を続けるようにうながした。

彼女は不安そうに、まずはアンドリューを、つぎに警察官を見たが、ロンドンから来た男が何を考えているかはさっぱりわからなかった。

「それでは、続けさせていただきます。アンドリューさんの部屋に忍びこんだこと、それはすでに話していただいたとおりです。またそのときに、例の燭台を見つけたのも事実です。公爵さまは、それが図書室に持っていったご自分の燭台だとひと目で見抜き、血痕にも気づきました。当然アンドリューさんを疑いましたが、決定的な証拠とも言えません。他にも容疑者はいるのですから、判断を急ぐつもりはありませんでした」

ベアトリスはオトレー夫人とエミリーにちらりと目をやって、この先どう進めようかと迷った。できれば、ふたりの個人的な話を明かすことはしたくない。とはいえ、事件そのものがすでに多くのことを暴きだしていた。

「オトレーさんのご家族も例外ではありません。犯人の可能性がまったくないとは言いきれませんでした」言葉を選びながら言った。

エミリーはたいして驚いてはいなかった。自分はつねに注目されて当然だと思っているからだろう。だがオトレー夫人はちがった。夫の部下との関係がばれたと思ったのか、明らかに動揺している。その様子を見て、ベアトリスは確信した。かわいそうに、彼女は自分の娘があの手紙を発見したことを知らないのだ。

「調べた結果、ある重大な関係が判明し、容疑者リストにオトレー夫人も加えることにしました」

夫人は押し殺した叫び声をあげ、エミリーは不安と満足感が入り混じった表情で母親を見つめた。母親の行く末を心配しつつも、こんなにもあっさり、不倫の報いを受けたことに満足しているようだ。

「ねえ、ベアトリス」叔母さんが顔をしかめた。「そこまで失礼なことを言う必要があるのかしら。彼女は招待されたゲストなんだし、ご主人が殺されたのを知ったばかりなのよ」

「ええ、そうですね」ベアトリスはすました顔で同意した。残念ながら、誰かを殺人の罪に問う場合、気まずい雰囲気になるのはどうしても避けられないものだ。「ですが、オトレー夫人のことはそれほど疑ってはいませんでした。とても小柄な方ですから、立派な体格のオトレーさんを襲えるとは思えないからです。なにしろ彼は、後頭部をめった打ちにされたわけですから」

「ベアトリス！」叔母さんがうろたえて叫んだ。「めった打ちだなんて。レディはそんな言葉を使ってはいけません」

「実はオトレー夫人の他にも、殺人の動機がある人物がいました」叔母さんを無視して続けた。「スケフィントン侯爵です。もし息子が二千ポンドもだまし取られたと知ったら、オトレーさんを問い詰めたいと思ったでしょう。単なる推測ではありません。オトレーさんの部屋を調べたとき、葉巻を見つけました。オトレーさんは葉巻の匂いがお嫌いだったそうですから、外から持ちこまれたものです。となると、侯爵さまが彼を追及しようと訪れた際、持ってきたのではないか。そして、もし彼が真実を知ったら、オトレーさんを襲う動機になります。だってそうでしょう。昔からの友人が自分の息子をだましたと知ったら、どれほど打ちのめされることか」

「いや、父上は知らなかった」アンドリューが声をあげた。

「ああ、そうだ。わたしは知らなかった」スケフィントン侯爵も淡々と言った。「なんともくだらない憶測をするものだ。他の話もそうだ。まったくのたわごととしか思えん。いったいこの話し合いに、これ以上どれだけ時間をとればいいんだ？　他人の時間を無駄にするのはマナー違反だろう。料理長には、とりあえずディナーを一時間遅らせるようにとは言ってあるが」公爵のほうを向き、つっかかるように言った。

「それでじゅうぶんでしょうね」

公爵はうなずき、感謝の言葉を述べた。

「ちょうどそのことをお願いしようと思っていたところです」

「まあ、申し訳ありません。長々と話しすぎたようですね」ベアトリスは謝ったが、今さら自分のマナーがどうのこうのと言われる筋合いがあるのか、疑問に思った。殺人にしろ不倫にしろ、すでに多くのことがとっくに〝マナー〟から大きく外れているのに。だいたい、この同じ部屋に、誰かを拘留するために警察官が待機しているのだ。いざ誰かの手に手錠がかけられたとき、ディナーの始まる時間を気にする人間がいるだろうか。

「すみません、すぐに終わらせます。侯爵さまのお名前は、容疑者リストからすぐに外されました。あの夜、ケスグレイブ公爵が図書室に向かったとき、まだご自分の書斎にいらしたということで。秘密の通路でもないかぎり、公爵さまが着く前にオトレーさんを殺して逃げる時間はありませんから」侯爵に向かって尋ねた。「そうですよね？」

「あたりまえじゃないか！」

「良かった。そうだと信じていました。最後に残った容疑者は、ある人物の共犯者で、男性です。ゲストではないので、仮にミスター・Xと呼びましょう。わたしはこのミスター・Xが、オトレーさんを殺害するため、このお屋敷のどこかに潜んでいる、もっと言えば、使用人としてまぎれこんでいるのだと思いました。だからこそ、使用人たちに聞きまわっていたのです。そしてサーマンから新しい馬丁がいると聞き、彼がミスター・Xではないかと思いました。ところが彼を探している途中、アンドリューさんに襲われ、閉じ込められてしまったのです」

「新しい馬丁とは、ハーカーのことか？」アンドリューが冷ややかに言った。「あいつは村の鍛冶屋の息子だ。やれやれ、きみは本当にどうかしている。公爵はどういうつもりで、こんなくだらない推理ショーにぼくたちをつきあわせているんだ？」

公爵が弁明する前に──そのつもりがあったかはわからないが──、ベアトリスはすぐさま大きくうなずいた。

「ええ、そのとおり、わたしの推理はとんでもなくひどいものだったんです。謎めいた共犯者ミスター・Xの存在に固執し、わたしの妄想はどんどん暴走していきました。公爵さまは止めようとなさいましたけど。でも今日の午後、廃屋の前でアンドリューさんに責められていたとき、突然すべてがはっきりしました。これまで集めた情報が集約され、一つのシンプルな答えにたどり着いたのです」

「いや、実に不思議だ」アンドリューはからかうように言った。「ぼくが真実を明かしたそのときに、きみもまた別の真実を発見するとはね」

誰ひとり、アンドリューの言葉に注意をはらわなかった。彼の母親でさえ。

「ではその答えを言う前に、まずはこれまでの情報を確認させてください」ベアトリスが言うと、公爵と警察官をのぞく全員がいらだちを示した。うめいたり、ため息をついたりしている。それでも彼女は、具体的な経緯を述べずに、結論だけを唐突に明かすことはしたくなかった。そしてふと、公爵の気持ちがわかったような気がした。彼は雑学をふくめ、自分の知識を滔々と語らずにはいられない。そんなとき、何を物知りぶってと嫌悪感を抱いたものだ。だが、それはちがう。自分の言葉に責任を持っているから、根拠となる情報やデータを提示すべきだと考えているのだ。

「誰かがアンドリューさんの部屋に血痕のついた燭台を置いた、つまりその人物が殺人犯である、という点はよろしいですね。アンドリューさんもやはり、自分に罪を着せるためにその燭台が置かれたと考えました。ですがそれを証拠にして、彼が犯人だと名指しした人物はいません。それどころか、その件を騒ぎ立てているのはアンドリューさん一人です。ここは大事なポイントです。では、つぎにいきます。オトレーさんの部屋で葉巻が見つかった、そのことから犯人は葉巻を吸う人物で、しかも気軽に彼の部屋を訪ねるほどの間柄でしょう。またオトレーさんの堂々たる体格を考えれば、燭台を武器として有効に使えるのは、それなりの身長がある人物です。さらに犯人は、オトレーさんが投資家たちをだましたと知っていたと思います。おそらくそれが、彼を襲った主な動機でしょう。でもそれだけが動機ではありません。犯人は激しい怒りにかられて思わず殴りつけた、つまり衝動的な殺人で――」

「ベアトリス!」ヴェラ叔母さんがヒイッと悲鳴を上げた。「なんておそろしい言い方をするの」

「計画殺人ではなかったのです。もちろん残忍ではありますが」ああ、いよいよ決定的な瞬間がやってきた。ベアトリスは不安と恐怖で、心臓が飛び出しそうになっていた。犯人の名前を口にしたらどんな展開になるのか、見当もつかなかった。手錠を持った警察官が歩み寄るのを見ながら、必死で否定するだろうか。「いま挙げた条件を満たすのは、一人しかいません。その人物なら、何の問題もなくアンドリューさんの部屋に燭台を置き、葉巻を持ってオトレーさんの部屋にも行けた。アンドリューさんが大金をだまし取られたと聞いても、少しも驚かなかった。さらにまた――」

とそのとき、侯爵夫人がすっくと立ち上がり、両手を広げた。

「はいはい、もうそこまでにしてちょうだい。白状すればいいんでしょ」顎をつんと上げた。「そうよ、わたしがやったの。おっしゃるとおり、わたしがトーマスを殺したのよ。でもそんなことよりね、ベアトリス、あなたったら本当に困った人だこと。

〝へたの長談義〟って言葉を、これまで誰にも教えてもらわなかったの？　さらりと簡潔に話す、これが社交の真髄《しんずい》なのよ。あなたがずっと独身でいる理由がようやくわかったわ。見た目も地味だし持参金もないからだと、すっかり思いこんでいたけど、そうじゃない。うんざりするほど退屈な人間だからなのね。世界のどこを探したって、これほど退屈な娘はいないと思うわ」

「母上！」アンドリューが叫んだ。母親の告白にショックを受け、へたりこみそうになったのか、あわててソファの背もたれにつかまった。

「ああ、そうだわ。アンドリュー、燭台のことはごめんなさいね」侯爵夫人は息子をなだめるように言った。「書棚から持ち上げたとき、手のひらにまだ血がついていたのね。ドレスですっかり拭き取ったと思っていたけど。もし気づいていたら、あなたの部屋に置き忘れたりはしなかったのに。たぶん、あの部屋の壁の色を決めようと、メイド長のラングストンと見に行ったときだと思うのよ。ほら、二階は五年ほど前に改装したばかりだけど、やっぱりフロア全体をもう少し明るい感じにしたくて。だからあなたに罪を着せようとしたなんて思わないでね。そんな残酷なこと、このわたしがするわけないでしょ？　可愛い息子だったらなおさらよ」

アンドリューはますます動揺し、父親に説明を求めた。

「父上！　何がどうなっているのか教えてください」

　だがスケフィントン侯爵も、やはり理解に苦しんでいる様子だ。他人事のように、妻を見つめている。

「これはその、きみの浮気に関係しているのかな？」

　これに反応したのはオトレー夫人だ。それまでは、殺人を涼しい顔で白状した友人を呆然と見つめていたが、思わず声が出てしまったらしい。

「なんですって？」

　ベアトリスは、そんな彼女に少しあきれていた。自分だって、夫の部下と関係していたのに。

　エミリーも同じように感じたらしい。すぐに立ち上がり、母親を指さして非難した。

「お父さまが侯爵夫人とそういう関係になったのは、お母さまがウィルソンと浮気していたからよ」

「ミスター・Xのことか」ヌニートン子爵がすかさずつぶやいた。いっぽうヴェラ叔母さんは、口をぽかんと開けていた。こんなみだらなことが自分の鼻先で起きていたのかと、驚いているのだろう。

　侯爵夫人は、唇を震わせる息子に背中を向け、エミリーを慰めようと彼女に近づいた。

「かわいそうに」やさしく言って、エミリーを抱きしめる。「ふたりの関係を知っていて、ずっとひとりで苦しんでいたのね。でもあなたが苦しむことはないのよ。だってアメリアは、浮気のことをトーマスには完璧に隠していたもの。それにトーマスの名誉のために言っておくと、わたしはずいぶん前から誘っていたんだけど、なかなか乗ってこなくて。美しいものは、遠くから愛でるタイプだったのかしら」

エミリーは侯爵夫人の腕をふりほどいた。

「あなたのほうから父を誘惑したのですか?」

「ええ、そう。しかたがなかったの」夫人はフッと笑みを浮かべた。「彼は婚約者のわたしを捨てて、アメリアのもとに走ったのよ。そんなことを、笑って許せると思う? だからいつか誘惑して、復讐してやろうと思っていたの。そしてそのいつかが、ついにやってきたのよ。ケシ畑が接収され、彼が破産しそうになったあのときに。あ、そうだわ、アメリア」口をぱくぱくさせている友人に笑いかけた。「トーマスが汚い商売をしていたことぐらい、とっくに知っていたわ。スパイスの貿易商だとか言っていたけど、実際はアヘンを密輸してぼろもうけしていたのよね。というか、結婚相手を徹底的に調べるのはあたりまえでしょ。すべてを承知のうえで、彼と婚約したんだもの。あなたとの結婚後も、彼の事業は逐一把握していたわ。だからこそ、彼が破産寸前になったのもわかって、大金を見せびらかして声をかけたの。お金にとびつく彼を見て、スカッとしたわ。というのはね、三十年も前の持参金の話にさかのぼるけど、トーマスはインドで大もうけしていたくせに、もっとお金を欲しがっていたの。そしてそれに目を付けたのがアメリアだった。彼女の持参金のほうがわたしよりも多かったから、それを餌に彼を奪ったのよ。彼女のほうも、トーマスが金の生る木だと思ったんでしょう」

「わたし、そんなことしていないわ」オトレー夫人が口をはさんだ。「彼はわたしを愛していたから選んだのよ」

まったく説得力に欠ける反論で、夫妻の結婚は打算的なものだったと誰もが思った。娘のエミリーは、とりわけそう感じたのだろう、身を震わせ、泣きながら部屋を飛び出していった。かわいそうに、どれほど惨めな思いでいるだろう。ベアトリスはすぐにでも追いかけたかったが、今は無理だと、その気持ちを必死でおさえた。もしかしたらエミリーは、うわべだけを飾っても幸せにはなれないと気づいたかもしれない。

そして、内面を磨き、外見だけに頼らない生き方を目指すようになるかもしれない。

ヴェラ叔母さんはといえば、思ってもみなかった展開に驚き、ふたりの友人を交互に見るため、いそがしく首を振り続けていた。さらにその合間にも、たびたびベアトリスに顔を向け、無言でにらみつけてくる。あなたが火をつけたのよ、なんとかしなさいと言わんばかりだ。

いっぽうオトレー夫人は眉をひそめ、エミリーが駆け抜けていったドアを見つめている。取り乱した娘を追うべきかどうか、迷っているのだろう。

だが侯爵夫人は、友人をひたと見据え、話はまだ終わっていないと口を開いた。

「わたしがおもしろくなかったのは、トーマスは自分の娘はすごく大事にしていたくせに、わたしの息子をだましたことなの。ひどい話よね。小さいころから可愛がってきたアンドリューから、何のためらいもなく大金を巻き上げるなんて」

スケフィントン侯爵は、このときまでほとんど言葉を発していなかった。妻が自分の友人を誘惑し、その男を殺害したと知っても、動揺する様子は少しも見せなかった。けれども今ようやく、妻をにらみつけ、そこまで金に汚く、ずうずうしい男と関係を結んだことを非難した。「どうしてそう、きみは人を見る目がないんだ」

すると夫人は、そのとおりだと素直に認めた。あの夜まで、オトレー氏がそこまで恥知らずだとは思わなかったと。

「ハイビスカスの件を知ったとき、最初は彼の不注意だと思ったの。アンドリューをだますつもりはなかったと。つまり、正規の取引の口座以外に、詐欺用の口座があって、アンドリューの資金をうっかりそっちに入れてしまったんだろうと。だからあの夜、図書室で落ち合ったとき、その件を問いただしたのよ。そうしたらあの男、こう言ったの。自分は別にまちがっちゃいない、アンドリューは知恵が回らんやつだから、あんなはした金がぱあになったところでなんとも思わんだろうって。もちろん、お金を返してくれとも頼んだけど、彼は笑って言ったわ。ばかだな、愛人というだけで、息子が特別扱いをされると思ったのかってね。わたしは悔しくて悔しくて、どうにかなりそうだった。それなのに、ひと言も言い返せなかったの」

オトレー氏のセリフまで入れ、母親が臨場感たっぷりに説明したのに、アンドリューはあまり理解できていないようだった。

「だけど、殺しちゃったんだよね？」

侯爵夫人は、息子の苦悩をすぐに察し、あれは事故だったと断言した。

「このわたしが、わざと人をあやめるわけがないでしょう。あれは彼を呼び止めようと思って、頭のうしろを燭台で一発ガンとやっただけなの。だって話している途中なのに、わたしを置いて出ていこうだなんて、礼儀知らずにもほどがあるじゃない。まるでわたしが、窓の外でピーチクパーチクさえずっている小鳥だとでもいうように、涼しい顔で。ただね、叩いたときにどうやら力の加減をまちがえたみたいなの。だけど言わせてもらえるなら、彼の骨が思ったよりしっかりしていなかったのが問題だと思うわ。ねえ、どうなの？　頭蓋骨ってあんなにもろいものなのかしら。ミシッと砕ける音がしたときは驚いたけど、かなり深刻な傷を与えたことはわかったわ。だからそんな状態で生かしておくより、徹底的にやってあげたほうが親切だと思ったの。あのままだったら、ほら、生ける屍《しかばね》っていうの？　そういうのになってしまったと思うわ」

侯爵夫人は淡々と話したが、聴衆たちは殺害の様子を思い浮かべ、あまりの残酷さに震えおののいた。ヴェラ叔母さんは声を押し殺し、フローラを固く抱きしめている。可愛い娘に、こんなむごい話を聞かせてしまったと、悔やんでいるのだろう。けれどもフローラは、青ざめながらも落ちついていて、ラッセルのほうを心配してあげてとうながした。兄のラッセルは、「ミシッと砕ける音」という言葉を聞いてからずっと、真っ青な顔でぶるぶる震えている。アマーシャム伯爵も同じだった。なんとか震えをおさえこもうと、太ももに手を当て、前かがみになっている。また放蕩《ほうとう》者のヌニートン子爵でさえ、年長者たちの堕落ぶりにショックを受けているようだ。

ただ一人、スケフィントン侯爵だけは妻の報告を平然と聞いていた。彼女が窮地に陥っても機転を利かせ、オトレー氏を死に追いやったことに理解を示し、満足そうにうなずいている。ようするに、この非常識きわまる展開をあっさり受け入れているのだ。それを見たアンドリューは、突然大声で泣きだした。両親のどちらにも、人間らしい感性がかけらもないと気づき、恐ろしくなったらしい。

そのとき、ケスグレイブ公爵が一歩前に出て、ヌニートン子爵にそっと目配せをした。すると子爵はその意図をすぐに察し、泣きじゃくるアンドリューに何かつぶやくと、彼をうながして一緒に部屋を出ていった。つぎに公爵は、警察官に目をやった。彼もまた、暗黙の合図に応え、侯爵夫人に近づいていく。地元の治安判事のところへ、彼女を送り届けるのだろう。

彼が手錠を取り出したとたん、スケフィントン侯爵がどなった。

「やめろ！　無礼なふるまいは断じて許さん！　公爵さま、ここはわたしの屋敷ですぞ」

公爵が首をかすかに横に振ると、警察官はすぐに手錠をしまった。だが脅迫や懇願、罵倒など、スケフィントン侯爵がありとあらゆる言葉を尽くしても、警察官を立ち去らせることはできなかった。

「オトレーの命を奪ったことは、彼がどれほど忌むべき存在だったとしても、些細な問題ではありません」公爵が重々しく言うと、スケフィントン侯爵はおもしろくなさそうに鼻を鳴らした。それから執事を呼び、コートを取ってこさせると、妻に呼びかけた。

「愛しいヘレン、心配する必要はないぞ。わたしが同行して、ディナーの時間までに決着をつけてやるからな」それから振り返ると、公爵を冷ややかに見つめた。「この事件を、ゴスポートが刑事法院に送るはずはありません。彼のことはよく知っていますが、とても理性的な男ですからな。毎年十月一日に、うちの狩猟小屋に招いてやって、一緒にキジを撃ちに行く仲なんですよ」

ケスグレイブ公爵はあえて返事をせず、警察官が侯爵夫人を部屋から連れ出すのをだまって見送った。スケフィントン侯爵もそのあとを追ったが、行き先には興味がないようで、昨年のキジ撃ちで、自分が治安判事を負かしたことを懐かしんでいる。

「あのキジは二キロもあった」誇らしそうに言う。「全長は少なくとも一メートルはあったな。もっと大きかったはずなんだが、どうもゴスポートのやつが、尾っぽから羽根を何本か抜いたような気がするんだ。奴はなかなか、こすっからい男だからな」

三人が左に曲がって見えなくなったとき、侯爵夫人の声が聞こえた。釈放が決まるまでは、そのキジの話は絶対にしないようにと夫にくぎを刺している。

やがて彼らの声が聞こえなくなったあとも、居間は長い間、静寂に包まれていた。何を話したらいいのか、誰にもわからないのだ。たった今目にした光景は、まるで芝居のように現実離れしており（しかもとんでもなく軽薄な一幕だった）、それをどうのこうのと論じたところで、演技の良しあしを批評するようなものだ——おそらくその場の全員が、そう感じているのではとベアトリスは思った。

けれども、誰かが何かを言わなければ、この部屋から出ていくきっかけがない。うっかりすると、スケフィントン侯爵が戻って来てしまうかもしれない。もしかしたら、夫人も一緒に。

いやだ、そんなことは耐えられないと思ったとたん、ベアトリスは全身がひどく痛むことに気づいた。頭や切り傷、さらに筋肉までもが、鈍い痛みで一斉に攻撃してくる。犯人を明かすというストレスから解放されたせいだろう。ぐるぐると、お腹の虫も鳴きだした。そういえば、食事はどうなるのだろう。侯爵はディナーの時間をずいぶん気にしていたが、何時に戻ってこられるかは、治安判事の機嫌しだいだ。それにしても、人ひとりを殺したというのに、簡単な事故として片づけようだなんて。

ベアトリスは、侯爵夫人に憧れていた少し前の自分を思い出した。なんて皮肉なことだろう。夫人が若い娘たちに向け、「相手が心地よく過ごせるかを最優先に」とアドバイスしたのは、つい昨日のことだ。それなのに、自分が招待したゲストたちに、これ以上ないほど不愉快な思いをさせるとは。彼女の言う〝心地よさ〟とは、一般的な意味からは大きく外れていたということだろう。そのとき、公爵の声がした。

「朝食の間《ま》で食事にしませんか。正式なコース料理ではなく、なにか簡単なもので」

彼はその場の全員を見わたしてはいたが、ベアトリスは顔を上げたとたん、自分のために言ってくれたのだと気づき、感謝の気持ちをこめてうなずいた。

ヴェラ叔母さんはため息をついている。食事など考えられないほど疲れているようだ。だがすぐに、背筋をぴんと伸ばして立ち上がった。

「それはすばらしいお考えですわ。メイド長に指示を出してきますね」

オトレー夫人も立ち上がったが、叔母さんが鋭くにらみつけたので、せいいっぱいの威厳を保ちながら、娘を探しに行くと言って出て行った。

他のゲストたちも、一人また一人と腰を上げた。この悲惨な場所からとにかく立ち去りたいと思ったのだろう。アマーシャム伯爵が手紙を書くと言って出ていくと、その数分後、同じことを言ってラッセルが立ち上がった。別の口実を思いつくほどには、世慣れていないのだ。

「えっと、父さんに」あわてて付け加える。「プロボクシングの観戦に誘われていたんだ。ギルフォードでやるらしい。返事をするのをすっかり忘れていた」

つぎに席を立ったのは公爵で、ベアトリスはがっかりした。彼とふたりきりになるチャンスを待っていたのに。とはいえ、そうなったところでどうしたいのかは、自分でもわからなかった。侯爵夫人がみずから告白したことで、彼との共同作業はめでたく終了したのだから。

ふたりの関係も、これにて終了というわけだ。

それでもベアトリスは、期待せずにはいられなかった。彼だって、ふたりきりで話したいはずだ。何か合図を送ってくれないかしら。マトンとミートパイが並んだ食事の席で、公爵の隣に座ったとき、ベアトリスは胸をふくらませた。けれども、テーブルでの会話は沈みがちで、ただ一人、ヴェラ叔母さんだけがどうでもいいことをしゃべり続けている。天気や料理の話題がつきると、少し考えてから言った。

「最近は青りんご色《ポモナグリーン》が大人気ですけど、あれはきっと定番になるとわたしはにらんでいますの」

ディナーの間、公爵はベアトリスにひと言も話しかけなかった。それどころか、他の誰ともほとんど話さず、むっつりした顔でゲストたちを観察している。ベアトリスは思わず小声でつぶやいた。「このロールパンを投げつけてやろうかしら。この人ならきっと、小麦粉製の弾丸の投げ方について講釈を垂れずにはいられないはずだから」ロールパンに触れたとき、ふと視線を感じて顔を上げると、公爵が目を丸くしている。

ベアトリスは顔を真っ赤にしてうつむくと、心の中で悪態をついた。

わたしって、まったく進歩していないわ。どうしてこういつもいつも、彼に食べ物を投げつけたい衝動に苦しまなくてはいけないのかしら。

サーマンは紳士たちにポートワインを勧めたが、誰ひとり応じることはなかった。食後にのんびり酒を楽しむ気分ではないのだろう。気がめいるような宴に集ったゲストたちは、九時までには全員が自分の部屋にひきあげていった。

ベアトリスが部屋に戻ってから数分後、ドアをノックする音が聞こえた。さすがに公爵ではないだろう。こんな時間に、堂々と女性の部屋を訪ねるわけがない。だがそれでも、ドアを開けてフローラの姿を目にしたとき、彼女は自分でも情けないほどがっかりした。

いっぽうフローラは、晴れやかな笑顔でベアトリスを絶賛しはじめた。生まれてから十九年というもの、冴えない従姉に関心を示したことはまずなかったというのに。ベアトリスの推理力、調査をすすめた手腕にはもちろん、廃屋からの脱出を果たした体力や精神力にもほれぼれしたという。

「ほんと、最高だわ！」

ベアトリスはのけぞりそうになった。彼女からこんな言葉をかけられるとは。なんだか自分が、フランス製の繊細なレースにでもなったような気分だ。とりあえず愛想笑いを浮かべたが、彼女を招き入れるかどうかは迷っていた。ほめ言葉をシャワーのように浴びるのは、どんなにかすてきだろう。いっぽうで、さっさと部屋に戻ってもらいたいとも思った。今この瞬間、彼が木に足をかけ、窓から覗いていたとしたら？ 公爵が訪ねてくるかもしれない、その希望をまだ捨てきれていなかった。

窓の外にちらりと目をやったが、風にそよぐ細い枝が見えるだけだ。

フローラは結局、三十分近く滞在した。ベアトリスの包帯を交換しながら、事件についてなかなか鋭い質問をぶつけ、返ってきた答えに熱心に耳を傾けた。最後に、侯爵夫人のご自慢の優雅な居間で、彼女本人を糾弾する大胆さにはびっくりしたと、目を輝かせた。

ベアトリスはうれしくはあったものの、なんとなく決まりが悪く、つくり笑いでごまかした。彼女は犯人を、ズバリと名指ししたわけではない。侯爵夫人がみずから名乗り出ただけだ。

フローラが去ったあと、ベアトリスは『ウェイクフィールドの牧師』を手に取った。あと二、三章残っているだけだ。今日じゅうに読み終えてしまおう。けれども、ページをめくってはいたが、内容はほとんど頭に入ってこなかった。プリムローズ家にふりかかるばかばかしい試練なんて、どうでもいい。それよりも、窓の外が気になってしかたがなかった。数分おきに目をやって、公爵の影が見えないかと確かめる。

一時間後、とうとう本を放りだし、ろうそくの火を吹き消すと、頭を枕に落とした。くたくただわ。本当に長い一日だったもの。毛布にくるまって横を向き、窓の外を眺めた。あの人は来るかしら、来ないかしら。

公爵を待ちながら、いつのまにか眠りに落ちていた。

14

朝になった。いつもなら、たとえば午前九時とか正午過ぎとか、ヴェラ叔母さんが出発の時間を言い渡したところで、実際に出発するのは一時間か二時間ほどあとになる。それなのにこの日叔母さんは、朝の十時ぴったりに玄関に現れ、ベアトリスがカバンの中を探っている間、じれったそうに片足でリズムをとっていた。

「叔母さま、ごめんなさい。すぐに終わりますから。忘れ物がないか確認しないと」カバンの中をさらにひっかきまわす。「タウンゼント子爵の本が見つからないんです。自分の本だったらあきらめてもいいんですけど、貸本屋から借りたものだから」

そう言いながら、手元を見もしないで、一番上にあるショールを何度もずらしている。彼女の視線の先にあるのは、スケフィントン侯爵の書斎のドアだった。その向こうには公爵がいるのだが、もう一時間近くもふたりで話しこんでいる。ベアトリスは、彼らが出てくるまでは、どうしても出発したくなかった。

だが叔母さんの考えは、そのまったく逆だった。侯爵が現れ、そうでなくとも気まずい状況が、さらに面倒なことになる前に、さっさと馬車に乗ってしまおうと思っていたのだ。侯爵は朝食の席でも、ゲストたちが黙々と卵を口に運ぶのを見ながら、コーヒーを前にぐずぐずと居座っていた。みんなの不愉快な気持ちなどおかまいなしなのか、それとも単に気がつかないのか。こちらの言い分が真相だとゴスポートがわかれば、問題はすぐにでも解決すると、とりとめもなくしゃべり続けている。だが当のゴスポート判事は、侯爵夫人の話に困惑し、報告書を精査する間、夫人には残ってほしいと言い張ったのだ。

そもそもこんな状況だったら、とヴェラ叔母さんは声をひそめた。良識ある紳士であれば、ゲストたちが全員帰るまで書斎にこもっているはずだ。よほど礼儀知らずでもないかぎり、夫妻のもてなしに丁重な礼も言わずに帰るゲストはいない。そんなことは完璧にマナー違反だ。だがもし侯爵が姿を見せなければ、それも許される。あとからいつでも、感謝の気持ちを込めた礼状を送ることはできるのだから。

マナー違反と言えば、とベアトリスは書斎のドアをにらみつけながら思った。ケスグレイブ公爵だって、自分の使用人をこんなに待たせてもいいものかしら。従者も御者も、一時間以上も前から出発の準備を終えて待機している。

「あっ、それじゃない？」フローラが声を上げた。

ベアトリスはしぶしぶドアから目を離し、とまどった顔で従妹に尋ねた。

「なんのこと？」

「あなたが探している本よ」フローラはうれしそうに言った。「そこにあるの、そうじゃない？」

たしかに彼女の言うとおり、『タウンゼント子爵の生涯』の表紙が、ショールの下から顔をのぞかせている。しまった。シルクのショールを何度もずらしすぎたせいだ。

「そうかしら？」確かめるように、目を細めた。「ええ、そうだわ。ありがとう」

「よく見つけたわ、フローラ」叔母さんはホッとしたように、笑顔を見せた。「これでもう出発できるわね」

ベアトリスは必死で頭をしぼり、こう叫んだ。

「いやだ、イヤリングがないわ！　ほら真珠の、母の形見の。部屋のサイドテーブルの上にあるはずだわ」

「おばかさんね、耳につけているじゃないの」フローラが言った。

ヴェラ叔母さんは心配そうに首を振った。

「ねえベアトリス、本当にちょっとおかしくなっているわね。まあ、大変な目にあったのだからしかたはないけど。だけどね、馬車に乗ったら少し話したいことがあるの。自分には関係ないことにまで首を突っこみたがる、あなたのそういうところについて。ちょうどいいわ。家に着くまで一日近くかかるから、じっくり話ができるもの」

フローラが顔をしかめ、文句を言った。そんな話を聞かされるくらいなら、ベアトリスから輪作の本を借りて読んだほうがましだわ。

だが叔母さんはゆずらない。「何を言うの。この話はわたしを含め、誰にとっても役に立つと思うわ」

ベアトリスはため息をついた。これ以上、出発を先延ばしにはできない。そもそも、最後に公爵に会って何をしたいのか自分でもわからなかった。個人的な話をするチャンスは、もうとっくになくなっていた。たとえ彼が朝食に現れ、すぐ隣に座ったとしても、あたりさわりのない話題しか出さなかっただろう。犯人を突きとめた彼女の聡明さに感心することもなく、夫人を追い詰めたスピーチが上手だったと、ほめてくれることもなかっただろう。まもなく社交シーズンが始まるけれど、そのときにまたお会いしましょうだなんて、彼が言うはずがない。だから最後にひと目会ったところで、何の意味もないのだ。

ふたたび深くため息をつき、無駄な抵抗はやめようと決心した。血まみれの死体を見たときにどう対応すべきか、叔母さんからそんな講義を何時間も受けるはめになっても、それを運命として受け入れたほうがいいのかもしれない。あらがったところで、いっそう話が長くなるだけのことだ。

意を決して立ち上がると、カバンを持ち上げた。

「お待たせしてすみません。ではまいりましょう」

まさにその瞬間、スケフィントン侯爵の書斎のドアがひらいた。

叔母さんは顔をこわばらせ、玄関につづく廊下に目をやった。今ここでダッシュをすれば、侯爵に気づかれる前に馬車にたどり着けるだろうか、いや、さすがに無理だろうかと迷っているようだ。

残念だが、天は彼女を見放した。

「おお、ハイドクレア夫人」侯爵はそう呼びかけながら、ヴェラ叔母さんに近づいた。「別れのご挨拶もせずに帰られたのかと思いました。ヘレンもお見送りできずに、さぞや残念なことでしょう。妻の代わりに、旅のご無事を祈っておりますよ」

「は、はい。ありがとうございます」叔母さんは友人の名前を聞いて、わずかに顔色を変えた。この場にいないとはいえ、殺人犯に無事を祈ってもらってもうれしくないと思ったのだろう。すぐにケスグレイブ公爵に向き直った。「公爵さま、このたびはいろいろとお世話になりました。特にゆうべは――」だがそこで、昨夜のおぞましい状況を口にしそうになったと気づき、あわてて軌道を修正した。「ええっとその、ベアトリスにお心遣いいただき、大変ありがたく思っております。姪もとても感謝しておりますわ」

叔母さんは情感たっぷりに言って、姪っ子に手を伸ばしてきた。だがそのしぐさが、メロドラマの小道具でもつかむようだったので、ベアトリスはいい気持ちはしなかった。それでも、叔母の言うとおりだというようにほほ笑み、一歩前に踏みだした。

「本当に公爵さま、感謝のしようもございません。特に、細部にまで気を抜かないお姿に感服いたしました。HMSオーディシャス、HMSマジェスティック、HMSゴライアス、でしたかしら」

叔母さんは、意味不明な言葉をベアトリスが発したため、一瞬青くなった。だがすぐにぎこちない笑い声をあげ、公爵に謝った。

「この子ったら、少しおかしくなっているみたいですわ。まあ、死体を目撃したり、小屋に閉じこめられたり、殺人犯の正体を暴いたりと、さんざんな目にあったんですものね。まったく破廉恥なハウスパーティでしたこと」そう言った直後、顔を真っ赤にした。スケフィントン侯爵が、ほんの二、三メートル先に立っていることに気づいたのだ。「も、もちろん、事故だったんでしょうけど」

まじめな顔をしていた公爵の頰が、少しだけゆるんでいる。ベアトリスは首をかしげた。彼女の挑発と、叔母さんの滑稽な態度と、どちらが彼を楽しませたのだろう。だがその答えは、彼のつぎの言葉で明らかになった。

「HMSゴライアス、HMSオーディシャス、HMSマジェスティック、ですね」

するとスケフィントン侯爵が、いかにもそうだとうなずき、ふたたびナイルの海戦の話を蒸し返した。前回イギリス船は十一隻だと言ったが、実際は十六隻ではないかと言いだしたのだ。だがケスグレイブ公爵のほうは、彼とのんびり議論をするつもりはなかったらしい。ベアトリスがそうと気づいたのは、公爵がこう返事をしたからだ。

「ナイルの海戦は、別名ロゼッタの戦いとも言うんですよ」

スケフィントン侯爵は、ケスグレイブが突然無知をさらけだしたことに驚き、正しい名称を調べてくると言いながら、急いで図書室へ向かった。

彼がいなくなったとたん、公爵が言った。

「わたしのほうこそ、ミス・ハイドクレアに感謝していますよ。事件の調査に加われたのですから。もちろんひどい事件でしたから、楽しかったとまでは言いません。ですが、楽しい瞬間がなかったといえば、やはり噓になります」

もしも公爵が、アルマックス・クラブ（ロンドン最大の社交場）のダンスフロアに姪を連れ出したとしても、叔母さんはこれほど喜びはしなかっただろう。彼女は頰を赤らめ、何度か口ごもったあと、こぼれるような笑顔で言った。

「まあ公爵さま、なんておやさしいんでしょう。ロンドンに戻っても、どうぞまたそのお気持ちをベアトリスに向けてやってくださいませ。ほんのちょっぴりでよろしいんですの。ただそれだけで、この子も少しは社交界で居場所ができますでしょうから」

その瞬間、ベアトリスは地獄に突き落とされたような気分になった。血まみれの死体を見たときも、ぼろぼろの小屋に閉じこめられたときも、また侯爵夫人と対決するはめになったときも、これほどまで絶望感に襲われはしなかったのに。

彼女だって、公爵は雲の上の人で、自分とは住む世界がちがうことぐらいわかっていた。だとしても、今この場で、公爵は社交界の花形で、彼女はその片隅にすら居場所がない存在だと知らしめるのは、あまりにも残酷ではないだろうか。

もちろんその事実を忘れたことはなかった。神の思し召しにより、わずか五歳のときに孤児となり、誰にとっても〝取るに足らない存在〟になったのだから。そしてそれ以来、ことあるごとに、周囲からそのことを思い知らされてきた。だがそれでも、事件の調査をする過程で、公爵との間に芽生えた友情がいつわりだとは思えなかった。対等な関係だと、うっかり勘違いしそうになったことすらある。

そうか。そんな姪っ子をあわれんで、ヴェラ叔母さんは頼んでくれたのだ。社交の場で、ひと言でも声をかけてやってくれと。少しだけ期待して、あるいはすがるような思いで。だがそのせいで、ベアトリスは本来見向きもされない存在であることが、かえって強調されてしまったのだ。

でも彼女は、公爵の施しなど望んではいない。

そんなことを言ったところで、厳しい目を向けられるだけだろうが。あんたなんて、社会の片隅でうずくまっているネズミみたいなものじゃない。そこから這い上がりたければ、彼の施しを受けるしかないでしょ？　このときベアトリスは、それこそ袋のネズミのような気分だった。もしここで叔母さんに同意すれば、さらなる屈辱を受けるだけのこと。かといって何も言わずに立ち去れば、状況をうまくさばけない、機転の利かない女だと思われてしまう。

どう転んでも、プライドを守ることはできないのだ。無言でたたずんでいると、公爵は叔母さんやいとこたちに、ロンドンに戻ったら連絡しますと約束している。ラッセルは顔を輝かせ、ためらいつつも大胆な提案をした。

「ハイド・パークで、朝の乗馬をご一緒しませんか」

驚いたことに、公爵は笑顔でうなずいたので、ベアトリスはいらいらしながらフローラに目を移した。つぎは彼女が、何かあつかましいお願いをするのではと思ったのだ。ところが彼女は、あっさり別れの挨拶をしただけだった。

いよいよベアトリスの番だが、情けないことに、気の利いた言葉が何一つ思い浮かばない。どうしたのだろう。あの夜、木の枝から飛び移ってきた公爵を、堂々と迎え入れた人間とは別人のようだ。さっきの叔母さんの一言で、ベアトリスは自分の中で何かが変わったように感じていた。切れ味が鈍った、とでもいうような。

まるで数日前の、侯爵家の玄関に初めて立ったときの自分に戻ったような。あのときの自分の姿がまざまざと思い出された。おどおどして口ごもるベアトリス。たどたどしく挨拶をはじめるベアトリス。途中で言葉につまるベアトリス。とうとうしまいには、下手なことを言うよりはと沈黙するベアトリス。

ああ、なんと哀れな生き物だろう。

だけど、これから一生このままでいるのは……もう耐えられない。こんな惨めな存在のまま生きていくのは……もう、がまんできない！　ベアトリスは、以前の自分を拒絶するように、心の中で叫んだ。自分の影に怯えながら過ごしてきた長い年月に、激しい怒りをぶつけた。もう、戻りたくない！

侯爵の屋敷には、火を噴くドラゴンもいなかったし、秘密の通路もなかった。つまり、おとぎ話に出てくる魔法の城ではなかったのだ。であれば、ここを出たからといって、以前の自分に戻る必要はないのでは？　殻をやぶった新しいベアトリスのまま生きていってもいいのでは？　自分の意見を堂々と主張し、殺人犯の正体を見破り、廃屋からの脱出を果たした、魅力的なベアトリスのままでいいのでは？

彼女は頭を上げ、公爵の顔をまっすぐ見つめた。彼の瞳は晴れやかで、吸いこまれそうなほど深いブルーだ。

「公爵さま、つぎにお会いしたときも、博識ぶりをご披露いただくのを楽しみにしておりますわ。わたくしも、ロールパンを忘れずに持っていきますから」ベアトリスがすました顔で言うと、隣で叔母さんが息をのんだ。

公爵は唇をぴくりと動かし、彼女の挑戦を受け止めた。

「ええ、ミス・ハイドクレア。つぎの機会を楽しみに」

「あの、公爵さま。この子はユーモアあふれるお話《プレザントリ》と言いたかったんだと思います。そうです、ユーモアです。博識ぶった《ペダントリ》ではなくて」叔母さんは顔をひきつらせ、何度も言いはっている。だが公爵を呼ぶスケフィントン侯爵の声が聞こえたとたん、あわてて別れを告げた。「お名残惜しいですが、雨が降らないうちに失礼いたしますわ。雲がずいぶん厚いですもの。それではどうぞ、スケフィントン侯爵さまによろしくお伝えくださいませ」

四人を乗せた馬車は、もと来た道を戻っていく。だが侯爵家をすばやく後にしたものの、馬の歩みは遅く、やがてどしゃぶりの雨となった。道がぬかるみ、馬車は止まったり進んだりを繰り返している。それでも叔母さんは、まったく意に介さなかった。じっくりと時間をかけ、若い娘に正しいマナーをしこむいい機会だ。教えることはいくらでもある。第一に、招待されたお屋敷で、他のゲストのつぶれた頭蓋骨をじろじろと見てはいけない。第二に、そのお屋敷の女主人を挑発し、卑劣な殺人を白状させるなどもってのほかである。

叔母さんのお説教は延々とつづいた。ほんの些細な失敗ですらあげつらい、この世の終わりとでも言わんばかりに嘆いてみせる。そのうっとうしさ、ばかばかしさ、細かさといったら、どんな人間でも耐えられるものではないだろう。

それでもベアトリスは、終始幸せそうな笑みを浮かべ、ゴトゴトと馬車にゆられていくのだった。

訳者あとがき

日本ではその昔、二十代半ばを過ぎた未婚の女性が〝クリスマスケーキ〟にたとえられ、揶揄された時代がありました。またさらにその昔には、口減らしのために娘が嫁に行かされた時代があり、いつまでも実家に残っていると、〝行き遅れ〟と言われ、肩身の狭い思いをしたといいます。でもそれは日本だけではありません。たとえば、二百年ほど前のイギリス。ミドルクラス以上の女性たちは、〝仕事に就く〟選択肢がなかったため、実家を出ていくには、やはり結婚するしかありませんでした。そしてその唯一のチャンスをつかみそこね、夢も希望もない毎日を送っているのが本書のヒロイン、二十六歳のベアトリス・ハイドクレアです。

それでは簡単に、あらすじをご紹介しましょう。
舞台は十九世紀初頭のイギリス。幼い頃に孤児となって叔父夫婦に育てられたベアトリスは、本来は才気煥発で知的好奇心の旺盛な娘です。けれども、常に周囲に気兼ねをしながら生きてきたせいで、いつのまにか自信のない、内気な性格になってしまいました。そのうえ地位も財産も美貌もないため、結婚市場では見向きもされず、口うるさい叔母さんや生意気ないとこたちにうんざりしながら、ひたすら本の世界に没頭する日々を過ごしていました。

そんなある日、叔母さんやいとこたちと共に、侯爵家のハウスパーティに招待され、湖水地方にある大邸宅に滞在することになります。ところが到着して三日目の夜、図書室に本を探しに行ったベアトリスは、床に転がった血まみれの死体を発見します。そしてそのそばには、ゲストの一人で、超イケメンのケスグレイブ公爵がたたずんでいました。「もしかして、彼が殺したの？」三十二歳の公爵は、あらゆる点で非の打ちどころのない紳士ですが、その尊大な言動のため、初めて会ったときからベアトリスが反感を抱いていた相手です。やがて彼女に気づいた公爵と対峙するうちに、ベアトリスは聡明で大胆な（無鉄砲？）本来の自分を取り戻し、自らの手で殺人犯を見つけようと決意します。そして翌日から早速、ゲストの部屋に潜入したり、使用人たちに聞きこみをしたりと、令嬢らしからぬアクティブな調査に取り掛かるのですが……。

本作は、身分違いのじれったいロマンスや、当時の社会を風刺したウィットやユーモアに加え、謎解き部分もしっかりと楽しめる、ヒストリカル・コージーのシリーズ第一作です。

ときおり一人で想像をふくらませたり、ひとり言をつぶやいたりすることもあるベアトリスですが、それもしかたないことかもしれません。なにしろ当時のイギリスの女性たちは、独自の意見を持ってはいけない、すべてにおいて男性に劣るのだから、控えめであるべしという教育をされており、それに加えて悲しい生い立ちのせいもあって、彼女は長いこと、自分の気持ちを押し殺して生きてきたのですから。ところが驚いたことに、そんな彼女が残忍な殺人事件をきっかけに、「言いたいことは言う、やりたいことはやる」という〝わきまえない女〟へと脱皮し、恐れ多くも公爵閣下と対等にわたりあうようになっていきます。だんだんと自信をつけていくその姿に、思わず笑顔になる読者の方も多いのではないでしょうか。今後さらに魅力を増していく彼女を、ぜひ応援していただけたらと思います。

もちろん相手役の公爵も、文句なしに魅力的です。〝ごく平凡な〟はずのベアトリスの暴走にはじめは戸惑うものの、やがて彼女の内面の魅力に気づき、『自負と偏見』のダーシー同様、彼自身も徐々に変わっていきます。今後ふたりの関係がどうなっていくのかも、事件の謎解き以上に気になるところです。

また彼ら以上に作品にインパクトを与えているのが、当時の風俗や価値観を反映した脇役たちです。見栄をはったり嘘をついたり、妥協したり忖度したり。厳しい世の中を生き抜くための普遍的なテクニックではありますが、作品の舞台が身分社会ということもあり、それが一層誇張されて描かれているため、読みながら思わずニヤニヤと笑ってしまうはず。叔母さんはもちろん、さらりとシビアなことを言う若い娘たちのコメディエンヌぶりも、なかなかのものです。自分の身近にいる人たちを重ね合わせて、スカッと（？）するのもいいかもしれませんね。

おしまいに、著者のリン・メッシーナについて。息子たちと共にニューヨークで暮らす彼女は、これまで数多くのリージェンシー・ロマンスを発表しており、〈セルフ〉や〈ニューヨークタイムズ〉にエッセイも寄稿しています。

本作は彼女が初めて手掛けたミステリで、アメリカではもちろん、イギリスやドイツでも多くのファンを獲得し、現在十作目まで続くシリーズになっています。二作目では、新聞社で殺人事件に遭遇したベアトリスが、調査のためにロンドン市内を奔走するのですが、なぜかどこに行ってもケスグレイブ公爵が現れて……。結局ふたりはふたたびタッグを組むことになりますが、事件の解明と合わせ、身分違いのロマンスにも少しだけ進展がありそうです。

最後になりましたが、本書の訳出にあたり、原書房の皆さまには大変お世話になりました。この場を借りて厚くお礼を申し上げます。

それではどうぞ、行き遅れの冴えない令嬢が、殺人事件をきっかけにして、華麗なる変貌を遂げるヒストリカル・コージーをお楽しみください。

二〇二三年一月

コージーブックス

行《い》き遅《おく》れ令嬢《れいじょう》の事件簿《じけんぼ》①

公爵《こうしゃく》さまが、あやしいです

著者　リン・メッシーナ
訳者　箸本《はしもと》すみれ

2023年　2月20日　初版第1刷発行

発行人　成瀬雅人
発行所　株式会社　原書房
〒160-0022 東京都新宿区新宿1-25-13
電話・代表　03-3354-0685
振替・00150-6-151594
http://www.harashobo.co.jp
ブックデザイン　atmosphere ltd.
印刷所　中央精版印刷株式会社

落丁・乱丁本はお取り替えいたします。
定価は、カバーに表示してあります。
 ISBN978-4-562-06128-0 Printed in Japan